幼儿文学

（第 2 版）

主　编　周杨林
副主编　欧阳柏霖
参　编　易　波　夏　希

北京理工大学出版社
BEIJING INSTITUTE OF TECHNOLOGY PRESS

版权专有　侵权必究

图书在版编目（CIP）数据

幼儿文学 / 周杨林主编 . —2 版 . —北京：北京理工大学出版社，2019.11（2022.8 重印）
ISBN 978-7-5682-7885-0

Ⅰ . ①幼…　Ⅱ . ①周…　Ⅲ . ①儿童文学理论 – 幼儿师范学校 – 教材　Ⅳ . ① I058

中国版本图书馆 CIP 数据核字（2019）第 253537 号

出版发行 / 北京理工大学出版社有限责任公司
社　　址 / 北京市海淀区中关村南大街 5 号
邮　　编 / 100081
电　　话 /（010）68914775（总编室）
　　　　　（010）82562903（教材售后服务热线）
　　　　　（010）68944723（其他图书服务热线）
网　　址 / http：//www.bitpress.com.cn
经　　销 / 全国各地新华书店
印　　刷 / 定州市新华印刷有限公司
开　　本 / 787 毫米 × 1092 毫米　1/16
印　　张 / 13　　　　　　　　　　　　　　　　　　　　　责任编辑 / 张荣君
字　　数 / 290 千字　　　　　　　　　　　　　　　　　　文案编辑 / 张荣君
版　　次 / 2019 年 11 月第 2 版　2022 年 8 月第 3 次印刷　　责任校对 / 周瑞红
定　　价 / 37.50 元　　　　　　　　　　　　　　　　　　责任印制 / 边心超

图书出现印装质量问题，请拨打售后服务热线，本社负责调换

序 XU

近年,世界学前教育界已经达成了最基本的共识:幼儿生命中最初几年是为其设定正确发展轨道的最佳时期,早期教育是消除贫困的最佳保证,投资学前教育比投资任何其他阶段的教育都拥有更大回报,当然,这些成效的达成都以高质量的学前教育为前提,而幼儿园教师是保证高质量学前教育的关键。

《国务院关于当前发展学前教育的若干意见》强调要造就一支师德高尚、热爱儿童、业务精良、结构合理的幼儿园教师队伍,为此颁布了《幼儿园教师专业标准(试行)》,引导幼儿园教师和教师教育向着专业化、规范化和高质量的方向发展,这套教材正是以满足《幼儿园教师专业标准(试行)》《教师教育课程标准》和幼儿园教师资格证考试要求为理念编写的,体现了如下特点:

一、全新的教材编写理念

师德是幼儿园教师最基本的职业准则和规范。师德就是教师的职业道德,是幼儿园教师在保教工作中必须遵循的各种行为准则和道德规范的总和。对幼儿园教师而言,师德是其在开展保育教育活动、履行教书育人职责过程中需要放在首位考虑的。关爱幼儿,尊重幼儿人格,富有爱心、责任心、耐心和细心是幼儿园教师师德的重要内容。"教育爱"不仅仅是对幼儿身体的呵护,更需要幼儿园教师尊重每一个幼儿的人格,保障他们在幼儿园里快乐而有尊严地生活,为幼儿创造安全、信任、和谐、温馨的教育氛围,能温暖、支持、促进每一个幼儿富有个性地发展。由于幼儿独立生活和学习的能力还较差,幼儿园教师几乎要对他们生活、学习、游戏中的每一件事提供支持和帮助,幼儿园教师充满爱心地、负责任地、耐心地和细心地呵护,才能使学前教育能够满足幼儿个体生命成长的需要,体现学前教育对个体生命的意义与价值。

幼儿为本是幼儿园教师应秉持的核心理念。学前儿童是学前教育的主体和核心,必须尊重儿童的主体地位,学前教育的一切工作必须以促进每一个儿童全面发展为出发点和归宿,因此,珍惜儿童的生命,尊重儿童的价值,满足儿童的需要,维护儿童的权利,促进每一个儿童的全面发展,是学前教育的本质,也是学前教育最根本的价值所在。具体来说,幼儿为本要求教师要尊重幼儿作为"人"的尊严和权利,尊重学前期的独特性和独特的发展价值,以幼儿为主体,充分调动幼儿的积极性,遵循幼儿身心发展特点和保教活动的规律,提供适宜的、有效的学前教育,保障幼儿健康快乐地成长。

专业能力是幼儿园教师成长的关键。毋庸讳言，我国幼儿园教师的专业能力与学前教育改革的需要之间还存在着较大差距，在当下，幼儿园教师观察幼儿、理解幼儿、评价幼儿、研究幼儿、与幼儿互动、有针对性地支持幼儿、反思自己的教育行为等保教实践能力是其专业能力中的短板，在职教师们普遍感到将《幼儿园教育指导纲要（试行）》《3~6岁儿童学习与发展指南》中的先进教育理念转变为教育行为仍然存在困难，入职前的学前教育专业学生也需要强化正确的教育观和相应的行为，理解、教育幼儿的知识与能力，观摩、参与、研究教育实践的经历与体验。因此，幼儿园教师和教师教育应该强调在新的变革中转变自己的"能力观"，树立新的"能力观"，提高自己与学前教育变革相匹配的、适应"幼儿为本"的学前教育专业能力。

终身学习是顺应教师职业特点与教育改革的要求。德国教育家第斯多惠说过："只有当你不断致力于自我教育的时候，你才能教育别人。"幼儿园教师需要不断拓展自身的知识视野，优化知识结构，了解学科发展和幼教改革的前沿观点。因此，幼儿园教师应该是终身学习者，具有终身学习和持续发展的意识和能力。终身学习是时代进步和社会发展对人的基本要求，是人类自我发展、自我实现的不竭动力，是幼儿园教师专业发展的基本条件，也是幼儿园教师更好地完成保育教育工作的必然要求，只有不断学习与发展，才能跟上学前教育改革的步伐。

二、重实践的教材特点

这套教材的编写力图呈现以下特点：第一，内容全而新。根据《幼儿园教师专业标准（试行）》《教师教育课程标准》和《幼儿园教师资格考试大纲》的内容和要求，确保了内容的全面性和时效性。第二，重实践运用。针对学前教育专业学生的特点和实际需要，围绕成为一个合格的幼儿园教师"需要做什么"和"具体怎么做"这两个问题展开，强调实践运用。第三，案例促理解。为了帮助学习者了解幼儿园保教实践中遇到的各种问题，灵活地运用保育教育现场的各种策略，本书列举了大量的案例，并对案例进行了具体分析，增强了本书的针对性和操作性。

三、多元化的教材使用者

这套教材主要的使用对象是职业院校相关专业的学生，也可用于幼儿园新教师培训、转岗教师培训和在职幼儿园教师自学时使用。实践取向的教材涉及学前教育、儿童发展理论的相关内容，以深入浅出的解读与理论联系实践的方式阐释，提供了大量的操作案例，同时提供课件，方便教师备课和理解钻研教材时使用，也便于学生自学、预习或温习。

杨莉君
于湖南师范大学

前言
QIANYAN

　　孩子是祖国的花朵，是民族的希望。

　　学前教育是基础教育的奠基阶段，是国民教育体系的重要组成部分，不仅对个体身心全面健康发展、对义务教育质量产生重要影响，而且对提高国民素质、促进社会发展都起到了奠基性作用。《国务院关于当前发展学前教育的若干意见》明确指出："必须坚持科学育儿，遵循幼儿身心发展规律，促进幼儿健康快乐成长。"为此，教育部颁布了《幼儿园教师专业标准（试行）》，而《关于加强幼儿园教师队伍建设的意见》强调要加强学前教育人才队伍建设："到2020年，形成一支热爱儿童、师德高尚、业务精良、结构合理的幼儿园教师队伍。"由此可见，国家对学前教育的重视，已达到了前所未有的高度。

　　本教材是为学前教育专业学生编写的教材。我们期望呈现给本专业广大学生的，呈献给关心学前教育发展社会各界人士的，是一本集科学性与时代性、针对性与实用性于一体的幼儿文学教材。

　　本教材编者的指导思想如下：

　　1. 婴儿文学尚未引起普遍关注，涉及的作品和刊物都比较少。随着人们对早期教育重视程度的提高，幼儿教师也应当掌握相关知识与能力。

　　2. 本教材以婴幼儿文学和婴幼儿心理学理论知识为基础，从理论学习到阅读鉴赏再到作品创编，以理论知识为指导，以作品鉴赏为基础，以写作训练为提升，三者有机结合，互为补充，突出专业基础课程特色。

3.本教材力图贯彻基础教育课程改革新理念，培养学生自主学习意识，突出对学生人文精神与人文素质的培养，以实现文学培养人、感染人的终极目标。

4.本教材选文融合了经典性与时代性，民族性与多元性，思想性与艺术性，可供学前教育专业学生使用，也可作为幼儿教师继续教育和进修的培训教材。

本教材在编写过程中，学习、借鉴了同行专家们在本专业领域所取得的研究成果，由于种种原因，未能与他们一一取得联系，在此谨向他们表示最诚挚的谢意。同时也要感谢北京理工大学出版社的鼎力支持。

由于时间关系和水平所限，本教材还有许多错漏与谬误之处，敬请同行专家和读者批评指正。

编　者

目录

★ **第一章　幼儿文学基本理论** ································ 1
　第一节　幼儿文学的概念 ···································· 1
　第二节　幼儿文学的特征 ···································· 2
　第三节　幼儿文学的发展 ···································· 6
　第四节　幼儿文学的接受 ··································· 19

★ **第二章　儿歌** ·· 23
　第一节　儿歌概说 ·· 23
　第二节　儿歌的特征 ······································ 24
　第三节　儿歌的类型 ······································ 26
　第四节　佳作赏析与阅读延展 ······························ 31

★ **第三章　幼儿诗** ·· 38
　第一节　幼儿诗概说 ······································ 38
　第二节　幼儿诗的特征 ···································· 40
　第三节　幼儿诗的创作方法 ································ 42
　第四节　佳作赏析与阅读延展 ······························ 43

★ **第四章　幼儿童话** ······································ 56
　第一节　童话概说 ·· 56
　第二节　童话的特征 ······································ 57
　第三节　幼儿童话的主要表现手法和形象类型 ················ 64
　第四节　佳作赏析与阅读延展 ······························ 69

第五章　幼儿故事 ……………………………………… 79
第一节　幼儿故事概说 ……………………………… 79
第二节　幼儿故事的特征 …………………………… 81
第三节　幼儿故事的分类 …………………………… 82
第四节　佳作赏析与阅读延展 ……………………… 85

第六章　幼儿散文 ……………………………………… 99
第一节　幼儿散文概说 ……………………………… 99
第二节　幼儿散文的特征 …………………………… 101
第三节　幼儿散文的分类 …………………………… 105
第四节　佳作赏析与阅读延展 ……………………… 110

第七章　幼儿图画书 …………………………………… 124
第一节　幼儿图画书概说 …………………………… 124
第二节　幼儿图画书的艺术特征与基本形式 ……… 130
第三节　幼儿图画书的鉴赏 ………………………… 134
第四节　佳作赏析与阅读延展 ……………………… 136

第八章　幼儿戏剧与幼儿影视文学 …………………… 148
第一节　幼儿戏剧 …………………………………… 148
第二节　幼儿影视文学 ……………………………… 154
第三节　佳作赏析与阅读延展 ……………………… 158

第九章　幼儿文学的编创 ……………………………… 185
第一节　幼儿文学的改编 …………………………… 185
第二节　幼儿文学的创作 …………………………… 193

第一章 幼儿文学基本理论

第一节 幼儿文学的概念

一、幼儿文学的概念

幼儿文学是以0~6岁的婴幼儿为主要对象，为促进他们的健康成长而创作或改编的、适应他们审美需要的文学。它的概念，可以从以下两个方面来理解：

（一）幼儿文学必须是文学

幼儿文学是文学大系统中的一员，具有文学的一般特性，符合文学创作的一般规律。从文学的基本特征来看，幼儿文学与成人文学一样，都是通过具体生动的形象和真挚丰富的情感来反映社会生活、表现作家的审美理想。从文学所运用的载体来看，幼儿文学也和成人文学一样，都以语言为载体，都是语言的艺术。这正是幼儿文学作品与非文学婴幼儿读物的区别。

一般的幼儿读物是适宜幼儿阅读（听赏）的各种书籍的总称。它的范围比幼儿文学要广泛很多，且不具有文学性。如各类识字卡片、涂色填字游戏卡等，都属于幼儿读物，但并不是幼儿文学作品。幼儿文学作品必须具有文学性，以语言塑造艺术形象，从而感染孩子，引起他们愉悦的感受。

（二）幼儿文学必须是婴幼儿的文学

幼儿文学是为婴幼儿创作或改编的文学，它的接受主体是婴幼儿，因此在创作或改编时应该考虑到婴幼儿的心理特征和接受能力，使作品的深浅程度与婴幼儿感知事物的规律、欣赏文学作品的年龄特点相一致。幼儿文学作品应该是能被婴幼儿理解和接受的文学作品。优秀的儿童文学作品往往是"用儿童的眼睛去看，用儿童的耳朵去听，用儿童的心灵去感受"（陈伯吹语）。幼儿文学更是如此。幼儿文学作品应贴近幼儿的心灵，能为幼儿理解和接受，能引起他们愉悦的感受，有益于他们的健康成长。

二、幼儿文学的范围

幼儿文学是指为0~6岁的学龄前儿童服务的文学,是为吸引他们的文学兴趣,培养他们对文学的鉴赏能力而创作或改编的文学。幼儿身心刚刚开始发育,口头语言能力发展较快,开始学习运用清楚连贯的语言表达自己的思想,但对外界的认识带有明显的具体形象性,不容易掌握抽象概念和复杂事物。因此,幼儿文学特别注重趣味性、娱乐性,人物形象和情节结构比较简单,语言深入浅出,易懂易诵易记。主要体裁有儿歌、幼儿诗、幼儿童话、幼儿生活故事、幼儿散文、幼儿图画书、幼儿戏剧等。

第二节 幼儿文学的特征

一、幼儿文学的文体特征

幼儿文学是开启心智的启蒙文学。文学是幼儿最早接触的艺术形式之一,幼儿对文学有一种天然的亲和力。幼儿文学的内容知识性较强,更多的是让幼儿初步认识社会,认识自然,而且引导他们参与语言、思维、想象、情感等心理活动,这对于幼儿的健康成长无疑具有启蒙作用。

幼儿文学有利于幼儿认识世界的万事万物。花鸟虫鱼、日月星辰、风土人情、山河湖海、飞禽走兽等都可成为幼儿文学创作的题材。在表现形式上,儿歌中还出现了专门向幼儿介绍动、植物的"动物儿歌"和"植物儿歌",童话中也有"知识童话"的品种。可以说,幼儿科学文艺在引导幼儿具有初步的科学知识上更是功不可没。

幼儿文学还能帮助幼儿了解一些日常生活的内容,如吃饭、穿衣、大小便、洗脸、睡觉等。这些基本能力的获得是幼儿日常学习的主要内容,幼儿文学能以不动声色的方式,让孩子们在吟唱或听故事时了解这些内容。如冯幽君的儿歌《睡觉》:

> 小红马站着睡觉,不要妈妈拍,不要妈妈抱。
> 小金鱼睁眼睡觉,一点也不吵,一点也不闹。
> 小宝宝躺着睡觉,闭上小眼睛,脸上带着笑。

这首儿歌用类比的手法告诉幼儿,动物和人有不同的睡觉姿态,在浓浓的爱意中让幼儿得到睡觉的常识。

幼儿文学对幼儿的心理活动也有着启蒙、引导作用。如儿歌中的数数歌,巧妙地把数字嵌进幼儿感兴趣的事物中,帮助幼儿记忆数字;绕口令用读音相近的字组成幽默的内容,训练幼儿的思维能力和言语能力;谜语歌能发展幼儿的判断推理能力。幼儿童话中关于勇敢、正直、同情心、友好等内容,有助于幼儿道德感和理智感的形成。幼儿戏剧则通过幼儿对不同角色的扮演,促进幼儿的社会性发展。

幼儿文学是深入浅出的口语文学。幼儿主要是通过"听"来接受文学的，他们需要成人的口头转述，这就要求幼儿文学的语言必须明白浅显，在幼儿所能掌握的词语的范围内讲述。

口语的一大特征是转瞬即逝，不容思考。为了能在短短的时间中给幼儿留下深刻的印象，幼儿文学的语言要具体形象、节奏感强。如："小猫心情很不好，可小兔并不理解它"小孩子就不容易理解，若改为"小猫心里很难过，可是小兔不知道"，便成了形象的幼儿文学语言。

幼儿生活范围狭窄，生活经验不足，这就要求幼儿文学尽量描写幼儿可知、可感的事物，便于他们理解和接受。幼儿文学是趣味盎然的快乐文学。幼儿的心理调查表明，幼儿对颜色的感知偏重于暖色调，对高兴等情绪体验反应积极，这些都从侧面说明了幼儿文学应是快乐的文学。幼儿文学以生动活泼的语言、曲折有趣的情节、天真稚拙的童真感染着孩子，带给他们无尽的快乐。这种快乐有助于培养幼儿活泼开朗的性格和积极向上的生活态度。

在幼儿文学中，有的作品并不蕴含什么道理和深意，只是单纯地逗乐。如儿歌中的颠倒歌，故意用与事物常理相悖的语句来吟唱，引发幼儿的笑声。阿·托尔斯泰的童话名篇《拔萝卜》，幼儿对作品中是否说明"团结就是力量"的道理置之不顾，而是在富有节奏感的语句中，如"拔萝卜，拔萝卜，哎呀，哎呀拔不动"，得到与身体运动节奏相符的愉悦感受。

幼儿文学是快乐的文学，作家在处理情节时非常讲究技巧。如嵇鸿的《雪孩子》并不过多地描写雪孩子为救助小白兔化成了水而死去，而是描写雪孩子化作了一朵洁白的云，还跟大伙打招呼；李其美的《鸟树》也不过多地描绘鸟儿死后小朋友们的悲伤，而是着眼于孩子们的幻想：明年会长出一棵鸟树，飞出很多很多的小鸟。

当然，幼儿文学的这些文体特征并非幼儿文学所独有的，但无疑在幼儿文学中表现得最充分、最集中。从幼儿文学到少年文学，这些特征会越来越弱化。

二、幼儿文学的美学特征

幼儿文学作为文学的一种特殊门类，除了具备一般文学的美学特征外，还具有其独特的美学特征。人们把它比作"新月之国"，郭沫若在《儿童文学之管见》中对这个美妙无比的艺术世界做过形象的描绘："儿童文学当具有秋空霁月一样的澄明，然而绝不像一张白纸。儿童文学当具有晶球宝玉一样的莹澈，然而绝不像一片玻璃。"这样的描述，形象而生动地说明了幼儿文学所独有的美学魅力。

幼儿文学的美学特征之所以独特，是因为幼儿文学读者的特殊性对幼儿文学具有制约性和决定性的作用。

（一）幼儿的审美心理特征

幼儿受生理、生活条件的制约，心理分化刚刚开始。这使得他们的审美心理不仅与成人，就是与童年期、少年期儿童的审美心理特征在客观上也存在着很大差异。幼儿审美心理中"自我中心"思维非常突出。其特征是主体和客体不分，主观情感与客观认识合而为一，而且客体总是"依附"于主体，形成幼儿审美意识的"自我中心"状态。突出的表现形式有以下四种：

1. 泛灵观念

在幼儿心目中，大千世界的各种生物都有生命，同人一样有感觉和意识。如樊发稼在《小雨点》中所写：

> 小雨点，你真勇敢！
> 从那么高的天上跳下来，
> 一点也不疼吗？

在幼儿看来，宇宙万物都是有灵性、有感情的，"小雨点"也不例外。"小雨点"不怕疼的勇敢精神，令孩子们钦羡不已。泛灵观念使幼儿易于把外界事物的审美特征融合到自己的心灵之中，得到极大的审美愉悦。因此，在童话中，鸟能言、兽能语、石头能说话在幼儿看来是自然和真实的。

2. 人造观念

在幼儿心目中，世界上没有人办不到的事情，一切都可以随心所欲，万物都是为自己的需要而存在的。这是因为幼儿经常处在幻想的状态之中，其思维不受客观条件和社会习俗规范的束缚。如柯岩的儿歌《坐火车》，小朋友们可以坐着"小板凳"火车，"轰隆隆隆，呜！呜！"地穿大山，过大河，跑遍全中国；又如幼儿图画故事《长长的故事》，理发师叔叔可以骑着"装饰灯"飞上天，去救长长小朋友。

幼儿的人造观念在游戏活动中表现得更为明显。皮亚杰在《儿童心理的发展》中说："游戏并不是主体想服从现实，而是想把现实同化于自己"。可见，游戏往往将人带入生命归真的境界。

3. 任意逻辑

在幼儿心目中，虾在云天游，鸟在水中飞，小猪生双翅，大树结金鱼……一切变形、增减、移位都顺理成章。他们常常把两个毫不相干的事物或现象，按照主观愿望任意结合在一起，而不管它们之间是否真的有联系。所以儿歌中的"颠倒歌"，诸如"公鸡生个大鸭蛋，小猫游泳多快活"之类深受幼儿欢迎。

4. 前因果观念

在幼儿心目中，月亮跟我走，是因为月亮想和我交朋友；兔子眼睛红是因为太爱哭……这种"想当然"的前因果观念，不反映事物之间的客观因果关系，只是幼儿出于好奇，用他们自己有限的感知对各种事物做出解释而已。这在许多优秀的幼儿文学作品中，往往表现为谐趣横生、异想天开。

由以上情况可以看出，幼儿的思维特征是一种极富美感的诗性思维，有很强的形象性、同一性和生命性，"自我中心"意识突出，只有与他们生活最接近、与他们情感最契合、外部特征突出的内容，才会成为他们的审美对象。幼儿审美心理的独特性在幼儿文学中的反映便是作品中充满浓郁的幼儿情趣。

（二）幼儿文学美学特征的具体表现

幼儿情趣是幼儿文学的美学特质，它使幼儿文学显示出迥异于其他文学的美学特征，具体表现在幼儿情趣的稚拙美、纯真美、游戏美和荒诞美。

1. 质朴的稚拙美

"稚"与"拙"是幼儿心智未开时固有的天性。"大体说来，儿童是最美的。一切个别特殊性在他们身上好像还沉睡在未展开的幼芽里，还没有什么狭隘的情欲在他们心中激动"。幼儿生活经验不足，却喜欢用自己有限的经验来解释世界；幼儿身体很小，却认为自己无所不能。这种矛盾所产生的幼儿的想法和行为，充满了幼儿情趣。

稚拙美是幼儿文学独有的美。幼儿文学作品中的稚拙美是作家对幼儿天性的认识、提炼和升华，是对幼儿独特心理的艺术把握和再现。它不是愚昧无知、呆头笨脑的表现，而是高级的质朴，作家灵感的闪现。它所展示的是一种质朴的、原始的、有悖于常情常理，却异常透彻、明净而又令人惊奇、赞叹的美。稚拙美是稚嫩、纯朴、清新、淡雅的美，不加雕饰，毫不做作。

在郑春华的《小鸭子毛巾》中，托儿所的阿姨把小鸭子毛巾收去洗了。小朋友们午睡起来后到处找小鸭子毛巾，有的说毛巾飞走了，有的说大概到河里洗澡去了，于是大家一起喊："小鸭子毛巾，快——回——来！"作者精心选取的幼儿特有的心理、行动、思想、感情，使作品的稚拙美表现得十分充分。

日本作家中川李枝子的《不不园》童话故事集的主人公是四岁的男孩茂茂。有一次，茂茂被大狼抓住，大狼想吃茂茂，但看看脏乎乎的茂茂，又担心吃了脏东西会肚子疼，会长蛔虫，于是，大狼点火、烧水、找肥皂和毛巾，准备将茂茂洗干净再吃，结果让茂茂逃跑了。幻想大胆奇特，洋溢着稚拙美与诱人的童趣，为作品平添了艺术魅力。这些在成人看来幼稚可笑的情节，幼儿却觉得十分真实可信。

2. 透明的纯真美

幼儿的心灵是单纯而明净的，他们不谙世事，真诚地对待一切事物。这种纤尘不染的童真得到许多作家的热情讴歌以及几乎所有人的赞美感叹，人们甚至用童真去对照、映现成人世界的种种病态与丑恶。纯真美也是幼儿文学独有的美，它是幼儿纯洁真诚的心灵在作品中的艺术再现，它所展现的是一种极为透明、至纯至真的美，常给成人以自叹弗如的美好感觉。

李其美的《鸟树》是一篇生活气息浓郁的幼儿生活故事，流露出了幼儿爱护生灵的纯真愿望。幼儿园的冬冬和扬扬捉住了一只小鸟，他们喂小鸟东西、帮小鸟找妈妈、解绳子放小鸟飞，可小鸟死了。他们很难过，想不通为什么对小鸟那么好，小鸟还会死掉。一连串的细节把两个孩子天真、纯洁、善良、富于同情心的纯真感情真切自然地表现出来。他们埋葬了小鸟，折了一根葡萄藤插在土堆上。春天，藤上长出了绿芽，他俩认为那就是鸟树，鸟树长大后会开鸟花结鸟果，鸟果裂开会跳出很多小鸟。作品真实地写出了幼儿天真无邪的童心和属于他们那个年龄的独特的想象，真实感人、真情动人。

3. 张扬的游戏美

游戏是幼儿的天性，是他们的主导活动，正如席勒所说，"在人的各种状态下，正是游戏，只有游戏，才能使人达到完善并同时发展人的双重天性"。游戏精神是一种极富动感的玩的精神，幼儿在游戏中，往往不顾生活的逻辑进行想当然的变形、移位、添加和任意组合。在"玩"的表面形态中融汇着幼儿天然的纯真感情、求智愿望，透露出情趣独特的美学意味。幼儿文学正是基于幼儿的思维特点，表现幼儿自由幻想和无拘无束的游戏精神，在作品中充分运用游戏的方式组织文学结构及表现形式，使作品富于游戏精神，最大限度地张扬幼儿的天性，使幼儿徜徉其间，产生愉悦与共鸣。

如幼儿童话剧《小熊请客》，素材的主要来源是幼儿常常自发玩的"过家家"游戏。小熊做主人，小狗、小鸡、小猫做客人，客人来了，主人殷勤招待。虽是模仿成人生活，却别有幼儿情趣。快乐幸福的生活被大狐狸的出现打破了，他们一起想办法对付大狐狸。整个过程有唱有跳，有打有闹，游戏成分浓厚，童趣盎然，使幼儿身心愉悦，受益匪浅。

4. 出色的荒诞美

荒诞美是幼儿的"自我中心"思维在幼儿文学中的反映，"荒诞"契合了幼儿的审美心理，幼儿对作品中的"荒诞"部分特别容易接受。荒诞美不是幼儿文学独有的，但在幼儿文学中表现得最充分、最强烈。幼儿文学中的荒诞美是一种奇异奔放的美，具有或浓或淡的喜剧色彩。它是幼儿自由天性的艺术升华，往往表现为怪异、奇特、夸张、放纵、巧合、无规范的规范、无意思的意思、公然违反常规而又似乎合情合理等，给人以奇异怪诞而又自由轻松的审美愉悦。

有些儿歌，特别是颠倒歌，集中、突出地体现了幼儿文学的荒诞美，如"麻雀踩死老母鸡，蚂蚁身长三尺六，八十岁的老头儿坐在摇车里"，充分体现了幼儿任意逻辑的思维特点，具有强烈的荒诞美。

又如冰波的幼儿童话《肚子上的"鬼脸"》，胖小猪摔了一跤，把画在地上的"鬼脸"印在自己的肚子上了。于是，小鸟、小兔、小鹿都把它当成怪物，拼命地逃。胖小猪也稀里糊涂地跟着逃。为了救小兔，他决心打怪物，可发现怪物就是自己肚子上的"鬼脸"。这篇作品情节十分怪诞有趣，若立足于现实生活会觉得悖情违理，毫无逻辑，不可思议，儿童却理所当然地接受了它。

"育人始于立美，立美始于儿童"，幼儿只有从小感受美、欣赏美，萌生对美的热爱之情，才会为日后去追求美、创造美积储起足够的心理动力。幼儿文学能够培养幼儿的审美能力，即幼儿对美的感受能力（对美产生情感反应的能力）和欣赏美的能力（对美的领悟能力和评价能力，能意识到美并加以判断）。幼儿文学以其独特的美深深地感染着幼儿，成为文学中最具特色、最具魅力、最鲜活、最可爱的一个分支。成人在为幼儿创作作品或引导幼儿欣赏作品时，一定要符合和关照幼儿的审美心理需求，充分把握幼儿的美学特质——幼儿情趣。

第三节 幼儿文学的发展

一、中国幼儿文学发展概述

（一）中国古代幼儿文学发展概述

1. 民间口头创作是幼儿文学的摇篮

中国有着悠久的历史，有着极其丰富的文化遗产，产生过无数优秀的文学作品，其中自然也应该包括幼儿文学作品。幼儿文学作品与成人文学作品一样，都是从民间文学中逐渐发展起来的。

（1）神话传说。

神话传说是人类童年时期的精神产物，大多源于流传的口头文学，因为年代久远，许多篇章已经散失，现在流传下来的，只是一些零星片段，散见于《山海经》《楚辞》《淮南子》《庄子》《列子》等书中，如《盘古开天辟地》《女娲补天》《大禹治水》《夸父逐日》《后羿射日》《精卫填海》等。尽管只是些零星的片段，但仍包含着我们祖先征服自然的强烈愿望和对美好生活的追求向往。这些神话传说中神奇奔放的幻想、新奇夸张的描绘，十分适合幼儿的口味和幼儿教育的需要，因而深受幼儿的喜爱，同时也为后世的幼儿文学创作提供了丰富的艺术借鉴。

（2）民间故事和民间童话。

随着神话传说的发展，许多带有幻想成分的民间故事和民间童话出现了。这是中国古代学前儿童史上一笔丰厚的文化遗产。这一类口头创作一直流传在民间，难以计数。它丰富了古代幼儿的精神生活，如《神农尝百草》《干将莫邪》《孟姜女哭长城》《牛郎织女》等。

（3）寓言。

寓言是一种古老的民间口头艺术形式。从现有的文字记载来看，我国的寓言繁荣于战国时代，如《揠苗助长》《刻舟求剑》《愚公移山》《狐假虎威》等。这些寓言篇幅短小，语言精练简洁，用生活中的某些现象寄托一定的事理，还明显保留着民间口头传说的特点。寓言原本就是民间故事，只是经过加工再创作，才变成书面语言作品。这些寓言通俗易懂，幽默生动，故事性强，多用夸张、拟人手法，颇受幼儿的喜爱。

（4）歌谣。

歌谣是一种极古老的民间口头创作形式，主题单纯，题材广泛，形式短小活泼，便于记忆和口口相授，很受幼儿喜爱。在我国古代最早的诗歌总集《诗经》中，就保存了部分儿童歌谣。在其他经史典籍和《古诗源》《古谣谚》中，也辑录了不少古代的幼儿歌谣。明代出现了我国个人收集整理的儿歌集《演小儿语》。清代问世的《天籁集》含童谣48首，为后世幼儿文学的创作提供了宝贵的借鉴。

以上这些具有民间印记的、为幼儿喜闻乐见的古代口头创作形式，是极其珍贵的历史文化遗产，对我国后来的幼儿文学的萌发产生了巨大的影响。所以说，民间文学是幼儿文学的摇篮。

2. 古代文学作品丰富了幼儿文学

适合幼儿听赏和诵读的古代文人创作的文学作品对幼儿文学起到了重要的补充作用。在我国浩瀚的诗歌海洋里，有一些脍炙人口、短小通俗、感情积极健康、朗朗上口的诗歌作品很适合幼儿听赏和诵读，至今仍受到幼儿的喜爱，如骆宾王的《咏鹅》、李白的《静夜思》《望庐山瀑布》《早发白帝城》、贺知章的《回乡偶书》《咏柳》、孟浩然的《春晓》、王之涣的《登鹳雀楼》、杜甫的《春夜喜雨》、杜牧的《山行》等都是很好的幼儿诗。

受民间文学影响的古典小说中也不乏为广大幼儿所喜爱的故事和形象，如《西游记》的故事被改编成动画片、美术片、连环画、电视剧等多种艺术形式，说明其在幼儿读者中的受欢迎程度。此外，《水浒传》《三国演义》《聊斋志异》等古典名著中也都有适合幼儿听赏的情节、幼儿喜爱的人物,并且有能够为幼儿文学提供借鉴的艺术手法。

3. 古代传统幼儿读物

《三字经》《百家姓》《千字文》《千家诗》是我国传统启蒙读物,知名度高,可谓家喻户晓,妇孺皆知。在《三字经》出现之前,儿童蒙学读物都是四言形式,四字句读起来不上口,幼儿不容易唱诵。《三字经》以三言形式出现,三字一句,四句一组,读起来轻松愉快,更符合儿歌的特点。其内容涵盖了历史、天文、地理、道德及一些民间传统,广泛生动而又言简意赅。在《三字经》中穿插着不少宜于幼儿接受的历史故事和传说,如孟母三迁、孔融让梨、苏秦刺股、孙康映雪等。虽然《三字经》也包含一些糟粕,但其独特的思想价值和文化魅力仍为世人所公认,被历代中国人奉为经典,并不断流传。

《蒙齐的故事》《日记故事》《幼学琼林》《小儿语》《小学》等都是专为幼儿和儿童编写或选辑的传统读物,至今仍有许多可供借鉴的价值。

(二)中国现代幼儿文学发展概述

"五四"时期是中国幼儿文学发展的里程碑。中国现代幼儿文学产生于"五四"时期,并迅速发展、壮大、成熟,这其中有多重原因。

首先是中国古代幼儿文学传统的滋养。中国现代幼儿文学是对中国古代幼儿文学遗产的继承和发展。

其次是"五四"新文化运动的影响和推动。"五四"时期倡导民主、科学、自由、个性解放,这直接促进了全社会对幼儿和幼儿教育的重视。许多著名作家,如鲁迅、郑振铎、郭沫若等都曾介入幼儿文学领域,他们的译介、创作和理论探索为中国现代幼儿文学的繁荣奠定了基础,而叶圣陶、冰心、张天翼等人的创作则成为中国现代幼儿文学走向繁荣的标志。

最后是对世界进步幼儿文学的借鉴和吸收,这也是中国现代幼儿文学发展成熟的原因之一。无论从思想内容还是技巧、文学样式上,中国现代幼儿文学都学习借鉴了很多有益的东西,这大大促进了中国现代幼儿文学的发展。

一般来说,中国现代幼儿文学是指从"五四"时期一直到中华人民共和国成立这一历史阶段的幼儿文学。可分为以下三个阶段:

1. "五四"时期的幼儿文学

"五四"时期,为适应时代的需要,许多热衷于儿童(幼儿)文学的作家纷纷在翻译外国儿童文学作品和改写古代作品方面贡献自己的力量。《新青年》率先登载了安徒生的《卖火柴的小女孩》的译文。1920年前后,《少年杂志》又刊登了安徒生的《皇帝的新装》的译文。鲁迅、郑振铎、严既澄、顾均正、赵景深、陈伯吹等在翻译方面花了很多精力,做出了不少成绩。

1921年前后,多种体裁的幼儿文学创作逐渐发展起来,并出现了很多上乘之作。叶圣陶的童话和冰心的散文代表了这一时期幼儿文学的创作水平。叶圣陶是"五四"以来最早从事童话创作的作家,也是成就最突出的作家,他于1923年出版的童话集《稻草人》,是中国有史以来第一部由作家创作的童话集,既"给中国的童话开了一条自己创作的路"(鲁迅《表·译者的话》),也为我国现代幼儿文学的发展奠定了基础。

冰心的代表作《寄小读者》体现了她的散文意境优美、文笔清丽、感情真挚的特点，也奠定了她在儿童（幼儿）散文史上的开拓者地位。

另外，王统照的《雪后》《湖畔儿语》等、蒋光慈的《疯儿》、丰子恺的《华瞻的日记》、许地山的《落花生》以及黎锦晖的儿童歌舞剧《麻雀与小孩》《葡萄仙子》等作品也深受儿童（幼儿）喜爱。

同时，这一时期还出现了不少儿童（幼儿）刊物，其中最突出的是商务印书馆的《儿童世界》和中华书局的《小朋友》。

2. 从左联成立到抗日战争爆发时期的幼儿文学

如果说"五四"新文化运动为中国现代儿童（幼儿）文学打下了坚实的基础，那么，左翼文化运动则对中国现代儿童（幼儿）文学的发展起了积极的推动和促进作用。这一时期，以郭沫若为首的作家提出了"无产阶级革命文学"的口号。1930年在上海成立了"中国左翼作家联盟"，儿童（幼儿）文学也随之进入了兴盛时期。

张天翼是左联时期涌现出来的最为出色的童话作家，他的成名作童话《大林和小林》奠定了我国长篇童话创作的基础；《秃秃大王》则巩固了他在童话创作上的重要地位。张天翼的作品表明中国现代儿童（幼儿）文学在艺术上已经基本趋于成熟。

此外，茅盾、叶圣陶、冰心、陈伯吹等作家的作品影响力也较大。值得一提的是，高士其的科学文艺作品在儿童（幼儿）文学领域异军突起。在其他方面，如儿童（幼儿）诗、幼儿散文、幼儿戏剧等也出现了不少有时代感的佳作，它们共同将儿童（幼儿）文学推进到兴盛时期。

3. 从抗日战争爆发到解放战争胜利期间的幼儿文学

这是中国现代儿童（幼儿）文学发展史上的一个新阶段，虽然这一时期的环境异常艰苦，但儿童（幼儿）文学也在艰苦中有所发展，有所前进。

根据地和解放区的儿童（幼儿）文学发展迅速，各种体裁的作品都得到了发展。其中最有代表性的是华山的《鸡毛信》、管桦的《雨来没有死》。这两部作品塑造了两个少年英雄形象，为小读者所喜爱。在国统区，许多进步儿童文学作家写出了不少优秀儿童（幼儿）文学作品，如陈伯吹的儿童小说《黑衣人》、骆宾基的《少年》、老舍的童话《小木头人》等。张天翼的长篇童话《金鸭帝国》是这一时期长篇童话的代表作。在"孤岛"上海，儿童文学作家以贺宜和苏苏最为有影响。贺宜的中篇童话《凯旋门》、苏苏的长篇童话《新木偶奇遇记》是最有代表性的作品。

抗战胜利后，许多内迁的儿童文学作家陆续返回上海。为了团结进步的儿童文学工作者，陈伯吹、何公超、贺宜、陈鹤琴、金近等人发起了"中国儿童读物作者联谊会"，对推动儿童（幼儿）文学的发展起到了积极的作用。他们还创作了很多优秀作品，如陈伯吹的童话《不勇敢的稻草人》和《甲虫的下场》、何公超的童话《快乐鸟》与《丑小鸭》等。此外，陈伯吹还翻译了外国童话《空屋子》和《绿野仙踪》。

（三）中国当代幼儿文学发展概述

中华人民共和国成立后，儿童（幼儿）文学进入当代这一历史阶段。在中国现代儿童（幼儿）文学的基础上，中国当代儿童（幼儿）文学的发展有过曲折，也有成就，尤其是

新时期以来,呈现出一派蓬勃发展的繁荣景象。中国当代儿童(幼儿)文学的发展可以分为以下三个时期:

1. 中华人民共和国成立后17年的儿童(幼儿)文学

中华人民共和国成立后17年是中国当代儿童(幼儿)文学发展的第一个黄金时期。1950年召开了第一次全国少年儿童工作会议,1955年成立了中国少年儿童出版社。这一时期各种体裁的创作也都取得了较丰硕的成果。

幼儿诗的创作取得了大丰收,有金近的《春姑娘和冬爷爷》、柯岩的《"小兵"的故事》、圣野的《欢迎小雨点》等。

幼儿散文创作的收获也很突出,如任大霖的《童年时代的朋友》、郭风的《蒲公英和虹》《搭船的鸟》《会飞的种子》等。

童话创作获得可喜的丰收,张天翼的长篇童话《宝葫芦的秘密》、严文井的《"下次开船"港》代表了当时长篇童话的最高水平。其他一些作家也创作了大量脍炙人口的佳作,如金近的《小鲤鱼跳龙门》、包蕾的《猪八戒新传》、陈伯吹的《一只想飞的猫》、贺宜的《鸡毛小不点》等。

中华人民共和国成立后成长起来的中青年作家的创作也取得了突出的成绩,如洪汛涛的《神笔马良》、葛翠琳的《野葡萄》、孙幼军的《小布头奇遇记》等。此外,还有方轶群的《萝卜回来了》、彭文席的《小马过河》等。

总之,中华人民共和国成立后的17年,儿童(幼儿)文学的发展在很多方面超越了以往任何阶段,成为真正的黄金期。

2. "文化大革命"十年的儿童(幼儿)文学

1966—1976年的"文化大革命"是中国当代儿童(幼儿)文学史上最惨痛的一页,儿童(幼儿)文学遭到了灾难性的破坏。许多优秀的幼儿文学作品被打成"毒草",许多作家、评论家、编辑遭到迫害。仅有的两家少年儿童出版社及其他出版儿童读物的部门全部被迫停止出书任务。所有少儿刊物、丛刊也陆续停刊。幼儿文学组织也被迫解散。创作方面基本上是一片空白,像李心田的《闪闪的红星》这样比较优秀的作品少之又少。

3. 新时期的儿童(幼儿)文学

"文化大革命"结束后,随着国家形势的重大变化,儿童(幼儿)文学也进入了一个欣欣向荣的发展新阶段。

1978年,全国少年儿童读物出版社工作座谈会召开。之后,儿童(幼儿)文学的出版、评奖、科研、教学等方面的活动重新步入正轨。各种幼儿报刊大量涌现,如《幼儿文学报》(后改名为《小青蛙报》)《婴儿画报》《娃娃画报》《小朋友》等。1981年,《365夜故事》的出版对幼儿读物产生了巨大影响,具有标志性意义。随后《365夜儿歌》《365夜谜语》《365夜新故事》配套出版了,其影响堪称空前。

儿童(幼儿)文学的创作队伍不断壮大,老一辈著名的儿童文学作家焕发了艺术青春;中年作家被迫停笔多年以后,迸发出了旺盛的创造力;一大批青年作家迅速成长,崭露头角,他们的作品给幼儿文学创作带来清新的气息。在老中青三代的共同努力下,新时期的幼儿文学创作空前繁荣。

幼儿诗歌的创作初步繁荣,出现了郑春华的组诗《甜甜的托儿所》、金波的组诗《春的消息》、聪聪的《彩色校园》等优秀作品。

散文方面，班马、乔传藻、陈丹燕等的作品较为出色。值得一提的是，郭风探索多年的童话散文已经成熟，成为一种风格独特的文体，主要作品有《孙悟空在我们村里》。

新时期的童话创作出现了前所未有的丰收局面。一批老作家不断有新作问世，如严文井的《南风的话》、陈伯吹的《骆驼寻宝记》、叶君健的《真假皇帝》、孙幼军的《小贝流浪记》等。使新时期童话出现变化的是一批青年作家，其中的代表人物是被称为"热闹派"童话作家的郑渊洁，他的《舒克和贝塔历险记》《皮皮鲁遇险记》等作品，以丰富的幻想、强烈的夸张深受小读者的喜爱。新时期还有抒情型童话，代表人物是冰波和金逸铭，他们的作品清新优美，富有感染力。如冰波的《桃树下的小白兔》《窗下的树皮小屋》等、金逸铭的《花孩子》《贴邮票的彩云》等。此外，《岩石上的小蝌蚪》《鼹鼠的月亮河》等优秀作品尤其受到低幼儿童的喜爱和欢迎。在这一时期，童话还增加了不少新品种，如"小巴掌童话""魔方童话"等，同样为广大小读者所接受和认可。

二、世界幼儿文学发展概述

外国幼儿文学的发展，大致可分为四个时期：17世纪以前，属于幼儿文学的史前时期；17世纪末和18世纪，是幼儿文学正式诞生和开始发展的时期；19世纪，是幼儿文学的第一个繁荣时期；20世纪以来，外国幼儿文学发展产生重大突破，进入第二个繁荣时期。

（一）17世纪前的外国幼儿文学

17世纪前没有专属于幼儿的文学，是幼儿文学的史前时期。当时的幼儿读物大体有两类：一类是流传于民间的口头创作的作品，其中不乏幼儿爱听爱读的神话、传说、故事和歌谣；另一类是成人文学中一些贴近幼儿审美情趣的作品，其题材多为幼儿生活、成人冒险经历或动物故事。

古印度寓言童话集《五卷书》是最早的受到幼儿喜爱的幼儿读物。《五卷书》源于民间的口头创作，是为宫廷孩子阅读而采编的，大约成书于公元2世纪到6世纪的印度，其中有些故事在公元前3世纪就有流传。在艺术上，《五卷书》对幼儿文学的发展影响很大。它那大故事套小故事的结构，能够造成悬念，故事性强，又富有传奇的幻想色彩，能够抓住幼儿的好奇心。每一卷有一个中心故事，然后用几个小故事反复说明中心故事主题，故事间既环环相扣又相对独立。大多以动物故事为题材，鸟语兽言，极富幼儿情趣。公元750年，伊拉克作家伊本·阿里·穆加发把《五卷书》译成阿拉伯文，并对其进行删减增补、文字修饰，使其更适合幼儿和儿童听赏和阅读，定名为《卡里莱和笛木乃》。这是专为幼儿和儿童改写故事的成功范例。

《伊索寓言》一直被西方视为传统的幼儿和儿童读物。它成书于公元6世纪到8世纪的希腊，是民间口头创作的集成。它以动物故事为题材，形式短小精悍，一个故事说明一个生活道理，适于幼儿接受。其中的《狼和小羊》《兔子和乌龟》《狐狸和乌鸦》等篇章，至今仍为幼儿所喜爱。

阿拉伯民间故事集《一千零一夜》（又名《天方夜谭》）是民间文学的一座丰碑，其中的《渔夫的故事》《阿里巴巴和四十大盗》等故事吸引了一代又一代幼儿和儿童读者，至今仍是畅销的幼儿和儿童读物。

法国文学家夏尔·贝洛的童话集《鹅妈妈的故事》取材于民间，由八篇散文童话和三篇童话诗组成，其中最著名的《小红帽》《小拇指》《灰姑娘》《林中睡美人》等篇章成了文学童话的经典之作。贝洛的贡献在于他是第一个改写民间童话的作家，他的童话虽不是专为幼儿所作，却为幼儿文学的发展开创了新局面。在他之后，法国很快出现了一批专为幼儿和儿童创作或整理的童话。

（二）18世纪的外国幼儿文学

17世纪末到18世纪是幼儿文学萌芽、诞生的时期。

文艺复兴运动使科学、艺术、教育都有了一个大的飞跃。为适应资本主义的发展，"把年轻一代培养成为有文化的劳动者"被提上了社会的议事日程，于是专门为教育幼儿和儿童而创作的儿童（幼儿）文学诞生了。

1762年，法国启蒙思想家卢梭的小说《爱弥儿》出版，对儿童（幼儿）文学的产生和发展产生了重要的影响。它第一次把儿童作为具有独立人格的人来描写，具有首创的意义。在其影响下，欧洲的儿童（幼儿）文学作品大量涌现。

这一时期的作品虽多，但不少作品训诫、说教味太浓，因此并不受孩子的欢迎。倒是一些富有想象力和冒险精神的成人小说备受孩子们的喜爱，如英国启蒙主义文学家笛福的《鲁宾逊漂流记》、斯威夫特的《格列佛游记》以及法国作家拉斯别整理出版的《敏豪森奇遇记》。这些作品虽不是专门为幼儿和儿童创作的，但它们的出版引起了儿童极大的兴趣，弥补了这一时期儿童（幼儿）文学创作的空缺。

（三）19世纪的外国幼儿文学

19世纪，欧洲各国封建社会崩溃，资本主义制度逐渐建立和巩固，社会生产力和科学技术迅猛发展，幼儿和儿童教育思想得到解放，幼儿文学从萌芽逐步走向成熟，成为文学中一个独立的门类。

19世纪是外国幼儿文学的第一个繁荣时期。在这一时期，幼儿文学的作家队伍空前壮大，幼儿和儿童文学作品不仅大量涌现，而且出现了具有世界影响的、流传久远的优秀作品。

世界童话大师、丹麦儿童文学巨匠安徒生一生共写了168篇童话，被誉为"世界童话大王"。他的童话充满人道主义精神，蕴含着醇厚的诗意。《卖火柴的小女孩》《皇帝的新装》《丑小鸭》《海的女儿》等都成了不朽的名篇。

英国作家卡罗尔的长篇童话《爱丽丝漫游奇境记》出版后，赢得了广大儿童、少年和成人读者的喜爱。作者以惊人的想象力、浓重的幻想色彩、变幻莫测的情节和妙趣横生的语言，为现代童话开辟了崭新的道路。

德国格林兄弟搜集整理的《儿童与家庭童话集》（俗称《格林童话》），是世界童话宝库中的瑰宝。其中的《灰姑娘》《白雪公主》《小红帽》《青蛙王子》等童话至今仍受到全世界幼儿和儿童的喜爱。

俄国著名寓言作家克雷洛夫创造了许多符合幼儿和儿童欣赏趣味的寓言，它们语言简洁优美，故事活泼有趣，富于幽默感，如《狼和小羊》《天鹅、梭子鱼和虾》等。

意大利儿童文学作家卡洛·科洛迪的童话《木偶奇遇记》也是一部具有里程碑性质的作品，它成功塑造了匹诺曹这一富有特色的儿童形象，对幼儿和儿童来说，具有很强的艺术魅力。

这一时期的著名作品还有英国金斯莱的童话《水孩子》、俄国伟大诗人普希金的童话诗《渔夫和金鱼的故事》、列夫·托尔斯泰的《狼和山羊》等。

（四）20 世纪的外国幼儿文学

20 世纪，世界政治、经济、文化和科技迅速发展，外国幼儿文学进入又一个黄金时代，空前繁荣的创作局面达到了令人目不暇接的程度。儿童（幼儿）文学在许多国家相继形成独立的分支文学，涌现了一大批优秀的专业儿童（幼儿）文学作家、翻译家，他们自觉为儿童创作，写出了世界一流的、具有广泛影响的儿童文学作品。

英国作家巴里创作了《小飞侠》（又名《彼得·潘》），米尔恩则以他的儿子及玩具熊为对象创作了中篇童话《小熊温尼·菩》等系列作品，托尔金创作了《指环王》。

在美国，作家怀特的童话《小老鼠斯图亚特》和《夏洛的网》是美国儿童文学史上的两座丰碑。另一位作家乔治·塞尔登的中篇童话《时代广场的蟋蟀》更是在 18 年里再版了 16 次。

20 世纪初，瑞典女作家拉格勒夫以《尼尔斯骑鹅旅行记》获得"诺贝尔文学奖"。另一位瑞典女作家林格伦凭借《长袜子皮皮》《小飞人三部曲》等作品获"国际安徒生奖"等多种创作奖项。

意大利作家姜尼·罗大里的著名作品《洋葱头历险记》《假话王国历险记》等，被译成百种文字在全世界流传。

日本的儿童（幼儿）文学在五六十年代走向繁荣，出现了很多优秀作品，如女作家松谷美代子的童话《龙子太郎》、中川李枝子的童话《不不园》等。20 世纪末到 21 世纪初，日本的儿童（幼儿）文学引领了世界儿童（幼儿）文学的发展潮流。

近几年，最令全球孩子痴迷的作品当属英国女作家 J.K. 罗琳的《哈利·波特》系列童话作品。这些作品被译成几十种文字，风行世界各地，并被拍成电影，设计成游戏、玩具等，可见其影响之大。

三、幼儿文学代表作家和作品

（一）中国现当代幼儿文学代表作家作品

1. 叶圣陶

叶圣陶（1894—1988），名绍钧，我国现代著名作家、儿童文学作家、教育家。1923 年出版了我国第一部创作童话集《稻草人》，1931 年出版了第二部童话集《古代英雄石像》。叶圣陶的童话表现了孩子的纯真、人与人之间的友爱，充满诗情画意。

2. 冰心

冰心（1900—1999），原名谢婉莹，我国现代著名女作家、儿童文学作家。1923—

1926年赴美求学期间，写出了书信体的漫游记《寄小读者》，显示出婉约典雅、轻灵隽丽、凝练流畅的特点，具有高度的艺术表现力，这种风格被称为"冰心体"。《寄小读者》也成为中国儿童文学奠基之作。此后，她还有《再寄小读者》《三寄小读者》《小橘灯》等作品问世。冰心以"爱"为中心的文学精神、人格力量，在海内外都有着广泛的影响。

3. 张天翼

张天翼（1906—1985），我国现代著名作家、儿童文学作家。20世纪30年代创作的《大林和小林》《秃秃大王》《金鸭帝国》等童话作品，是继叶圣陶《稻草人》之后童话创作的第二个里程碑。20世纪50年代，他还创作了《宝葫芦的秘密》等童话和《罗文应的故事》等小说及儿童剧本《大灰狼》等作品。张天翼的儿童文学作品善于细致入微地刻画人物心理，想象新奇，情节荒诞不经；还善于运用漫画式的讽刺手法和活泼明快、诙谐幽默的儿童化语言。他的作品具有强劲的时空穿透力，是后来者研究、学习和借鉴的艺术宝库。

4. 陈伯吹

陈伯吹（1906—1997），中国著名儿童文学家、翻译家、出版家、教育家，中国儿童文学的一代宗师，对我国儿童文学事业做出了杰出贡献，被誉为"东方的安徒生"。他的作品有《阿丽思小姐》《波罗乔少爷》《一只想飞的猫》等，论文集有《儿童文学简论》《作家和儿童文学》等，还有大量的儿童文学翻译作品。

5. 严文井

严文井（1915—2005），著名作家、儿童文学家。《南南和胡子伯伯》是他的第一部童话集，此后他又创作了《丁丁的一次奇怪旅行》《蚯蚓和蜜蜂的故事》等中短篇童话。其中，1957年出版的中篇童话《"下次开船"港》曾被译成英、俄、捷、日、朝等文字，受到国内外小读者的普遍欢迎。严文井还发表了《小溪流的歌》《不泄气的猫姑娘》《沼泽里的故事》等童话。他的童话既富有深刻的哲理，又诗意浓厚。除童话外，严文井还创作了寓言和游记。他的创作对我国当代儿童（幼儿）文学的发展有着深刻影响。

6. 任溶溶

任溶溶（1923— ），生于上海，我国著名的翻译家、儿童文学作家。他翻译的小说、童话等多种体裁的外国儿童（幼儿）文学作品达一百多种，如科洛迪的《木偶奇遇记》、罗大里的《洋葱头历险记》《假话王国历险记》、林格伦的《小巨人三部曲》《长袜子皮皮》等。他不仅翻译外国作品，还自己创作了大量的诗歌、小说和童话。他的童话有《没头脑和不高兴》《一个天才的杂技演员》等；他的诗歌有《你说我爸爸是干什么的》《爸爸的老师》等；他的儿童诗构思新颖精巧，往往有故事性或情节，富于情趣，形式活泼。

7. 郭风

郭风（1917—2010），中国当代散文家、儿童文学作家。他是一个有着旺盛创造力的作家，已结集出版作品集五十余部，其中儿童散文集有《搭船的鸟》《会飞的种子》《避雨的豹》《蒲公英和虹》等多部。1986年出版的《红菰们的旅行》，收了《蒲公英·野菊和梦神》《窗口》等作品，将童话引进散文和散文诗的创作领域，名之曰"童话散文"，为一个儿童文学新品种的开创进行了成功的奠基。

8. 金近、包蕾、洪汛涛和孙幼军

金近（1915—1989），中国著名儿童文学作家，著有《小鲤鱼跳龙门》《小猫钓鱼》《骄傲的大公鸡》等童话作品。他的童话重视教育功能，风格朴素，生活气息浓厚。作品多次被改编成美术电影上映，并产生了国际影响。

包蕾（1918—1989），中国著名儿童文学作家。他的童话机智、幽默，特别是他的低幼童话，对当代低幼童话的创作产生了较大影响。最能体现他的童话创作成就并给他带来广泛影响的是《猪八戒新传》。这部运用古典名著《西游记》中艺术形象创作的童话，包括《猪八戒吃西瓜》《猪八戒探山》《猪八戒学本领》等几个部分，在运用古典名著的艺术形象进行再创作方面做了成功的尝试，为童话的民族化走出了一条新路。

洪汛涛（1928—2001），中国著名儿童文学作家、理论家。他善于从民间文学中汲取营养，作品具有鲜明的民族风格。他的代表作童话《神笔马良》深受读者欢迎，是饮誉中外的童话名篇之一。该作品运用连环式方法铺叙故事情节，线索单纯，人物形象鲜明，语言自然传神，乡土气息浓郁，将幻想与现实结合得协调自然，为童话继承发扬民族、民间传统，树立了成功的榜样。

孙幼军（1933—），我国著名儿童文学作家，我国首位获"国际安徒生奖"提名的作家。他的长篇童话《小布头奇遇记》曾再版 13 次，他的短篇童话《小贝流浪记》《怪雨伞》《小狗的房子》都分别获得儿童文学的多种奖项。他的童话善于选取孩子熟悉的现实题材，塑造个性化的人物形象，语言简洁清晰、浅显自然，显示了作者深厚的语言功底。

9. 圣野、鲁兵、金波、柯岩、刘饶民

圣野（1922—），原名周大鹿，现名周大康，是一位勤于创作的儿童诗人。为儿童创作的诗歌已达一万多首，出版有《欢迎小雨点》《奶奶的故事》《春娃娃》等四十多本儿童诗集，《春娃娃》《瓜果谣》等获得全国类奖项。他的诗浅显亲切，生活气息浓郁，充满童真童趣。

鲁兵（1924—2006），既是编辑，又是儿童文学作家，且发表过不少关于幼儿文学和幼儿读物的研究性文章。他主编有《365夜故事》《365夜儿歌》《365夜童话》以及大型幼儿文学选集十卷本《中国幼儿文学集成》。他的论文集有《教育儿童的文学》。他的创作以儿歌和儿童诗最受瞩目。他的《唱的是山歌》《下巴上的洞洞》《好乖乖》《小猪奴尼》均获得全国奖项。他的诗歌语言幽默风趣，简洁明了，人物生动传神，受到儿童和幼儿的广泛欢迎。

金波（1935—），在儿童诗领域颇有成就的诗人之一，曾获"国际安徒生奖"提名。他的儿歌题材广泛，创作手法灵活多变，如《有双小脏手》《蝴蝶蝴蝶你找谁》等；他的儿童诗多次获全国奖项，如儿童组诗《春的消息》《快乐的节日》以及他作词的儿童歌曲《在老师身边》等。他的儿童诗讴歌自然，在浓郁的抒情中表达爱的主题，语言清新自然，意境优美。

柯岩（1929—），儿童诗人、女作家。既写诗歌、小说、报告文学，也写戏剧。她的儿童诗《小弟和小猫》流传甚广，儿童诗代表作《小兵的故事》获全国奖项。她还有儿童诗集《小迷糊阿姨》《月亮不会搞错》等。她的儿童诗善于选取富有戏剧性的故事片段，

构成有儿童情趣的故事,能吸引儿童深入作品意境,从而受到启发教育。另外,她还创作了儿童剧《小熊拔牙》、长篇小说及电视连续剧本《寻找回来的世界》等重要作品。

刘饶民(1922—1987),长期从事中小学教学工作,在儿歌和儿童诗方面均有成就。著有《儿歌一百首》。他的儿歌意境优美,文笔清新,乡土气息浓郁,展现了儿童丰富的想象力与纯真稚气。他的儿童诗卓有成就,代表作是儿童组诗《大海的歌》,诗集有《写给少先队员的诗》《石榴花》等,还有寓言诗集《含羞草》《迎春花和小黄莺》、童话诗集《兔子尾巴的故事》等。他的诗歌构思精巧,意境优美,文笔清新,有浓厚的儿童情趣。

10. 周锐、冰波、郑春华

周锐(1953—),我国当代童话作家。1977 年在《诗刊》发表处女作,尝试过多种体裁的创作,1983 年后逐渐专注于童话创作,以创作短篇童话为主。主要作品有《勇敢理发店》《拿苍蝇拍的红桃王子》《阿嚏大夫》《扣子老三》《特别通行证》《明星和替身》《出窍》等。他是中国 20 世纪八九十年代热闹派童话的代表作家之一。他在追求童话幻想性、可读性、趣味性的同时,讲究作品的哲理内涵和文化品格,注重从传统文化中汲取有益的养分,同时形成自己幽默、智慧的独特风格,成为当代一位颇具特色与成就的童话作家。童话集《出窍》充满了生命的体验和玄想,代表着周锐童话风格的新发展。

冰波(1957—),我国当代儿童文学作家。著有短篇童话《秋千,秋千……》《桃树下的小白兔》、长篇童话《狼蝙蝠》、中篇童话《怪蜗牛奇遇记》《长颈鹿拉拉》、童话集《窗下的树皮小屋》《毒蜘蛛之死》等。其作品获各种奖项五十余次。他的早期童话富有诗意,语言淡雅,文笔细腻,追求意境美,是抒情型童话的代表;后期童话充满迷惑、不安的情绪,表现出对人生、对世界的冷峻思考。

郑春华(1951—),曾当过保育员,后调入出版社当编辑。1980 年开始儿童文学创作。主要作品有诗集《甜甜的托儿所》《圆圆和圈圈》,童话《大头儿子和小头爸爸》《大头儿子和他的妈妈》等作品。代表作《大头儿子和小头爸爸》已获得多项国家儿童文学奖项,由它改编的同名动画片风靡全国,深受孩子们的喜爱。

11. 曹文轩

曹文轩(1954—),我国当代儿童文学作家。代表作品有《山羊不吃天堂草》《草房子》《红瓦》《根鸟》等。他的作品曾获得"宋庆龄儿童文学奖金奖"等奖项三十余种,他本人于 2016 年获得"国际安徒生奖"。他在成长小说的创作中表达着对少年儿童生存状态和心灵世界的关怀,以自觉的担当意识,关注儿童的生存状态,扶助儿童的生命成长,写出了内在的人性、人情、尊严与理想。在曹文轩的笔下,他为主人公的成长设置了很多被围困的"异境",却又生发出新的象征意味。曹文轩写出了人生的困苦与悲怆之情,但绝不沉溺于悲切的情绪氛围里,他让读者看到,即便在生命的低谷或是"绝境"当中,生命依然有它不屈与坚韧的一面,人性依然有它灿烂光辉的美质。他的作品以优美感人著称,以细腻诗意的笔调打动人心,使读者仿佛走入了幽静的田园圣地。

(二)外国幼儿文学代表作家作品

1. 安徒生

安徒生(1805—1875),19 世纪杰出的童话大师。出生于丹麦中部欧登塞的贫民区一个鞋匠家庭,早年生活贫苦,曾在慈善学校读过书,当过学徒工。受父亲和民间口头文学的影响,自幼酷爱文学,并对舞台表演产生兴趣,幻想当一名歌唱家、演员或剧作家。14岁时,为追求艺术,安徒生只身来到哥本哈根,原本想学习舞蹈、音乐,但因出身贫寒而四处碰壁。经过八年的奋斗,安徒生终于在戏剧界朋友的帮助下进入哥本哈根大学深造,从此走上文学创作之路。他的作品以《海的女儿》《丑小鸭》《卖火柴的小女孩》《拇指姑娘》《野天鹅》《皇帝的新装》等为代表。

安徒生一生坚持不懈地进行童话创作,把他的天才和生命都献给了"未来的一代"。他一共写了168篇脍炙人口的童话和故事,受到广大少年儿童和幼儿以及成人的热烈欢迎和衷心喜爱,作品被译成80多种文字,风靡全世界。安徒生的童话具有独特的风格,即醇厚的诗意、深刻的人道主义精神和质朴清新、通俗生动的语言。由于安徒生的贡献,丹麦人民在他的故乡竖起了他的铜像。他被世人誉为"世界童话之王""丹麦童话大师"。

2. 卡洛·科洛迪

卡洛·科洛迪(1826—1890),著名的意大利儿童文学家。生于意大利佛罗伦萨乡下一个厨师家庭,教会学校毕业后,开始给地方报纸写稿。科洛迪以创作儿童文学作品闻名于世,他先后写过《小手杖游意大利》《小手杖文法》《快乐的故事》等儿童文学作品。他最有名的作品当属《木偶奇遇记》。这部童话作品自问世以来,受到各国儿童和幼儿的喜爱,并多次被拍成动画片和故事片。

《木偶奇遇记》这部作品成功塑造了匹诺曹这一富有特色的儿童形象,展现了鲜明的个性特征。匹诺曹聪明、善良、单纯,但又有不少的缺点,如偷懒、怕苦、粗心、轻信、不听劝告、缺乏意志等。作品一个最突出的优点,便是作者对于孩子身上普遍存在的缺点不是直接的批评,而是通过情节的推进,自然地流露出来。此外,情节曲折、扣人心弦、充满神奇的幻想和夸张,也是作品的特点所在。

3. 米尔恩

艾伦·亚历山大·米尔恩(1882—1956),英国著名剧作家、小说家、童话作家和儿童诗人。米尔恩从1906年起就在英国老牌幽默杂志《笨拙》工作,他写了大量诗文,还曾把格雷厄姆的《柳林风声》改编成剧本《蛤蟆府的蛤蟆》,这个剧每年圣诞节英国都要上演。米尔恩主要有童话《小熊温尼·菩》(1926)、《菩角小屋》(1928)等,儿童诗集《当我们还小的时候》(1924)、《我们现在六个人》(1927)等。

《小熊温尼·菩》共分两部,原是米尔恩为他儿子小罗宾写的,主角是小罗宾的一只玩具小熊。这只小熊看上去憨傻可爱,在关键时刻却机智勇敢,而且能够想出解决问题的好主意。作品语言幽默风趣,插图憨态可掬,使这部作品具有永久的魅力。迪士尼公司买下了《小熊温尼·菩》的版权,先后推出三部卡通短片,并集合一起,命名为《小熊温尼历险记》,成为迪士尼第22部经典动画片。迄今为止,小熊温尼仍然魅力不减,它以自己单纯可爱的个性、肥胖娇憨的形象,永远活在童话的世界里。

4. 林格伦

阿斯特丽德·林格伦(1907—2002),享有世界声誉的瑞典儿童文学作家。出生在瑞典斯莫兰省一个农民家庭。20世纪20年代,她到斯德哥尔摩求学,毕业后长期在一家儿童书籍出版公司工作，后担任儿童部主编。1944年冬，她因滑雪伤了腿，养伤期间写成了一部童话故事《长袜子皮皮》，作为赠给女儿的生日礼物。她因这部作品蜚声全国，继而蜚声欧洲乃至全世界。在以后的五十多年里，林格伦共为孩子们写了上百种儿童读物，其中八十多部是童话，除《长袜子皮皮》外，还有《小飞人三部曲》《狮心兄弟》等。她的作品被译成五十多种文字，曾获"国际安徒生奖"（1958）等许多重大奖项。

《长袜子皮皮》的写作缘起是林格伦给患病的7岁女儿卡琳讲故事。皮皮的名字是卡琳顺口说出来的。这个火红头发、力大无穷、好开玩笑、喜欢冒险的小女孩穿一只黑袜子、一只棕袜子，在那个由僵死的逻辑和枯燥的条文统治的世界里，不顾一切朽旧的禁律，做一切她想做的事。林格伦希望通过创造神奇、热闹、冒险、游戏性、善良、热忱的童话世界，释放儿童在现实生活中被压抑的自然天性，同时以十分独特的方式把现实生活折射进孩子的知觉世界。因此，她所塑造的顽童形象正是儿童心声的写照，不仅释放了孩子的想象力，也促使教育理念的更新。她幽默风趣的语言、深入人心的顽童形象、紧凑的情节使作品大放异彩。

5. 罗大里

姜尼·罗大里（1920—1980），意大利儿童文学作家。出生在小镇奥梅尼亚一个面包师家庭，毕业于师范学校。罗大里教过小学，第二次世界大战期间参加反法西斯斗争，战后长期担任记者和儿童副刊的编辑，办过儿童杂志，十分熟悉和了解儿童。20世纪40年代，他开始写童谣和童话故事，一生为儿童写出大量的作品。1970年，罗大里获得"国际安徒生奖"。主要作品有长篇童话《洋葱头历险记》（1951）、《假话国历险记》（1958）和《二十加一个童话》等。

《洋葱头历险记》描写的是这样一个故事：老洋葱因无意中踩了柠檬王一脚而被关进了监狱。洋葱头来探监时，老洋葱告诉他，监狱里关押的都是无辜的人，而为非作歹的坏人却被养在皇宫里。洋葱头决心救出监狱里的人，却不幸也被投入黑牢。在鼹鼠等朋友的帮助下，洋葱头和狱友们历尽磨难后终于获救，柠檬兵们也纷纷放下武器投降了。大家团结起来，共同推翻了柠檬王的统治，获得了自由。

作品运用拟人化手法，赋予各种植物以人的性格，将童话的想象与现实巧妙地联系在一起，从而反映了社会现实。他的童话想象奇特，人物形象生动，充满有趣的情节和生动的细节，但又有对现实的影射和批判。

6. 中川李枝子

中川李枝子（1935—），日本著名儿童文学作家。出生在北海道的札幌，长期从事教育工作，有丰富的儿童教育经验。她写的儿童文学作品，教育小朋友懂得生活的各种道理，而故事又十分有趣，因而受到小朋友的欢迎和喜爱。她的代表作《不不园》，以其幽默的童趣被西方童话界所认同，使日本童话缺少幽默感的状况有所改观。《不不园》这本童话集出版后，引起了极大的轰动，国内外同声称好，被日本全国学校图书馆协议会推荐为必读图书。

《不不园》由7个相对独立的小故事组成，主人公都是小男孩茂茂。主人公茂茂不听妈妈的话，总是说"不么，不么，我不么！"老师让妈妈送茂茂进"不不园"。在这个园里，小朋友们可以随心所欲，吃手指、打架、糟蹋玩具，老师都不管。妈妈来接茂茂时，毛毛却说再也不愿到"不不园"来了。其中的一篇故事《大狼》最为幽默。大狼想吃胖乎乎的茂茂，但嫌茂茂太脏，担心吃了会肚子疼，想把茂茂洗净后再吃。大狼慌慌张张地拿起桶、刷子、毛巾和两块肥皂，跑来跑去，顾了这头，丢了那头。最后，小朋友们把大狼打翻，叫来警察，把大狼关上了警车……在这里，大狼的稚拙劲被写得非常充分。

在这部童话中，中川李枝子把孩子们的日常生活虚幻化，用幻想写真实的生活，奇异有趣，新颖独特。作品语言简洁浅近，适合讲给孩子们听，也有助于培养幼儿健康的情感和幻想能力。

第四节　幼儿文学的接受

一、幼儿文学的接受方式

幼儿文学的接受对象主要是婴幼儿，也有成人，在这里我们主要以幼儿为接受对象，来分析幼儿文学的接收方式。

幼儿的年龄和心理的特殊性，决定了幼儿在欣赏文学时具有自己的特殊方式。

（一）"听赏"方式

幼儿主要通过成人的朗读或讲述来接受文学。正如儿童文学作家鲁兵所说："对尚未识字的幼儿，亦即学龄前的孩子来说，文学作品不是他们自己读的，而是父母教师念给他们听的……"对于儿歌、幼儿诗、故事、童话等作品，尚未识字的幼儿只能通过大人的朗读，才能真正地欣赏。他们不只是了解其内容，还欣赏语言的节奏、顿挫。因此，不论是儿歌、幼儿诗，还是童话、幼儿故事，都比较讲究语言的韵律感、节奏感。这种富于艺术色彩的语音、语调的刺激对所有幼儿来说都是非常神奇和重要的。

幼儿的年龄特点决定了他们接受文学的方式主要是依赖听觉，而不是视觉。无论古今，这一接受方式是大致不变的。随着科技的进步、文化的发展，出现了大量图文并茂的图画故事书，以及用绚丽夺目的色彩吸引孩子目光的影视作品，如动画片等，使得幼儿有可能更多地通过视觉接受文学，但这并没有从根本上改变幼儿文学依赖于听觉的接受方式。

（二）图画、音乐的方式

幼儿文学作品的直观性要求鉴赏方式的多样性。根据幼儿文学作品的内容配以合适的图画或音乐，这种方式有助于幼儿理解、鉴赏、接受文学作品。图画和音乐作为辅助形式，能够充分调动幼儿的视觉、听觉，形象而直观地表现作品，创造意境，增强感染力。

（三）表演欣赏的方式

表演欣赏的方式有两种：一是艺术家把幼儿文学作品搬上舞台，这是融合文学、音乐、美术、舞蹈等多种艺术成分的综合性的舞台艺术，如幼儿童话剧、幼儿生活剧、幼儿寓言剧等；二是幼儿直接参与作品的表演，在活动中感受和理解作品。幼儿活泼好动，他们是从身体和动作经验中，从作品的表演、游戏中，形成相应的文学接受能力的。因此，在引导幼儿欣赏文学作品时，可以同时教他们一些简单的动作来表演作品内容，也可以将幼儿文学作品改编成剧本，指导他们排练、表演。这些活动有助于提高幼儿对文学作品的接受能力。

童话《小羊和狼》中有幼儿熟悉的、令人憎恶的大灰狼，还有他们喜爱的小狗、小羊、小马、大象等动物，情节简单，角色对话多次重复，如"小羊，小羊，你为什么哭呀？""不要怕，晚上我来帮助你"等，特别适合幼儿的语言习惯。再比如"我用嘴咬它""我用爪子抓它""我用腿踢它""我用鼻子卷起来"等语言，动作性强，可以指导幼儿进行游戏、表演。在游戏、表演过程中，不论幼儿是自己表演，还是看别人表演，气氛都会变得热烈，他们的情绪也会不断高涨。通过游戏，幼儿能够体会到合作表演的乐趣，懂得团结起来力量大的道理。

（四）阅读欣赏的方式

大中班的幼儿是可以自己阅读适合其年龄特征的、图文并茂的绘画文学读物的。幼儿通过阅读可以发挥主动性、想象力，有利于养成安静专注的阅读习惯，初步具备阅读能力。

二、幼儿文学与幼儿教育

（一）幼儿文学在幼儿教育中的重要作用

幼儿文学是人之初的文学，是孩子一生中最早接触的文学，对幼儿的教育起着重要的作用。主要表现在以下几个方面：

1. 开阔视野，增长知识，提高幼儿感知生活的能力

幼儿生活和活动的范围有限，能接触的事物不多，因而幼儿文学担负着让幼儿认识社会、认识自然、认识人生的使命。幼儿文学作品既能开阔幼儿的视野，激发他们对社会及大千世界的关注热情，加深他们对生活的认识，又能帮助他们了解社会和人生，学习社会生活技能与行为规范，使之从"自然人"向"社会人"转变。

2. 启迪情感，促进幼儿情感的发展

一些心理学家和教育家的研究表明，幼儿期所阅读的文学作品对其情感活动有很大的启蒙引导作用。幼儿文学作品中常常蕴涵着深刻的做人道理和共同的社会生活准则，对幼儿的人际交往、情感认可、问题解决、情绪控制等社会性能力的培养具有积极的推动作用。它的熏陶能使幼儿走上健康的生活之路。在幼儿接触最早、最多的故事中，很多故事都有其独特的教育功能，孩子可以从中获得情感的启迪。在英国，政府借助各种传播手段向社会宣传孩子阅读的重要性；在墨西哥，政府制定了促进幼儿阅读的国家阅读计划；其他一些发达国家从20世纪80年代开始就非常重视幼儿文学对孩子社会性发展所起的重要作用，足见幼儿文学对孩子的巨大影响。

3. 培养幼儿的想象力

21世纪是具有创造性的人才施展才华的时代。培养具有创造性的人才，首先要培养他们的想象力。俄国教育家乌申斯基说："强烈的活跃的想象是伟大智慧不可缺少的属性。"想象力的培养对幼儿的教育是非常重要的。幼儿期是幼儿想象非常活跃的时期，幼儿好奇心重，没有过多的思想束缚，敢想敢做，对周围的新鲜事物表现出浓厚的兴趣，爱提问、喜追究，"打破砂锅问到底""探究性地拆东西""自言自语做游戏"，这些听似好笑、看似顽皮的言行举止，恰恰就是幼儿创造性火花的闪现。我们在教育中，要注意诱导并放手让幼儿实践探索，这样就会培养出他们的创造能力，使他们最终成为出类拔萃的符合时代要求的人才。否则，这样可贵的创新精神的萌芽就会被扼杀在摇篮中，幼儿就只能在模仿、顺从中长大，逐渐失去创造的机会、条件和信心，最终很可能成为平庸的、缺乏独立见解的人，被时代所抛弃。

幼儿文学是发展幼儿想象力的最佳载体。想象、幻想是幼儿文学创作思维的基本形式，是构建情节的主要方式，是形成童趣的重要途径。尤其是童话、科幻小说等，它们更富于幻想，能把幼儿带进一个神奇的空间，让他们体会到自由与快乐。这些作品使幼儿知道了海底有小人鱼，天上有月宫，遥远的森林里有七个小矮人，取经路上有降妖伏魔的孙悟空。根据这些作品的内容，幼儿可以张开想象的翅膀，去创造自己奇妙异趣的世界。

4. 培养美感，提高幼儿的审美能力

幼儿文学作品中包含大量健康的审美内容，可以让幼儿得到纯正的美学观念的熏陶，进而丰富情感，陶冶情操，培养健康的审美观念。幼儿文学作品通过幼儿能理解的语言、生动的形象，告诉他们什么是真、善、美，什么是假、丑、恶，让幼儿与作品所表述的情感产生共鸣，使他们的审美情感得到陶冶，能领悟到什么是美，为什么美，从而初步形成审美能力。

5. 丰富语言，发展幼儿的语言能力

幼儿的语言正处于快速发展时期，幼儿文学的语言表述不仅准确规范、简洁明快，而且富有表现力，又充满童趣。幼儿不仅能从语言上得到熏陶，而且能从中学习到大量的语言词汇、语法规则、修辞手法和多种多样的表达方式，从而逐步提高语言能力。

总之，幼儿文学在幼儿教育中占有重要地位。有人曾说过，孩子的心灵是不可思议的土地，播下思想的种子，就会收获行为；播下行为的种子，就会收获习惯；播下习惯的种子，就会收获性格；播下性格的种子，就会收获命运。幼儿文学在孩子的心灵播下了爱的种子，我们的社会就会收获沉甸甸的爱。美国诗人惠特曼曾写下这样的诗句：

> 有一个孩子每天向前走去，
> 他看见最初的东西，他就变成那东西，
> 那东西就变成了他的一部分。

优美的文学作品是幼儿成长的最好的精神食粮之一，让幼儿伴着优美的文学成长，无疑是给他们一把更好地适应社会生活的金钥匙。

（二）幼儿文学与幼儿教师

幼儿接受文学作品的一个重要途径是幼儿教师的引导和推动。幼儿教师在幼儿和幼儿文学作品之间架起一座重要的桥梁。幼儿教师在阅读和教学幼儿文学作品过程中，不仅能更好地了解幼儿，还会提高自身素质，丰富自己的精神世界。

要做一名优秀的幼儿教师，必须了解幼儿。苏霍姆林斯基曾说过，不了解学生，不了解他（她）的智力发展，不了解他（她）的思想、兴趣、爱好、才能、禀赋、倾向，就谈不上教育。幼儿文学是贴近幼儿的现实生活文学，它能反映幼儿的心理特征和思维方式。幼儿教师在阅读和教学幼儿文学作品的时候，可以借此走进幼儿的内心世界，了解他们的欢乐与忧愁，感受那种天真无邪的情感，从而为更好地开展教育教学活动打下良好的基础。

同时，幼儿教师也可以借此提升自己的文学素养，增加自己的文学积累，提高自己的文学欣赏水平，从而更好地理解和把握幼儿文学作品，这样在教学中才能游刃有余，才能提高幼儿的文学欣赏水平。

思考与实践

1. 什么是幼儿文学？如何理解这一概念？
2. 简述幼儿文学的审美特征。
3. 概述中国现当代幼儿文学的发展。
4. 简述世界幼儿文学的发展。
5. 幼儿文学在幼儿教育中有什么重要作用？
6. 教授幼儿文学对幼儿教师有何帮助？

第二章 儿 歌

第一节 儿歌概说

儿歌是采用韵语形式、适合于低幼儿聆听吟唱的简短的"歌谣体"诗歌。在古代,儿歌一般被称为"童谣",某些文献资料所记载的"婴儿谣""小儿语""儿童谣""孺子歌"等,都属于儿歌的范畴。传统的儿歌最初是在民间口耳相传的歌谣,后来,这些歌谣被人们收集整理,才有了文字的记载。可以说,儿歌是一种最普遍的口头文学样式,也是人一生之中最早接触的文学样式。从创作主体来看,儿歌的作者有两类人,一是母亲或其他成年人,二是孩子本人。

儿歌是人的一生中接触最早的,也是最容易接受的一种文学样式。在孩子们的世界里,儿歌是自然、活泼、愉悦的,如同徐徐的春风、细细的春雨,融进幼儿的世界,滋润着他们的心灵,传递着无限的快乐。儿歌为孩子们营造了充满想象、饱浸着爱、溢满真情的美好艺术乐园。儿歌又像一只美丽的百灵鸟,陪伴孩子们度过整个幼年时光。儿歌丰富生动的内容、浅显易懂的语言、动听悦耳的韵律都使孩子们久久不忘,直至垂暮之年,对儿时吟诵的儿歌他们往往还能记忆犹新。正如明代吕坤编著的《演小儿语》中所说:"童时习之,可以终身体认。"

历史上最早为孩童搜集整编儿歌集的是明代的吕坤。他看到了儿童生活中口头相传的歌谣深受孩子喜爱以及"群相知,代相传,不知作者所自知"的特点。于是,吕坤广泛采集并进行加工改编,于1593年编辑成《演小儿语》,成为我国最早的一部儿歌专集。后来,清代郑旭旦等人更肯定了儿歌的艺术价值。郑旭旦搜集编录的《天籁集》和痴悟生搜集编录的《广天籁集》中均称儿歌为"天下之妙文""天籁",里面的作品既有知识性,又富有趣味性,比明代《演小儿语》的内容更丰富。

"五四"新文化运动时期,人们有意识地抵制封建糟粕,关注对儿童的教育培养,声势浩大的歌谣运动开始了。在北京大学校长蔡元培和学者沈尹默、刘半农等人的倡导下,北京大学于1918年创立了歌谣研究会,成立歌谣征集处,创办了《歌谣》周刊,发表了所搜集的大量歌谣作品,并对其中的儿童歌谣冠称"儿歌"。由此,"儿歌"作为幼儿文学的体裁名称相沿至今。

中华人民共和国成立后，儿歌的搜集与整理得到了重视，儿歌的创作有了全新的发展。先后出现了许多热心的儿歌作家，如叶圣陶、鲁兵、圣野、刘饶民、张继楼、金波、樊发稼、张秋生、于之、刘御等，都创作出了很多家喻户晓、广为流传、朗朗上口、为广大幼儿喜爱的优秀儿歌。

第二节　儿歌的特征

作为一种独立的幼儿文学体裁，儿歌在其自身的发展过程中，形成了它独有的特性。

一、注重音乐性，特别强调音韵和节奏

注重语言的音乐性，强调音韵节奏因素是儿歌的一个显著特征。婴幼儿听觉发展较快，对声音异常敏感且具有浓厚的兴趣和较强的识别能力。因此，音乐性强的韵语婴幼儿能够较容易地感受到并喜爱上。儿歌十分注重语言的音乐性，音韵与节奏都非常清晰而显著。语音的强弱、长短和轻重有规律地交替，以及押韵和停顿都是构成儿歌音韵节奏的重要因素。儿歌的音乐性特征鲜明地体现在这些方面。一般而言，儿歌的节奏更多地反映在由诗句的停顿构成的节拍上。常见的儿歌节拍大致有三种：一是节拍、字数一致，如流传于贵阳地区的传统儿歌《捉蚂蚱》；二是节拍一致、字数不一致，如传统儿歌《端豆花》；三是节拍不固定，如流传于北京地区的传统儿歌《小耗子》。由于接受者和创作者都喜爱杂言句式的作品，因此节拍不固定的儿歌较多，其节拍要根据内容的需要灵活运用和掌握。

押韵是构成儿歌音韵美的重要方面。儿歌讲究在句子末尾的一个字上有规律地落音一致而形成押韵。这种音韵的去而复返、奇偶相谐、前呼后应，使儿歌产生了极为鲜明的节奏感，从而收到特殊的听觉效果。儿歌的押韵并非一成不变，而是富于变化的。儿歌的押韵一般有四种情况：一是句句押韵。这种押韵较规矩，容易上口，吟唱起来悦耳动听。其缺点是用韵范围较窄，句式变化不大，显得较为呆板。二是隔句押韵，即逢双句押韵，首句可押韵可不押韵。这种押韵方法限制较少，用词造句比较方便，比起句句押韵来容易掌握，因而是用得最多的一种押韵方式。三是中途换韵，即在儿歌内容的表述中不断地变换韵脚，多用在"连锁调"的押韵上，一般每两句换一个韵脚，用韵灵活方便，错落有致，便于吟唱。四是"一字韵"，即用同一个字押韵，一般用于传统儿歌中的"字头歌"形式。这其实是一种特殊的句句押韵方式，作品通篇都用同一个字作为韵脚。这种韵脚一般又有三种情况，其一是用"子""头""手"等字押韵；其二是诗句末字儿化，使诗句落音相近，形成特殊的"一字韵"；其三是用"了"（或"啦"）、"喽"等语气词为韵脚，别有风味。如王青的《下雨喽打哨喽》就是用语气词"喽"为韵脚。一字韵儿歌一般可以用所用

的"一字韵"指称篇名，如河北传统儿歌《爷爷爷爷给馒头》可称为"头字歌"，蒋宝瑚的《手》可称为"手字歌"。

二、短小单纯，易懂易记易唱

篇幅短小，内容浅显，易懂易记易唱是儿歌的另一主要特征。幼儿心理发展的特征决定了其"无意注意"占主要地位，因而他们靠意志力保持注意的程度较低。同时，幼儿无论是接受知识，还是理解事物的水平都不高，这就决定了为他们提供唱诵和聆听的儿歌必须是短小单纯、通俗易懂、易记易唱的。只有内容单纯明了、语言平实明白的儿歌，才容易被幼儿接收和记忆。如传统儿歌《排排坐》：

排排坐，/吃果果，/你一个，/我一个，/弟弟睡了留一个。

整首儿歌仅有19个字，在形式上结构单纯，以一节三言句式完成。内容上浅显明白，仅用两句话就简单明了地展示出小朋友分果果、吃果果的活动过程，体现了团结友爱的和谐意蕴。幼儿读之易懂，且容易记住。当然，在传统儿歌的特殊形式中，也存在着篇幅相对长的儿歌。但这样的儿歌同样受"短小单纯"特点的制约，其篇幅不会太长。

三、歌唱与游戏互补，极富幼儿情趣

幼儿的主导活动是游戏，他们往往通过游戏来了解、熟悉和认识周围事物。而群体的游戏活动需要有能够统一幼儿动作、吸引其注意力的有节奏的口令，还需要用富于韵律性的语言来揭示游戏的内容，以增加幼儿对游戏的兴趣。这种口令和韵律性的语言就是儿歌。因此，讲究和追求动态的游戏性，将游戏与诵唱内容相结合，实现歌唱与游戏的互补便成了儿歌的一个明显特征。

儿歌的这种歌唱与游戏互补的特性具有增强作品趣味性和幽默感的作用。幼儿的游戏在某种意义上有着很强的表演性。在表演过程中吟诵与演唱互动，势必更加显示出趣味。如柯岩的《坐火车》呈现的就是幼儿把小板凳摆成一排玩开火车的游戏，人物有司机、乘务员、抱娃娃的"妈妈"、牵小熊的乘客。整首儿歌完全是吻合幼儿心理、让他们在模仿中体验生活的"模仿游戏"。幼儿既可以得到语言的训练，又能获得唱诵的快感，还能体会游戏的愉悦和乐趣。一些儿歌的特殊形式如绕口令、连锁调、字头歌、颠倒歌等，一经与游戏结合，也会在天然的谐趣中显出幽默，使儿歌的趣味性更加突出。

总之，儿歌具有十分明显的游戏成分，可以说是一种锻炼幼儿语言和思维能力的"游戏歌"。

第三节 儿歌的类型

一、儿歌的一般类型

从外在形式来看,儿歌的篇幅没有长短的规定,但由于儿歌的接受对象是婴幼儿,所以其篇幅不宜过长。在结构上,儿歌也没有一成不变的固定形式,可分节,也可不分;可用二言句式、三言句式、四言句式和五言句式,也可以用六言句式、七言句式和杂言句式,呈现出多种多样的结构形态。

儿歌就其分节而言,通常情况下,一般有一节式、两节式和多节式。一节式儿歌内容单纯,篇幅很短小,有一气呵成之感。在句式上,大多数由偶数句组成,也有一些由奇数句组成。不论采用哪种句式,都取决于儿歌内容表达的需要,原则是意到文止。

内容分两节表达,就构成了两节式儿歌。这类作品常采用对比或反复的修辞手法来连接上下两节的内容,使其浑然一体。对比和反复手法形成了儿歌节与节之间的前后呼应,既能使作品内容和作者的思想感情得到充分的表达,又保证了作品结构的严谨。

凡三节以上的儿歌,都可称为多节式儿歌。其结构比较自由,可长可短,适用于表达内容较丰富的儿歌。

儿歌就其句式而言也是多种多样的,其中二言句式的儿歌,诗句全部由两个字构成,是最古老的儿歌句式,至今仍然为儿歌作家使用。三言句式的儿歌,诗句全部由三个字构成,也是儿歌最古老的句式之一。曾经在诗歌中盛行的全部由四个字构成的四言句式,也是儿歌常见的形式。此外,五言和七言句式在儿歌中运用得也较为广泛。六言句式在一般诗歌中用得较少,在儿歌中却并不少见。以各种句式的综合运用为特征的杂言句式,是儿歌中运用最广的句式。这种句式不受字数的限制,自由灵活,很受广大作者特别是初学者的喜爱。杂言句式在长期的流传过程中逐渐定型,一般采用多节式。其特点是每节由三句构成,第一、二句为三言句,第三句为七言句,二、三句押韵,首句用韵较自由。由于句式的有规律变化,杂言句式的儿歌表现出较鲜明的节奏。

儿歌采用的艺术表现手法也是多样的,常见的有夸张、摹状、回环、设问、反复、比喻、比拟、对比、顶针等。

二、儿歌的特殊类型

儿歌还有许多在长期的流传过程中,经过优胜劣汰而形成的特殊形式(包括署名作者按照特殊形式创作的作品),现就主要的几种分别介绍如下:

(一)摇篮曲

摇篮曲又叫催眠曲、摇篮歌,指哄婴幼儿睡觉时由母亲或其他成人吟唱的儿歌形式。

摇篮曲的内容一般有母亲对孩子的爱抚和安慰，也有母亲对孩子命运前途的祝福等，所表达的情感较为朴素。在艺术传达上，摇篮曲具有内容通俗浅显、节奏柔和舒缓、语言柔美流畅等特点。

摇篮曲通过声和调对孩子起作用，有的摇篮曲甚至连完整或明确的含义都没有，只是母亲的"哼哼"，仅以柔和的声音连缀几个词语或短语，构成了摇篮曲特殊的艺术魅力。如四川儿歌《觉觉喽》：

阿哦，阿哦，乖乖哟，觉觉喽，狗不咬哟，猫不叫哟，乖乖睡觉觉喽……

这首摇篮曲没有完整或明确的含义，口语中的象声词"阿哦""哟""喽"构成摇篮曲的主调。母亲的哼唱往往是轻柔、深情的，歌声中融入的是母亲对宝宝的亲昵、爱护，宝宝享受的是无私的母爱。这种声和调，传达出母亲对孩子深深的舐犊之情。

（二）问答歌

问答歌又称对歌、盘歌、猜谜调，是指以设问作答的方式，引导幼儿认识事物或一定道理的传统儿歌形式。幼儿唱诵问答歌，能引起他们的思考、联想，从而得到知识的启迪和美的享受。有问有答是问答歌的基本特点。如唐鲁峰的《谁的耳朵》：

谁的耳朵长？／谁的耳朵短？／谁的耳朵遮着脸？
驴的耳朵长，／马的耳朵短，／象的耳朵遮着脸。
谁的耳朵尖？／谁的耳朵圆？／谁的耳朵听得远？
猫的耳朵尖，／猴的耳朵圆，／狗的耳朵听得远。

这首儿歌采用连问再答的形式，以一组问引出一组答，以此介绍不同的事物，从而引导幼儿在比较中了解事物，培养幼儿观察和分辨事物的能力。为了便于幼儿理解和把握儿歌，连问再答的问答歌对问答的设计一般不超过四组，即每首儿歌最多不超过四组问四组答。

（三）连锁调

连锁调又称连句、连环体、连珠体、衔尾式，是一种运用特殊修辞结构、用押韵手法构建诗文体的传统儿歌形式。

"顶针续麻"是连锁调的修辞特征，即前一诗句尾词作为后一诗句的首词（有的作品是上一节末句尾词作为下一节首句首词）。"随韵黏合"是连锁调结构的特点，即每两句为一层次，每层次上句起韵，下句以此押韵，上下两句在内容上没有关联，而靠韵把它们"粘"在一起。"中途换韵"是连锁调的韵脚特征，即每个层次都换一个韵脚。"无意味之意味"是连锁调的主题表现特征，特别是传统的连锁调，一般不表现一个突出的中心思想，其意味常在于作品形式的特殊性或内容的诙谐幽默所造成的趣味性上。流传于我国西南地区的《三国刘备打草鞋》最能体现连锁调的上述特征：

来来来，／三国刘备打草鞋，／草鞋打给苏妲己。／苏妲己的脸又红，／一打打到赵子龙。／赵子龙的本领高，／一打打到高老幺。／高老幺的镰刀快，／一杀杀到猪八戒。／猪八戒的嘴最长，／掀起耳朵晒太阳。

这首连锁调的第二层次下句"一打打到赵子龙"的尾词"赵子龙"做了第三层次上句的首词。第一层次上句和下句之间没有逻辑联系，也无一个突出的中心思想，但在内容上将《三国演义》《西游记》《封神榜》的人物形象串在了一起，充满游戏精神和喜剧色彩，可以反复吟诵，意味无穷。

（四）颠倒歌

颠倒歌也称为滑稽歌、古怪歌、稀奇歌、反唱歌，是一种使用夸张、颠倒的手法来描述大自然和社会生活中某些事物和现象的情状，达到以表面的荒诞揭示事物本相和实质的目的的传统儿歌形式。

颠倒歌的作用主要有：一是可以放松情绪，使幼儿在快乐的笑声中培养丰富的想象力和幽默感；二是可以增强幼儿的识别能力，锻炼他们从反面联想和思考问题的逆向思维能力。如流传于河南的传统儿歌《小槐树》：

小槐树，／结樱桃，／杨柳树上结辣椒。／吹着鼓，／打着号，／抬着大车拉着轿。／蝇子踢死驴，／蚂蚁踩塌桥。／木头沉了底，／石头水上漂。／小鸡叼个饿老雕，／老鼠拉个大狸猫。／你说好笑不好笑？

这首颠倒歌想象丰富、夸张大胆，有意颠倒混淆各种事物之间的正常关系和顺序，不仅把自然界和社会生活中不可能发生的事情和现象，通过丰富的想象渲染得活灵活现，而且带着一种滑稽诙谐和荒诞不经的意味。

（五）数数歌

数数歌是指将数字和形象相结合，通过吟唱式的数数，帮助幼儿认识数字的儿歌样式。数数歌的表现形式是多种多样的。有的数数歌以简单的序列数字排列，如《一二三，三二一》：

一二三，／三二一，／一二三四五六七，／八九十，／到十一，／十二、十三、十四、十五、十六到十七，／十八和十九，／二十、二十一。

这首数数歌除了用"到""和"两字来补足音节、完善节奏外，全由数字构成。数字的排列有正排倒排，句式有长句、短句，并巧妙利用"一"和"七"两个韵母相近的数字做韵脚，造成有规律的落音现象，使作品韵律和谐，节奏鲜明，体现了浓郁的语音美学意味。

有的数数歌表现出较明显的情节性，如樊发稼的《答算题》：

一二三四五六七，／七个孩子答算题。／七张白纸桌上摆，／七只小手握铅笔。／七双眼睛闪闪亮，／七颗心儿一样细。／七份答卷交老师，／七张小脸笑眯眯。／几个小孩答对了，／一二三四五六七。

作者在这首数数歌中设计了一个小小的情节，有滋有味地描述了以七个孩子为中心的答算题活动场景。在"一二三四五六七"的数数声中，我们似乎可以从中感受到老师对孩子们的欣赏和喜爱。

有的数数歌以介绍知识为特征，如赵术华的《十条腿》：

小黑鸡，/两条腿，/大黄牛，/四条腿，/蜻蜓六条腿，/蜘蛛八条腿，/螃蟹十条腿，/蚯蚓、鳝鱼没有腿。

这首数数歌将"鸡""黄牛""蜻蜓""蜘蛛""螃蟹""蚯蚓""鳝鱼"等动物用韵语形式集合在一起，采用排列对比的手法，既向幼儿介绍了数量知识，又向幼儿介绍了有关动物的自然知识。

有的数数歌反映倍数的概念，如流传较广的四川传统儿歌《数蛤蟆》：

一个蛤蟆一张嘴，/两只眼睛四条腿，/扑通一声跳下水。/两个蛤蟆两张嘴，/四只眼睛八条腿，/扑通，/扑通，/跳下水。

这首数数歌利用幼儿的好奇心理，用蛤蟆"扑通"跳下水的有趣场面来巧妙地向幼儿介绍简单的倍数概念。

有的数数歌带着加减计算知识，如孙华文的《数学歌》：

四加三，/等于七，/六减五，/等于一。/一二三四五，/六七八九十。/十个手指头，/小小计算机。

这个作品通过幼儿掰着指头做数的加、减法场面的形象展示，将数的加减法计算知识自然地介绍给了幼儿。

有的数数歌运用比喻来表现数字的形状，如郭明志的《数数歌》：

"1"像铅笔细长条，/"2"像鸭子水上漂，/"3"像耳朵听声音，/"4"像小旗随风飘，/"5"像秤钩来卖菜，/"6"像豆芽咧嘴笑，/"7"像镰刀割青草，/"8"像麻花拧一道，/"9"像勺子能吃饭，/"0"像鸡蛋做蛋糕。

这首数数歌以幼儿非常熟悉的事物做排比，将抽象的数字符号化为形象可感的事物，对形象思维占主导地位的幼儿识数非常有帮助。

还有的数数歌带着量词，如王晨湖的《量词歌》：

一头牛，/两匹马，/三条鲤鱼四只鸭，/五本书，/六支笔，/七棵果树八朵花，/九架飞机十辆车，/量词千万别说差。/小朋友，/试一试，/互相调换就要闹笑话。

量词总是和数字密不可分，这首数数歌用量词将十个数字与幼儿熟悉的五类十种相关事物联系在一起，在富有音乐感的韵语中介绍了数字和量词的搭配运用。

当然，我们也应该看到，并不是出现了数字的儿歌就是数数歌。数数歌要求诗句中必须有数的排列，排列的形式往往又是多样的，可以横着排、竖着排，也可以顺着排、倒着排，还可以斜着排。这是识别数数歌的主要标志。

（六）绕口令

绕口令也称拗口令、急口令，是指用双声、叠韵词语或发音相同、相近字词组成的具有简单意义和幽默韵味的传统儿歌形式。绕口令将双声、叠韵或发音相同、相近的词语集合在一起，容易造成拗口的诵读难度。这种特殊的语言结构既能帮助幼儿训练口齿，活跃思维，又能因逐渐加快诵读速度导致的口误而产生独特的幽默感和喜剧效应，能使幼儿在唱诵中获得游戏的快乐。如阮居平的绕口令《鸭与霞》：

弯弯水田一片霞，/水上游来一群鸭。/霞是五彩霞，/鸭是麻花鸭。/麻花鸭钻进五彩霞，/五彩霞网住麻花鸭，/乐坏了鸭，摇碎了霞，/分不清是鸭还是霞。

这首绕口令很有文学韵味，麻花鸭游进水田，水田倒映着天上的五彩霞光，麻花鸭、五彩霞相互交织，展现出既生动活泼又恬静优美的山乡风情。作品中"五彩霞"和"麻花鸭"反复出现，其中"五""彩"为上声连读，"花""鸭"为阴平声连读，"鸭""霞"两个词韵母相同，发音相近，排列在一起容易混淆。由于具有拗口因素，读起来能带来相应的趣味性。

（七）时序歌

时序歌也叫时令歌，指用优美的韵律引导幼儿根据时序的变化去初步认识、了解自然现象的传统儿歌形式。时序歌一般按照时间、季节等顺序，帮助幼儿观察大自然，认识不同时节的不同景物、农事活动以及其他有时间、季节特征的事物。其时序的表现一般有这样几种情况：一是春、夏、秋、冬的季节顺序，二是十二个月顺序，三是二十四节气顺序，四是一日之中十二个时辰或早中晚顺序。内容一般是依照时序介绍蔬菜、水果、花卉等知识，农事活动、传统节日和民间风俗活动等。如内蒙古传统儿歌《十二月菜》，按照十二个月的顺序分别介绍蔬菜知识：

一月菠菜刚发青，/二月出土羊角葱。/三月芹菜出了土，四月韭菜嫩青青。/五月黄瓜大街卖，六月茄子紫莹莹。/七月葫芦弯似弓，/八月辣椒满树红。/九月大瓜面又甜，十月萝卜瓷丁丁。/十一月白菜家家有，/十二月蒜苗水灵灵。

（八）物象歌

物象歌又称咏物儿歌，是描摹天然物象的儿歌。其描摹对象一般是动物、植物和其他自然物。如《小白兔》描摹了动物的生态习性：

小白兔，长得好，红眼睛，白皮袄；/后腿长，前腿短，走起路来轻轻跳。/爱干净，不胡闹，青菜萝卜吃个饱。

又如王赋春的《小海蟹》借描摹动物形象来反映幼儿生活：

小海蟹，/真胡闹，/捂着脑袋横着跑。/左挤挤，/右靠靠，/不顾方向不看道。/小海蟹，/真好笑，/不用肥皂能吹泡。/灰泡泡，/黄泡泡，/脏脏泡泡满嘴冒。/小海蟹，/真糟糕，/马马虎虎来做操。/抬抬腿，/举举螯，/比比画画就拉倒。

还比如薛卫民的《豆角架上挂小刀》，描摹植物的生态习性：

豆角秧，/爬得高，/豆角架上挂小刀。/小绿刀，/真不少，/摘到筐里是豆角。

该作品运用借喻的手法，简笔勾勒，形神兼备，把豆角的形象描摹得逼真而巧妙。

儿歌除了以上介绍的各种形式之外，还有对数谣、谜语歌、字头歌、逗乐歌、游戏歌、拼音歌、故事歌、风俗谣、十字令等形式。这些形式的儿歌都对幼儿的健康成长有较大帮助。

第四节 佳作赏析与阅读延展

1. 小猴滚楼梯

小猴滚楼梯
薛卫民

猴，
猴，
上高楼，
一落脚，
踩着球，
叽里咕噜滚下楼！
小猴爬起嘻嘻笑，
它说练练翻跟头。

作品赏析

这是一首借描写猴子形象来反映孩子生活的物象歌。上楼、下楼时脚底踩到球，那是非摔跟头、滚楼梯不可的，这首儿歌描绘了这种生活情景，告诉小朋友这个生活常识。但它的主旨意趣不仅限于此，它将"不幸事件"写成一个热闹好玩的喜剧，从而塑造了一个活泼、顽皮，有着坚强性格和自嘲精神的小猴形象。作品借着这一可爱的形象，透视了幼儿的生活，并潜移默化地引导幼儿用积极顽强的精神对待挫折，以乐观幽默的精神化解烦恼。

2. 小溪

小溪
唐运来

冬天，小溪结冰，亮晶晶，亮晶晶。
春天，小溪弹琴，丁丁丁，丁丁丁。

作品赏析

这首儿歌运用拟人的手法，把小溪描写成一个有生命的娃娃。冬天的小溪结冰了，是一尊凝固的雕塑，是一座美丽的水晶宫，用"亮晶晶"来形容它的透明；春天的小溪冰雪消融，欢快地流淌，是一首流动的诗，是一把会弹奏的琴，用"丁丁丁"来形容它流动的声音。整首儿歌语言浅显，明白如话，生动自然，摹声拟状、声形兼备地展现了大自然的神奇和美丽，令幼儿陶醉其中。

3. 野牵牛

野牵牛
金波

野牵牛，爬高楼；高楼高，爬树梢；
树梢长，爬东墙；东墙滑，爬篱笆；
篱笆细，不敢爬；躺在地上吹喇叭：
嘀嘀哒！嘀嘀哒！

作品赏析

金波的这首儿歌以连锁调的形式展现出来，与传统的连锁调在意义上有所区别。它不仅体现了传统连锁调的首尾相连、节奏明快、韵律感强的特点，而且有主题，介绍了牵牛花攀援生长的自然特征。从另一个角度，它也善意地批评了胆小怯懦的心理。描写生动有趣，活泼可爱，对培养幼儿的思维和语言能力也十分有益。

4. 我给小鸡起名字

我给小鸡起名字
任溶溶

一、二、三、四、五、六、七，
妈妈买了七只鸡。
我给小鸡起名字：
小一，
小二，
小三，
小四，
小五，
小六，
小七。
小鸡一下都走散，
一只东来一只西。
这下再也认不出：
谁是小七，
小六，
小五，
小四，
小三，
小二，
小一。

作品赏析

　　这是一首形式新颖的数数歌,充满幼童的生活情趣。作品节有定行、行有定字,长短句有规律地组合以及外形结构上的阶梯形排列,构成了外在形式上的匀齐之美和参差之美。这种结构与近乎口语的朴素语言相配合,使作品在表现活泼欢愉、富有儿童情趣的生活场景时更显得节奏感和韵律感十足,达到了外形与内质的互融互渗。

5. 矮矮的鸭子

矮矮的鸭子

谢武彰

一排鸭子,个子矮矮,
走起路来,屁股歪歪。
翅膀拍拍,太阳晒晒,
伸长脖子,吃吃青菜。
一排鸭子,个子矮矮,
走起路来,屁股歪歪。

作品赏析

　　作家将生活中大家常见的小鸭子描写得风趣而传神,确属儿歌中的上佳作品。幼儿总是从直接的观察中获得对事物的简单认识,作者站在孩子的角度,从幼儿的心态和视角出发,着力描述鸭子的外形、动作、情态等方面,提炼出可诵、可记、可看、可想的情感动人的儿歌,说明作者在创作的构思上下了很大功夫。"走起路来,屁股歪歪"一句的两次重复,准确表现出鸭子可爱而幽默的趣味。儿歌的每句都巧用叠音词,一韵到底,音韵极为和谐,节奏明快,好记易诵,在反复吟唱中,让孩子回味无穷、快乐无比。

6. 小蚱蜢

小蚱蜢

张继楼

小蚱蜢,
学跳高,
一跳跳上狗尾草。
腿一弹,
脚一跷,
哪个有我跳得高?
草一摇,
摔一跤,
头上跌个大青包。

作品赏析

张继楼的这首儿歌构思新颖,有简单的情节和鲜明的形象。在大家的眼中,小蚱蜢俨然一个喜欢吹牛的小男子汉,在学跳高的过程中因骄傲头上摔了个大青包,滑稽可爱,非常富于情趣。三段字数相等,排列相同,韵脚相同,运用孩子化的口语,艺术性地使用跳、跷、摇、跤等一连串的动词,把小蚱蜢得意洋洋的可笑、可爱的行为描写得生动传神、风趣幽默,善意地嘲笑了骄傲自满的行为,让孩子们阅读后在欢快的笑声中改掉自己的不足,是一首非常成功的儿歌。

1. 小熊过桥

小熊过桥

蒋应武

小竹桥,摇摇摇,有个小熊来过桥。
走不稳,站不牢,走到桥上心乱跳。
头上乌鸦哇哇叫,桥下流水哗哗笑,
"妈妈,妈妈,你来呀!快把小熊抱过桥!"
河里鲤鱼跳出水,对着小熊大声叫:
"小熊,小熊,不要怕,眼睛向着前面瞧!"
一二三,向前跑,小熊过桥回头笑,
鲤鱼乐得尾巴摇。

2. 小枕头

小枕头

张强

小枕头,胖乎乎,
让我枕着打呼噜。
呼噜噜,呼噜噜,
好像枕个小肥猪。

3. 小星星

小星星

刘畅

你好啊,小星星,冬天的夜空冷不冷?
冷了请到我家来,穿上我的花斗篷。
我问你,小星星,为什么总是眨眼睛?
困了咱俩一起睡,我的被窝暖烘烘。

4. 小警车

小警车
董志宏

青蛙像辆小警车,
咕呱咕呱田间过。
害虫吓得腿哆嗦,
禾苗花草乐呵呵。

5. 雪娃娃

雪娃娃
董恒波

门口有个雪娃娃,
张着嘴巴不说话,
我拿苹果去喂他,
叫他不要想妈妈。

6. 我想飞上天

我想飞上天
郑元福

满天星星眨巴眼,
月儿弯弯像小船。
如果我是一只燕,
一直飞到月亮边。
回来带什么?
星星捞一篮。
这蓝星星啥用场?
天安门上镶花边。

7. 小刺猬理发

小刺猬理发
鲁兵

小刺猬,去理发,
嚓嚓嚓,嚓嚓嚓,
理完头发瞧瞧它,
不是小刺猬,
是个小娃娃。

8. 宝宝睡着了

宝宝睡着了
陆加庆

摇啊摇，宝宝快睡觉，
摇啊摇，宝宝快睡觉，
我来亲亲你，乖乖睡睡好，
闭上小眼睛，长呀长得高，
m……m……宝宝睡着了。
摇啊摇，宝宝快睡觉，
摇啊摇，宝宝快睡觉，
我来亲亲你，乖乖睡睡好，
闭上小眼睛，长呀长得高，
m……m……宝宝睡着了。

9. 小兔子开铺子

小兔子开铺子
佚名

小兔子，开铺子，
一张小桌子，两把小椅子，
三根小绳子，四个小盒子，
五只小篮子，六根小棍子，
七个小盘子，八颗小豆子，
九本小册子，十双小筷子。

10. 什么船儿

什么船儿
李海松

什么船儿上月球？
什么船儿海底游？
什么船儿水上飞？
什么船儿冰海走？
宇宙飞船上月球，
潜水艇儿海底游，
气垫船儿水上飞，
破冰船儿冰海走。

11. 好孩子

好孩子
圣野

张家有个小胖子，自己穿衣穿袜子，还给妹妹梳辫子。
李家有个小柱子，天天起来叠被子，打水扫地揩桌子。
王家有个小妮子，找了钉子小锤子，修好课堂小椅子。
周家有个小豆子，捡到一个皮夹子，还给后院大婶子。
小胖子、小柱子，小妮子、小豆子，他们都是好孩子。

12. 什么花春天最早开

什么花春天最早开
传统儿歌

什么花春天最早开？什么鸟春天最早飞到我家来？
迎春花春天最早开，小燕子春天最早飞到我家来。
什么鸟夏天水中往？什么花夏天开满树？
水翠鸟夏天水中往，石榴花夏天开满树。
什么花秋天第一香？什么鸟秋天排成一字长？
桂花秋天第一香，鸿雁鸟秋天排成一字长。
什么花冬天满树黄？什么鸟冬天屋檐底下藏？
腊梅花冬天满树黄，麻雀鸟冬天屋檐底下藏。

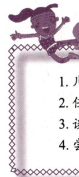

思考与实践

1. 儿歌的特点有哪些？
2. 任意选择两首儿歌，分别写出作品赏析。
3. 谈谈你对儿歌的认识。
4. 尝试创作两首儿歌。

第三章 幼儿诗

在幼儿文学百花争艳的园地里，幼儿诗以其特有的意象美与音韵美而独树一帜，别具魅力。一首好的幼儿诗总是在浅显之中寄寓深刻、于朴拙之中蕴含睿智。可以说，幼儿诗是"浅语的艺术"。

第一节 幼儿诗概说

一、幼儿诗的内涵

幼儿诗是指适合于幼儿听赏、吟诵的自由体诗歌。幼儿诗是诗歌的一个分支，由于受到"幼儿"这一特定读者对象心理特征的制约，它所反映的生活内容、所进行的艺术构思、所运用的文学语言等，都必须为儿童所喜闻乐见。它在培养幼儿良好的文字感觉、激发幼儿丰富的想象力，尤其是熏陶幼儿健康的审美意识等方面，发挥着自己独特的作用。

幼儿诗与儿歌同属诗歌范畴，有着儿童诗歌的共同特点，如篇幅短小、讲究押韵与节奏、具备儿童情趣等。但儿歌语言浅近、口语化，重念唱，节奏感更强，有基本的样式；而幼儿诗抒情性更浓，语言更加清丽典雅，更适合朗诵，形式也更为自由。

二、幼儿诗的分类

与成人诗一样，幼儿诗直接抒发诗人的内心情感，表达诗人的主观情绪。但与成人诗相比，幼儿诗的抒情功能与叙事功能是并重的，通常以更直观、更具象化的方式来传达内心的感受。根据幼儿诗不同的内容，我们将其分为以下几种类型：

（一）生活诗

生活诗是指通过对幼儿生活现实的呈现来抒发情感的诗歌。幼儿的生活是多彩的，因而高度凝练、摹写和反映幼儿生活的情境的诗,其内容也是丰富的。不论表现什么样的内容,爱与美都是幼儿诗歌的一个基本母题,也是幼儿诗的主旨所在。例如苏联作家普罗科菲耶夫的《我扶起一棵小树》,向我们描述了一个孩子的一次生活经历:

我扶起了一棵小树,／他横长在草地,／像掉队的战士,／和树林失去了联系。／他从来没有和天上的星星交谈,／也不曾欣赏夜莺歌喉的美丽。

扶起一棵小树是我们日常生活中最容易做到但又最容易忽视的善行,而诗人却以浓墨渲染,写出了儿童对横长在地上的小树的怜悯与扶助,表现出孩子关爱自然的美丽情怀。台湾诗人谢武彰的《梳子》则以一个普通的梳子为意象:

妈妈用梳子,／梳着我的头发;／我也是用梳子,／梳着妈妈的头发。／风是树的梳子,／梳着树的头发;／船是海的梳子,／梳着海的头发。

在诗人笔下,梳子如同一把梭子,把人与自然、母爱与自然之爱编织在一起,诗人的意境由小及大,由近及远,像平静的水面,荡起层层的涟漪,在孩子心中一层层荡漾开去,激起种种的感慨与遐思。而风、树、船、海等拟人化表现,则充分传递了爱和美的情感。

(二)自然诗

用诗的形式,从幼儿的视角来观察自然、解读世界、展现自然之美的儿童诗称为自然诗。自然诗将自然现象进行形象的诠释,将儿童对自然的认识和疑惑化为诗意的表现,尽展自然的神奇,从而表现儿童的好奇心与新奇。英国诗人科瑞斯蒂娜·罗塞蒂的《谁看见过风?》便是一首充分体现自然诗特点的作品:

谁看见过风?／你没有,我也没有。／不过,当枝头的叶子瑟瑟抖动时,／风就在走过。／谁看见过风?／你没有,我也没有。／可是当叶子们垂下他们的面庞,／风就在吹拂。

诗人从儿童的视角观察自然,用孩子的提问引出对自然现象的诠释,可谓诗意由自然而生,诗情因自然而现。而其自然知识的诗意表现则如清风般传递着儿童心灵的随想,它能不知不觉地让儿童进入自然的世界,感受到自然的清新。

幼儿有善于发现的眼睛,他们能留意到生活中被成人忽视的现象,也会对每一次发现表现出惊奇,他们的世界被他们打满了问号,充满了思索。而当诗人将这一切化为诗句时,自然诗便因之而具有了别样的情趣。如管用和的《夜空》:

蓝蓝的夜空,／像个湖一样。／无数的银菱,／就在湖里长。／一条采菱船,／银光闪闪亮。／打从湖东岸,／划向湖西方。

作品通过对夜空以及繁星的巧妙比喻,引导儿童去思索自然并进而探究自然,童心的天真与稚拙、儿童独特的想象力也借诗人的情思跃然纸上。

(三)童话诗

童话诗是以诗歌的形式讲述童话故事的儿童叙事诗。完整的故事、奇妙的幻想、拟人化的形象、优美的韵律、凝练的语言共同构成了童话诗的特点,使其在幼儿诗歌中别具一格。由于童话诗很注重用朗朗上口、富于音乐性的语言来讲述充满幻想色彩的故事，所以深受处于较大年龄段的幼儿的欢迎。例如俄国诗人普希金的《渔夫和金鱼的故事》、我国作家郭风的《油菜花的童话》、金逸铭的《字典公公家里的争吵》、鲁兵的《雪狮子》、阮章竞的《金色的海螺》、杨唤的《童话里的王国》等。当然，相对来说，童话诗的篇幅较长，形象、主题更为复杂，需要家长和老师对幼儿进行更好的引导。如鲁兵的《小猪奴尼》，用富有韵律的语言展现了不讲卫生不爱洗澡的小猪奴尼前后变化的过程，惟妙惟肖，画面感强，对孩子有很好的娱乐和教育作用。

第二节　幼儿诗的特征

一、纯真稚拙的形象与趣味

由于幼儿诗读者对象的特殊性，诗歌的情感必须从儿童心灵深处抒发出来，逼真地传达出孩子们那种美好的感情、善良的愿望、有趣的情致，以激起小读者感情上的共鸣。它往往洋溢着盎然的儿童情趣，不仅能使儿童从中获得愉悦，也能把成人读者带回那童心萌动的情景中，重温儿时的梦。

因此，以幼儿为读者对象的幼儿诗，总是致力于创造独特的诗歌形象，让孩子们在可视可感的画面中感受诗情、诗美和乐趣。例如鲁兵的《不知道和小问号》：

有个小朋友，名叫不知道。/一天大清早，碰见小问号。

这个开头使小读者一走进作品就忍俊不禁。"不知道"和"小问号"本是一对较为抽象的概念，然后在诗人笔下，他们却成了两个活生生的小朋友。这就是抽象之物变得生动具体了。那么，他们之间会有什么奇怪的事发生呢？小读者是一定要读下去的。当抽象的概念化为可以感觉到的形象后，作品便像磁石一般吸引了儿童，这就是诗歌形象的魅力。

再如谢采筏的小诗《蘑菇》：

妈妈，我打着小伞穿过森林，/会不会变成蘑菇呢？

简短的两行，却非常鲜活地展现了幼儿纯真稚气烂漫无邪的想象，我们眼前仿佛就看到了一个歪着脑袋想心事的小朋友，正天马行空地做着自己美好的梦。

二、丰富俏皮的联想与想象

幼儿是最富于想象和联想的，他们总是用自己创造性的想象来认识并诠释世界上的一切事物。在他们通过想象而诗化的世界里，花儿会笑、鸟儿会唱、草儿会舞、鱼儿会说……因此，幼儿诗必须符合幼儿的心理，创造优美的意境，抒发幼儿的童真童趣，让幼儿在奇妙多姿的世界里,展开想象的翅膀,感悟诗的题旨。这就要求幼儿诗要在想象的世界中用心灵和儿童对话。如邵燕祥的幼儿诗《小童话》:

在云彩的南面,/那遥远的地方,/有一群树叶说:我们想/像花一样开放。/有一群花朵说:我们想/像鸟一样飞翔。/有一群孔雀杉说:我们想/像树一样成长。

诗歌起语就把小读者从现实引到想象中的"遥远的地方",在想象中完成"叶子花""小蝴蝶""孔雀杉"这些美丽形象的再创造,并展开丰富的遐思。然而诗人的用意不仅在于此,而是继续和孩子一同展开想象的翅膀,由物及人感悟出诗意之所在。"遥远的地方"是"傣家的村寨","那花朵,蝴蝶和孔雀杉/都变成小姑娘"从想象的世界再回到现实,而现实中傣家小姑娘的美丽形象仍然需要小读者进一步联想,并从中获得审美享受。又如舒兰的《虫和鸟》:

我把妈妈洗好的袜子,/一只一只夹在绳子上,/绳子就变成了一只多足虫,/在阳光中爬来爬去。/我把姐姐洗好的小手帕,/一条一条夹在绳子上,/绳子就变成一群白鹭鸶,/在微风中飞舞,飞舞。

诗中,在生活基础上的大胆想象,依赖这种想象的巧妙构思,使平凡的生活现象变成一种儿童式的神奇和余味无穷的美丽。

三、新颖巧妙的构思与表达

幼儿诗所抒发的情感不论在丰富性上,还是在深刻性上,都远不如成人诗歌,这是儿童的情感特点所决定的。如何才能在不甚宽阔的情感层面上表达情趣并创造独特的表达效果呢?这主要依赖于构思与表达的新颖巧妙。如任溶溶的《爸爸的老师》,在同类题材的情感挖掘上并无太大的创意,但依然是同类题材作品的典范之作。其中的奥秘就在于作者创造了一种新颖巧妙的构思模式,并且完全以孩子的口吻去传达,达到了别具一格的表达效果。

同时,诗是语言的艺术。深刻的思想、鲜明的形象只有用凝练、形象、具有表现力的语言来表现,才能成为诗。如刘饶民的《大海睡着了》:

风儿不闹了,/浪儿不笑了。/深夜里,/大海睡觉了。/她抱着明月,/她背着星星。/那轻轻的潮声啊,/是它睡熟的鼾声。

寥寥数语就把静谧安详的大海展现在读者面前,而且用拟人的手法,以极其准确的措辞"抱着""背着""鼾声",形象地描绘出大海这位母亲熟睡时的优美的体态。经常吟诵此类诗,幼儿不仅可以提高审美能力,还能从中学习并提高驾驭语言、鉴赏语言的能力。

儿童诗语言的优美,除了词语的锤炼要准确恰当外,诗的声音节奏更应具有音乐性,即诗的音韵要有美感效应。韵脚的变化、句式的错落有致,既兼顾了不同年龄的幼儿,同时又可使诗歌具有较强的音乐感和节奏感,形成全诗的回环整齐的美感。例如,以幼儿为主要读者对象的望安的《嘀哩,嘀哩》和鲁兵的《下巴上的洞洞》等诗歌,节奏感鲜明,给人以读诗如唱的明快感觉,使儿童在欣喜之余获得美感。

第三节 幼儿诗的创作方法

幼儿诗歌的创作虽无定律，但也有章可循。尝试幼儿诗的创作，对于贴近幼儿心理、提高审美情趣、提升想象力与文字表现力，都有许多帮助，是一个有益的经验。一般而言，幼儿诗的构思有以下几个基本策略。

一、比喻法

指通过比喻的方式描写事物的特点，主要适用对象为大自然各种事物和景象。例如，《云》：

云像一个忙碌的画家，／在天空中画出一幅又一幅的图画。／云像一个贪玩的小捣蛋，／常常忘了回家。

又如，《树》：

春天的树，／是花儿们选美的舞台。／夏天的树，／是蝉儿们唱歌的教室。／秋天的树，／是水果们睡觉的摇篮。／冬天的树，／是风儿们赛跑的运动场。

二、排比法

指用排比的方式呈现形象、表现节奏、加深印象，从而营造出诗歌的韵律与气势。例如，林武宪的《阳光》：

阳光，在窗上爬着，／阳光，在花上笑着，／阳光，在溪上流着；／阳光，在妈妈的眼里亮着。

三、拟人法

指用拟人的手法赋予事物生命，使之显得活泼可爱、生动有趣。例如，林焕彰的《小猫晒太阳》：

小猫在阳台上／晒太阳，／它喜欢把自己卷成一个／小小的毛线球，／收集冬天的阳光。

又如，刘得庆的《大雁》：

大雁排着队，／飞向南天。／是去旅游吗？／去看外婆吗？／不，它们是去那里／驮回春天。

四、对话法

指用对话的方式组织材料。这种方法平易近人,如在眼前耳边,易于被孩子接受。例如,《游戏》:

小弟弟,／我们来游戏。／我来当老师,／你当学生。／那么小妹妹呢?／小妹妹太小了,／她什么也不会做。／我看——／让她当校长算了。

又如,《致老鼠》:

我喜欢你们——／一双机灵的眼睛,／粉红的耳朵。／虽然爱做坏事,／可我还是喜欢你们。／如果我到了你们的王国,／一定要你们／洗脸、洗手、洗澡、刷牙。／还要教你们／自己劳动,／做事不要偷偷摸摸。／我还要给你们／介绍个朋友——／它的名字叫猫。

除此之外,在幼儿诗的创作中还有摹声法、设问法等,需要更多地去学习与尝试。

第四节 佳作赏析与阅读延展

一、佳作赏析

1. 小鹿

小鹿

金波

花的影、叶的影,
给你披一件
斑斓的彩衣。
你站在那儿,
和无边的森林
融合在一起。
然而你还像一株飞跑的树,
高昂着你枝枝丫丫的角,
闪进密密的大森林里。
一会儿和这棵树,
一会儿和那棵树,
交谈着春天的消息。

作品赏析

　　金波的诗《小鹿》营造出诗画交融的天然意趣，可谓"诗中有画，画中有诗"。作者以简洁明朗的语汇为画笔，为小读者描绘出一幅声光交融、色彩斑斓的自然图景。作品取材于自然，以森林、幼鹿、花影、春光为意象，视角由近及远又由远及近，在远近互动的过程中实现诗歌空间的延伸与拓展。作品中"无边的森林"与"飞奔的幼鹿"动静相映，"飞跑的树"与"密密的大森林"疏密相间，通过构图的疏密、节奏的缓急、色彩的变幻、音韵的抑扬传递出和谐灵动的艺术精神，展现了一颗敏捷、纯真、活泼、善于感知的童心，读之令人深感其写意之精、传神之妙。作品中的幼鹿象征着无拘无束、好奇心强的童心，这颗童心在大自然中徜徉，以变换不拘的姿态展示出青春的律动。森林是小鹿的家园，世界是幼儿的舞台，小鹿激活了幼儿的想象力，令他们的思想活跃于辽远、自由，有着无限可能、无限力量的现实天地和想象空间中。单纯清丽的诗歌语言，充满生机和情韵、富于变化和色彩的意象组合，能带给小读者撼动心灵的遐思与不平凡的启迪。

　　2. 插秧

插秧

詹冰

水田是镜子，
照映着蓝天，
照映着白云，
照映着青山，
照映着绿树。

农夫在插秧，
插在绿树上，
插在青山上，
插在白云上，
插在蓝天上。

作品赏析

　　这首篇幅短小、朗朗上口又诗意盎然的幼儿诗，以丰富的想象和诗的意象呈现了农夫插秧的情景。开篇"水田是镜子"用形象的比喻描绘出水田的一平如镜，并由此而展开想象，将蓝天、白云、青山、绿树和农夫插秧的劳动融为一体，从而描绘出一幅农民水田插秧的充满诗意的美的画面。和谐、恬静和辽远是作品给人的总体感受。

3. 绿色的孩子

绿色的孩子
胡木仁

树儿，
绿色的扫帚，
把天空，
扫得湛蓝湛蓝。

树儿，
绿色的掸子，
把云朵，
掸得洁白洁白。

树儿，
绿色的抹布，
把星空，
擦得闪亮闪亮。

树儿，
绿色的孩子，
把地球，
打扮得多漂亮！

作品赏析

这是一首意境优美的幼儿抒情诗。作品由四小节组成，每小节均精心设计了一个比喻，分别把树比喻成绿色的扫帚、绿色的掸子、绿色的抹布、绿色的孩子，每一个比喻都构成一幅图画，把蓝天、白云、星空、绿色的地球如特写镜头般留在小读者的心头。不仅如此，美丽的画面中还渗透着对树儿的赞美、感激之情，有了树儿的贡献，天空才会湛蓝，云朵才会洁白，星星才会那么闪亮，地球才会那么漂亮。情景交融，升华为一种优美的意境。让幼儿听赏这样的作品，极易引发他们做一棵树、做一个绿色孩子的愿望，从而激发他们热爱地球母亲的美好情感。

4. 老师蹲班了

老师蹲班了
冯幽君

新学期的第一天，
力力背着新书包，
乐得直蹦高：

　　我是中班的孩子了，
　　再也不是小班的"小豆包"。
　　力力高兴地告诉妈妈：
　　我们全班都升中班了，
　　王老师还把小班教。
　　老师蹲班了，
　　你说糟糕不糟糕？

作品赏析

　　孩子们一直以为，要是成绩不好，就不能升级，就得蹲班；没想到老师也会蹲班留级，这怎能不让孩子们感到困惑？这首幼儿抒情诗，既抒发了孩子们升入高一级又长大一岁的骄傲自豪，也抒发了孩子们为老师蹲班的苦恼，体现了幼儿文学的稚拙之美和纯真之美，幼儿情趣特别浓郁。

5. 头发和胡子

　　　　　　头发和胡子
　　　　　　　薛卫民
　　　小孩的嘴巴光光，
　　　小孩的胡子哪儿去了？
　　　小孩把胡子，
　　　都长到了脑瓜上。
　　　爷爷的脑袋光光，
　　　爷爷的头发哪儿去了？
　　　都长到了嘴巴上。

作品赏析

　　这首幼儿诗采用对比的手法抒写了幼儿的思考和发现，哲理性非常强。小孩的嘴巴光光，爷爷的脑袋光光，大人们都熟视无睹，只有孩子才会这么细心，才会这么想象，才会发出如此疑问：小孩的胡子哪儿去了？爷爷的头发哪儿去了？才会得出这样的结论：小孩的胡子都长到了脑瓜上，爷爷的头发都长到了嘴巴上。诗歌语言浅显形象，富有浓郁的幼儿情趣。

6. 最难的单词

　　　　　　最难的单词
　　　［德国］约瑟夫·雷丁
　　　　　　绿原　译
　　　最难的单词
　　　不是
　　　墨西哥的
　　　山名——

46

波波卡特佩特,
不是
危地马拉的
地名——
乞乞卡斯坦兰戈,
不是
亚非利加的
城名——
瓦加杜古。
最难的单词
对许许多多人来说是:
"谢谢!"

作品赏析

这首幼儿诗开篇就向小读者抛出了一个谜面,什么是世界上最难的单词?然后通过对世界各地最难的山名、地名和城名的列举,一步步揭开谜底。作品以"难"字引起小读者的兴味和好奇,并在一步步的铺垫中,随着小读者的好奇程度不断提高,逐渐达到顶峰时,揭开谜底:世界上最难的单词,对于很多人来说,正是最简单的"谢谢"!在出乎意料的答案公布之后,诗歌戛然而止,引而不发地把惊讶和疑惑留给小读者,让他们自己去琢磨和品味。聪明的小读者一定琢磨到了这一点:因为许多人没有感恩之心,所以最简单的单词成了最难的单词。明白了这一点,美好的种子也就播在了孩子的心田。

1. 捉迷藏

捉迷藏

[中国台湾] 谢武彰

黑夜用长长的手帕,
把太阳的眼睛蒙起来了。
趁着他还在数着:
一、二、三、四、五、六、七、八……
颜色们赶快找一个
自己喜欢的地方,
静悄悄地,躲在里面。
绿色太多了,挤不下,
有的躲在树叶里,
有的躲在小草里,

黄色躲在菊花里,
白色躲在云朵里,
蓝色躲在天空里,
红色躲在玫瑰里。
大家都躲好了,
黑夜就把手帕解开,
太阳睁开眼睛,一下子
就把他们全都找出来啦。

2. 蛋

蛋
胡安妮

这皮球不圆嘛,
也可以滚吧。
啊!破了!
哈哈!
太阳流出来了。

3. 鼻子吃蛋糕

鼻子吃蛋糕
陈尚信

这块蛋糕,
我让鼻子先尝一点儿,
反正小鼻子只会闻闻,
不会吃下。

4. 水珠儿

水珠儿
郑春华

这荷叶上滚着的,
是透明的小纽扣?
多圆,多亮。
我要,我要!
妈妈,快捡起来,
给我钉在新衣上。

5. 午睡

午睡
张茹

眼睛睡了,嘴巴睡了。
胳膊睡了,腿睡了。

手睡了，脚睡了
全身都睡了，只有小鼻子在值班。
呼——呼——呼——呼——

6. 鞋

鞋
林武宪

我回家，把鞋脱下
姐姐回家，把鞋脱下
哥哥、爸爸回家
也都把鞋脱下

大大小小的鞋
是一家人
依偎在一起
说着一天的见闻

大大小小的鞋
就像大大小小的船
回到安静的港湾
享受家的温暖

7. 如果我是一片雪花

如果我是一片雪花
金波

如果我是一片雪花，
你猜，我会飘落到
什么地方去呢？

我愿飘到小河里，
变成一滴水，
和小鱼小虾游戏。

我愿飘到广场上，
堆个胖雪人，
望着你笑眯眯。

我更愿飘落在妈妈的脸上，
亲亲她，亲亲她，
然后就快乐地融化。

8. 不知道和小问号

不知道和小问号

鲁兵

有个小朋友，名叫不知道。
一天大清早，碰见小问号。
小问号问这问那，不知道都说"不知道"。
问他一百个"为什么"，他说一百个"不知道"。
小问号，好心焦：你是怎么了，尽说不知道？
不知道，笑了笑：我是不知道，叫我不知道！
小问号，皱眉毛：啥也不知道，这可怎么好？
不知道，把头摇：这可怎么好？我也不知道！
小问号，跳一跳，钻进不知道的小书包。
跟他到处跑，跟他上学校。
小问号，直晃脑，问这问那没完了。
不知道，把头挠，笑逐颜开直叫好。
不知道，小问号，
作了朋友了，两人真要好。
不知道，要改名，
索性就叫"都知道"！

9. 长颈鹿

长颈鹿

彭俐

小鹿迷路了
找不到自己的妈妈
她在树林里伸长了脖子
向四处张望

她把细长的脖子伸了又伸
伸得像竹竿一样长
超过了天鹅
也超过了鸵鸟
如果还是找不到妈妈
她的脖子会变得更长更长

10. 我的影子

我的影子

〔英国〕罗伯特·路易斯·史蒂文森
屠岸　方谷绣　译

我有个小小的影子总跟着我走动,
不知他除了让我看见还有什么用。
虽然他从头到脚都和我一样,
却总是比我抢先一步跳上床。

最有趣的是他时刻都在变化,
不像别的孩子慢慢长大,
有时他像是个皮球一蹿老高,
有时又小得让你看不到。

他不懂怎么玩孩子们的游戏,
只好处处学我的样子,
他跟我一样需要妈妈的拥抱!

一天早上,太阳还没起床,
我悄悄地去花园看露珠的闪光,
可我懒惰的影子却留在了家中,
他还躺在床上睡得正香。

11. 笨耗子的故事

笨耗子的故事

〔苏联〕马尔夏克
任溶溶　译

耗子妈妈哄她宝宝:
"吱吱吱吱,快快睡觉!
给你面包皮儿咬,
给你蜡烛头儿嚼。"

可小耗子回答她道:
"你的嗓子过分细小。
我说妈妈你别叫,
给我去把保姆找!"

耗子妈妈到处跑,
去求一只鸭子道:

"鸭子大婶,请上我家,
把我孩子给摇摇。"

鸭子对小耗子唱道:
"嘎嘎嘎嘎,睡吧宝宝!
下过雨我园里找找,
给你小虫找一条。"

可笨耗子老没睡着,
迷迷糊糊对她说道:
"你的嗓子不大好,
声音大得不得了!"

耗子妈妈到处跑,
去求一只青蛙道:
"青蛙大婶,请上我家,
把我孩子给摇摇。"

青蛙一本正经唱道:
"呱呱呱呱,哭多不好!
睡吧睡到大清早,
给你蚊子吃个饱。"

可笨耗子老没睡着,
迷迷糊糊对她说道:
"你的嗓子不大好,
唱的歌儿太单调!"

耗子妈妈到处跑,
去求一匹母马道:
"母马大婶,请上我家,
把我孩子给摇摇。"

母马对小耗子唱道:
"伊呵呵呵,乖乖睡觉!
身子朝里睡睡好,

麦子给你一大包！"

可笨耗子老没睡着，
迷迷糊糊对她说道：
"你的嗓子不大好，
我给吓得扑扑跳！"

耗子妈妈到处跑，
去求一只母猪道：
"母猪大婶，请上我家，
把我孩子给摇摇。"

母猪哑着嗓子直叫，
哄那不听话的宝宝：
"儿儿儿儿，快睡觉！
胡萝卜你要不要？"

可笨耗子老没睡着，
迷迷糊糊对她说道：
"你的嗓子不大好，
声音凶得不得了！"

耗子妈妈心想道：
只好去把母鸡找。
"母鸡大婶，请上我家，
把我孩子给摇摇。"

母鸡对小耗子唱道：
"咕咕咕咕，别怕，宝宝。
我用翅膀把你抱，
这儿暖和静悄悄。"

可笨耗子老没睡着，
迷迷糊糊对她说道：
"你的嗓子不大好，
叫人简直睡不着！"

耗子妈妈到处跑,
去求一条梭鱼道:
"梭鱼大婶,请上我家,
把我孩子给摇摇。"

梭鱼对小耗子唱道:
可是声音全听不到。
鱼嘴动得真热闹,
唱什么却不知道……

可笨耗子老没睡着,
迷迷糊糊对她说道:
"你的嗓子不大好,
实在轻得听不到!"

耗子妈妈到处跑,
最后去求一只猫:
"猫大婶啊,请上我家,
把我孩子给摇摇。"

猫对这小耗子唱道:
"喵喵喵喵,睡吧宝宝!
喵喵,上床快睡好,
喵喵,好好睡一觉。"

那笨耗子快要睡着,
迷迷糊糊对她说道:
"你的嗓子真正好,
声音甜得不得了!"

耗子妈妈回家来,
往小床上瞧了瞧,
可笨耗子不见了,
到处找也找不着……

思考与实践

1. 结合所学的儿歌与幼儿诗理论,选择儿歌和幼儿诗各一首进行比较分析,再写一篇小论文,谈谈这两种体裁之间的异同。题目自拟,不少于3 000字。
2. 任选两首幼儿诗,分别写出作品赏析文章。
3. 尝试创作两首幼儿诗。

第四章 幼儿童话

第一节 童话概说

一、幼儿童话的概念

所谓童话，是指以儿童为对象，贴近儿童心理，带有浓厚幻想色彩的虚构故事。童话是儿童文学最重要的体裁之一，作为一种古老的文学样式，从发生到发展成熟经历了漫长的历史时期。幼儿童话作为特定的概念在我国的产生和使用却是近现代的事情。一般认为，童话之中比较浅近、适合于幼儿听赏的作品就是幼儿童话。换句话说，幼儿童话是指符合幼儿想象方式的、充满幻想色彩的神奇故事。在西方并没有完全对应的童话和幼儿童话概念。

二、童话的起源与发展

童话故事最早在民间流传，它的起源可以追溯到历史久远的神话和传说。周作人在《儿童文学小论》一书中说"童话本质与神话世说为一体。""神话者原人之宗教，世说者其历史，而童话则其文学也。""故有同一传说，在甲地为神话，在乙地则降为童话。"周作人的这一阐述精要地说明了童话与神话、传说的渊源关系。神话主要表现蒙昧的初民在世界混沌未开时对不可知的自然力量——神的膜拜，传说则体现人们对于英雄偶像的崇敬，从神话到传说的过渡反映了人类信仰的转向。随着科学的进步以及人类对自然的逐渐征服，一些神话（尤其是一些巫术故事）、传说慢慢失去了对民众信仰与实践的指导功用，而从另外一方面体现它们的价值，那就是由时间和空间的距离所造就的神秘感和奇异感。于是，这些古老的文学艺术自然演变为人们喜爱的传奇故事，深受孩子们的欢迎，并且在某种程度上记录了原始人类的思想意识与精神生活。当这些故事在民众中以口耳相传的形式广泛流传的时候,民间童话便孕育而生了。民间童话既带有原始思维的印记,又与人类的生存之路同步,真正关注普通人的生活,并逐渐进入儿童的心灵世界。

童话总是处于不断发展的进程之中。概括起来,童话的发展先后经历了传统童话和现代童话两个阶段。传统童话主要指民间童话,可以包括无名氏民间童话,即在民间产生并流传的童话作品,也可以包括作家采录、复述、加工而成的童话作品,比如法国夏尔·贝洛的《鹅妈妈的故事》、德国格林兄弟的《儿童与家庭童话集》、意大利卡尔维诺的《意大利童话》。现代童话主要是指创作童话,也叫文学童话、艺术童话,是指成人自觉为幼儿或儿童创作的童话作品,具有现代的主题和内涵。

传统童话向现代童话过渡的完成以安徒生为标志,他在沿袭民间童话创作模式的基础上开始作家个人的创作,形成了自己的创作个性与风格,为后人提供了童话文本的现代范本。

与此同时,随着现代幻想文学的发展,现代童话开始吸收和借鉴其他的艺术形式,改变民间童话程式化、公式化的情节和叙事模式,突破单一的时空格局,跨越现实与幻想世界的界限,写法上开始与小说合流,着力刻画个性鲜明的童话形象,由此呈现出丰富的艺术面貌。

谈及当今童话的发展道路,瑞典的玛丽亚·尼古拉叶娃在《西方艺术童话及其研究》中这样说过:"童话从安徒生时代发展到今天的小说童话,我们看到了艺术风格和艺术策略的百花齐放,其中包括种种艺术形式的试验,这种艺术试验性质在20世纪末西方童话创作中存在普泛化的态势。许多作家都喜欢且善于利用一些孩子乐于接受的文化传媒手段进行童话创作,比如漫画、电视、电动玩具等。"实际上,童话与很多文体进行着不同程度的交叉和互融,产生了童话诗、童话小说、童话散文、童话剧、童话影视等特殊的文学样式。童话未来的发展,无论是内容还是形式,必将出现更加繁盛多元的景象。

第二节 童话的特征

童话源远流长的历史和纷繁复杂的形式,决定了我们很难准确地概括童话的文学特质。我们可以用很多不同的词语来对童话加以概括:想象、怪诞、梦幻、奇异、超自然、神秘、魔幻、神奇、如梦似幻等。但是再多的词语都无法透彻地揭示童话的本质,即童话区别于幼儿文学其他体裁和成人文学的文学特征。为了更加全面而又清晰地认识童话的文学特征,我们可以根据童话发展的历史阶段,分别从传统童话和现代童话这两个层面展开分析。

一、传统童话的文学特征

传统童话的内容和形式是简洁朴素的,在主题设置和语言叙述上已经形成了自己的模式,具有程式化、公式化、便于记忆和复述的特点,并在流传过程中允许民众进行再创造，具有一定的开放性。

（一）固定的叙事程式

民间童话叙事的固定模式首先表现在开头和结尾上。"从前……"——这样的开头虽然千篇一律，却能够使读者在遥远的、充满距离感的叙述基调中找到一种神秘的认同感。这两个字实际上创造了童话和现实的距离，从而向幼儿发出了进入另一个世界的邀请，告诉幼儿这是一个过去了的世界，因而也是一个远离现实的世界。这种时间上的疏离所设定的陌生感能够制造惊异的阅读或听赏的效果。与此对应，童话主人公的大团圆结局——"从此以后他们过着幸福的生活"，又将幼儿从非现实带回现实之中，暗合了听赏者聆听的期待，使听故事的幼儿如同故事里的主人公一样，在内心经历同样的险情，最终获得心理上的满足。因此，这种为人们所熟悉的民间童话的表达形式，特别符合幼儿的听赏心理。

其次，传统童话固定的叙事程式表现在重复性叙事模式上。在故事情节的发展过程中，传统童话常常用重复来推进故事情节的发展，由此形成了重复性的叙事模式。最为典型的是三段论式的重复，三兄弟、三姐妹、三头熊、三只小猪的类型故事在传统童话中随处可见。而三段论式的叙事结构也是被普遍使用的，如《灰姑娘》中主人公三次从舞会逃开，《白雪公主》中后母三次到森林加害公主。既定的重复反映了民间文学口耳相传的流传特征，使听赏的幼儿既获得一种似曾相识的感觉，又获得全新的听赏体验。这种变化中的重复，恰如其分地迎合了听故事者的心理需求，而在幼儿的经验里，这样的叙事模式比其他文学创作手段更加富有魅力，更加深入人心。

同时，我们还应该知道，重复在人类生存中具有特殊的意义。因为，重复对于行为的价值，和重复对于认识的价值一样。生存的技能只有通过重复实践才能熟能生巧，而认识的每一次重复就是一种重新认识。当幼儿辨认了一桩业已看过或听过的事情时，这种认识上的重复常常会使他们表现出喜悦。传统童话的听赏也是如此。而且，重复意味着模仿，传统童话的三段论式重复，每一次重复都意味着对一种模式的仿效，这不仅对于幼儿来说具有意义，对于整个人类的文化来说也都意味深长，至关重要。因此，在看似简单的传统童话结构中，其实蕴涵着深刻的文化意义。

（二）鲜明的主题

传统童话通过具体的事件和事物表达主人公的需要、关系和感觉，并在二元对立的模式中建立一切都和谐、协调的理想情景，其主题是直接鲜明的。残酷的惩罚与丰厚的奖赏、巨人与矮子、美丽与丑陋、善良与恶毒……传统童话正是以这样的对立描绘出了一个个清晰而又纯净的世界。这样的世界如同现实生活一样，惩罚和害怕惩罚只是对罪行的一种有限的威慑力量，而受惩罚才是更加有效的威慑力量，于是，在童话故事里，坏人总是以失败告终。而传统童话也往往采用极端和对立的方式来呈现善与恶的斗争，最终传达抑恶扬善的鲜明主题。

善与恶在童话中无处不在，两者之间的界限泾渭分明，而实际上，善与恶在人的内心深处也是同时存在的。童话故事之所以能解决这些冲突，是因为它能够提供给孩子一个舞台，帮助他们演练内心的冲突。幼儿在聆听童话故事时，他们会不自觉地把自己内心对立的情愫投射到故事的不同角色身上，在各个角色身上存放自身内心对立的各种特质。从这个意义上看，传统童话可以帮助幼儿通过故事的听赏和角色的体验，建立一定的道德判断图式，从而对未来的成长产生作用。童话结尾常常出现的盛大庆典，如男女主人公的结婚典礼，就可以看作成人世界接纳幼儿的一种象征仪式。

二、现代童话的文学特征

安徒生童话的出现，标志着作家专为幼儿和儿童创作童话的意识的觉醒，童话的发展从此进入一个新的阶段，开始了艺术实践的现代之路。传统的民间童话的叙述目标是普通民众，反映的是成人的思想与愿望，并非专为孩子创作，之所以能够为孩子接受是因为其叙事、结构、语言和趣味符合孩子的听赏或阅读心理。即使作家有意收集、整理、改编适合孩子听赏或阅读的民间童话作品，他们的初衷也是在特定文学潮流的背景下为自己的理论寻找现实的依据。现代童话的出现终于将文学的指针明确指向了儿童的心灵世界，运用儿童特有的思维方式表达童年时代的美妙想象。与传统童话相比较，现代童话不仅在内容上反映出了时代的变化，而且从中折射出了作家的文学观念与儿童生存境遇的转变，呈现出更多样化的艺术形式和更丰厚的思想内涵。

（一）日常生活进入幻想世界

童话的魅力主要来自丰富而神奇的幻想。民间童话包罗万象，故事里充满奇迹，如同一个万花筒，投射出人类美丽的梦想。那是一个纯粹幻想的世界，作为一种象征性的存在，将现实生活隔离开来，带给人们精神上的渴望和对未来的美好憧憬。而现代童话故事里，日常生活开始被引入幻想世界，甚至成为梦想和奇迹的主要舞台。

当现实进入幻想世界，精灵、女巫、鬼怪便逐渐远离我们。在现代童话形象中，我们看到了更多人类的孩子。如卡罗尔笔下那个掉入兔子洞的爱丽丝，就是一个普通的英国女孩，她所经历的奇境漫游，只是一个夏日午后的梦而已。尽管故事中不再有仙人出现，也没有了与女巫的艰苦对抗，但爱丽丝能给孩子们带来荒诞有趣的快乐体验，孩子们在对这一经典童话形象的认同感中，产生强烈的情感共鸣。

现代童话常常将童话故事的背景放置在现代生活场景之中，很容易打破现实世界与幻想世界的界限，构建现实世界和童话世界同时并行、交错存在的双线结构，极大地拓展了童话的审美疆域。现代童话借助这两个世界的沟通和平衡，满足孩子听赏或阅读的多种需求，让孩子在体验刺激历险的同时，获得心灵的启示。

在现代童话中，作家创造多维视角和线索共存的开放情境，设置非同寻常的故事情节与童话形象，并且超越传统的平面化的线性模式，构建多层次的文本形式。

（二）个性化、多样化的趣味和风格

自从作家们把个人风格、时代特征以及日常生活的具体事物、生动谐趣的对话、富有个性的角色带入童话以后，童画创作开始朝着多样化的艺术方向展开。在情节结构和叙事风格上，现代童话很少沿用传统童话的模式，而是体现出难以复制的个性特点。口耳相传的简单复述很难成为现代童话流传的方式，只有通过自身的听赏或阅读体验，才能够体会

出其中的意味。这在一定程度上体现了现代童话文本传达的重要性,童话的趣味和风格越来越趋向于个性化、多样化。

现代童话个性化、多样化的趣味和风格在具体作品中以整体的面貌呈现,充分张扬童话的游戏性和娱乐性功能,让孩子们在听赏或阅读中寻找到他们的欢欣岁月,在游戏世界中感受到精神的狂欢。林格伦笔下的《长袜子皮皮》充满了游戏的快乐,皮皮无拘无束的个性和自由自在的生活,创造了童话荒诞不经的狂野气氛,使孩子们被压制的天性得到完全释放,也因此成为一代代孩子的心灵伙伴。

现代童话也关注现代人的情感和价值,直接触及人的心灵世界,拥有了对现代人类生活的理性思考。德国作家米切尔·恩德的童话就以非凡的想象力透视普遍的人性,具有哲学的深刻内涵,体现了德国童话的基本特点。这种表现不同内容的现代童话作品,每一篇都有着无穷的趣味,且每一篇都拥有独特的个性和风格。

总之,现代童话既注重从传统的神话、传说和民间童话中吸取养分,又充分融入现代作家的观念、视野和艺术探索,从故事内容到叙事形式,都构成了不同于传统童话的艺术风貌。

(三)幼儿与成人共享童年梦想

现代童话主要以儿童为主人公,永不长大的彼得·潘是孩子们的代言人。林良先生说过这样一段话,"童话的发源地是每个人的'纯真的心境'。每个现代人如果能够稍稍摆脱生活里的'现实'、冰球生活里永恒性的'真实',那么,'纯真的心境'就会出现,童话也就在他心里诞生。"这段话告诉我们,'纯真的心境'存在于每一个人心中,童话的世界也存在于每一个人心中。从这一点出发来认识童话,我们便不难看到,在童话的世界里,实际上活跃着儿童与成人的童年梦想。

从放飞孩子心灵的层面看,孩子们可以通过童话在现实世界和幻想世界之间自由往来,有时甚至完全深入幻象之中,尽情享受童年岁月的快乐。有些童话故事的主人公尽管是成年人,但他们的身心也表现出孩子的天性,如德国作家凯斯特纳在《5月35日》中创造的林格尔胡特叔叔,挪威作家埃格纳笔下的豆蔻镇的居民和强盗。可以说,用儿童的游戏性思维来构建神奇而奇异的童话世界,这是现代童话追求的一种境界。

从成人心灵寄托的层面看,物质世界在迅速发展的同时也带来了人类心灵的异化,人们在不断满足物欲的同时,逐渐强烈地感觉到精神世界的匮乏。儿童与成人之间的界限越来越大,童年与梦想离成人越来越远。于是,凭借着童话的世界,成人追寻已经逝去的童年,这就带来了现代童话的成人介入。在现代童话中,成年人不仅能够反思自我的位置,并且还可以找寻到自己的童年。英国作家巴里创造的"彼得·潘"和代表着童年梦之境的"永无岛",既属于富有想象天赋的孩子们,也属于一切童心未泯的成年人。从某种程度上看,《彼得·潘》在本质上违背了孩子想要快快长大的自然心理,其中所赞颂的永存不灭的童年和无拘无束的游戏精神,实际上隐含着作家的儿童崇拜心理和童年情结,因此,这些童话作品和童话形象在受到孩子们接纳的同时也得到了成人世界的认可。

当然,现代童话中丰厚的思想内涵必须经由儿童的方式进行传达,作家们自觉地将主体情感融入创作过程,通过简明的叙事风格表达深刻的现实主题和哲理意蕴。现代童话实现了儿童审美意识与作家审美意识的融合，打破了单一的读者接受疆域，成为儿童与成人共同享有的梦想家园。

三、幼儿童话的特征

幼儿童话是幼儿最喜爱的一种文学样式。它具有一般童话的共性，又由于幼儿的年龄心理特征，而具有自己的一些个性。

（一）融进幼儿心理特点的艺术幻想

幻想自然是幼儿童话的基本特征。幼儿童话幻想内容的特殊形态在于它与现实生活中幼儿特殊的心理、特殊的情感和思维方式是一致和协调的。

学前期是人生的幼年阶段，也是儿童的早期阶段。幼儿天真活泼，知识不多，但他们的想象力发展迅速，想象内容丰富而美妙，能想象离生活较远的事物，正如鲁迅所说："孩子是可以敬服的，他常常想到星月以上的境界，想到地面下的情形，想到昆虫的语言；他想飞上天空，他想潜入蚁穴……"而且，幼儿常常区分不清想象中的事物和现实中的事物。这种无处不在、无所不能的想象，带有明显的幼稚性和夸张性，它们是幼儿童话的核心和灵魂。

比如，《格林童话》中的《狼和七只小山羊》，讲述一只狼假冒羊妈妈回家敲门，它先是把一大团粉吃下去，把自己粗糙的声音弄细嫩一点，又在脚上涂上湿面撒上白粉，把爪子弄白，终于骗开了门，把六只小羊吞进了肚里，只有顶小的一只小山羊藏在钟壳里逃脱了。这些想象正符合幼儿天真幼稚的思考。而故事最后写羊妈妈和小山羊哭着来到草地上：

它们看见狼躺在树旁边打鼾，打得那么响，连树枝都动摇了。仔细端详这只狼，看见它饱满的肚皮里有东西在动弹。羊妈妈想："啊，难道我那些被它当晚饭吃的孩子，还活着吗？"小山羊马上跑到家里拿剪刀和针线来，羊妈妈剪那坏东西的肚皮。刚剪一下子，就有一个小山羊伸出头来，它继续剪下去，六只山羊先后跳出来，而且没有受伤。因为那坏东西很馋，都是把它们整个吞下去的。这真是一件让人高兴的事！它们拥抱着亲爱的妈妈亲吻，喜欢得手舞足蹈……

这正表达了纯真幼儿希望善战胜恶、生命一定战胜死亡的善良、美好的意愿。

在幼儿时期，游戏是主导活动，由于幼儿思维方式的特殊性，他们的游戏活动往往鲜明地呈现出童话式的幻想特点，而幼儿童话中的幻想也总是洋溢着幼儿的游戏精神。比如俄罗斯童话《会跑会跳的树》：

鸟儿在林子里的树上又唱又跳，小熊便以为树是活的，他就想："我也要做一棵树！"

他走到树林的空地上摇摇腿晃晃脚地唱着，松鼠问他会不会翻跟头，他就头朝下，翻了个跟头。

听松鼠说每棵树上都住着鸟儿，小熊就请松鼠帮忙找几只鸟儿来："你不要说我是一头小小的熊。你就告诉他们，有这么一棵树……"

松鼠找来梅花雀。"小熊！"松鼠喊，"过来，别摇摇摆摆啦，梅花雀答应到你头上住些日子！"

　　小熊站好，眯缝起眼睛，接着，梅花雀就停到了他的肩上。

　　"这回我是真正的树了！"小熊乐滋滋地想。

　　"呜——溜——溜——溜——溜——！"梅花雀唱着。

　　"呜——溜——溜——溜——溜——！"小熊唱着，腿不停地跳着摇着。

　　童话中的小熊、松鼠、梅花雀自然都是好奇好动的小孩子，他们沉浸在美妙的幻想情境里，活泼地游玩，那快乐的心情让小朋友感同身受。

　　幼儿童话的创作者大多是成人，他们并非简单地再现幼儿的幻想，而是经过选择、加工、提炼，表达出幼儿纯真美好的感情。作品富于美感，让幼儿在思想上得到启迪，在情操上受到陶冶。

（二）以拟人为主体的童话形象

　　拟人是一种传统的艺术手法，来源于原始人类的"泛灵思想"。因为那时的人们智识水平低下，往往从主观的想象、幻想去解释各种自然现象，因而认为什么都有生命，即"万物有灵"，从而产生了"拟人"。

　　幼儿之所以喜爱拟人手法，首先是因为它契合他们的心理。幼儿活动范围狭小，知识经验不多，他们接触得最多的是人，因而往往以人度物。万物在幼儿眼中总是被涂上生命的色彩，他们自然希望童话中的种种形象都是活的物体。再有，拟人能把抽象的事物转化为具体可感的艺术形象，这正适应了幼儿具体形象性思维的特点。

　　幼儿童话中拟人的范围十分广泛，不仅可以将各种动物、植物以及生活中种种事物人格化，即便自然现象的日月星辰、风霜雨雪，大地上的山谷河流，甚至一些观念、概念、品质，不论有形无形，也都可以赋予它们人的思想情感、行为语言。然而，拟人并非简单地将出现在童话中的角色简单地贴上某些物的标签。拟人形象一方面要具有人的鲜明的个性特征，但决不能把它们的"衣、食、住、行"写得和真实的人一模一样。另一方面，必须显示出所拟之物的某些"物"的属性。

　　比如，孙幼军的长篇幼儿童话《小布头奇遇记》中的"小布头"，他幼稚、纯真、善良，很富同情心，但又比较调皮，还有点小小的任性，活脱脱是个幼小的孩子形象。可是，他又是一个只能借助外力才能移动的布娃娃：小布头在他的小主人苹苹跳下儿童车时从她的衣袋里溜了（其实是"掉"了）出来，留在了车上。晚上，儿童车被拆去板凳，变成了一辆运送电动机的平板车，和小电动机在一起的小布头也随之来到了火车站，上了开往农村的火车。到站后搬小电动机的叔叔发现了小布头，很高兴地把他塞进了工作服的大口袋里，因为口袋有个小窟窿，小布头就从那里漏了出来，摔到了那个叔叔坐的马拉大车上。车板"叮叮咚咚"响，又把他震落到了白薯堆里，和白薯一起被搬进屋子，堆在角落里。由此，他遇到了小母鸡小芦花、灰溜溜的鼠老王……

　　叶圣陶先生曾著文称赞"小布头"这一拟人形象，指出："作者写'物'的言动情思，当然只能以度'物'。高下之判在于怎样'度'，大概能从'物'的本身出发，随己的本性和经历去'度'，就是比较好的。不顾'物'的本性和经历等，而拿'人'的言动情思强加于'物'，这样的'度'就是比较差的。"这段议论为我们提供了鉴别的依据。

（三）单纯明快的叙事方式

童话是一种叙事的文体，其中对幻想形象的刻画、对幻想世界的构筑，都是通过所讲述的故事——叙事表现出来的。幼儿的智力水平和审美特点决定了幼儿童话的叙事方式一般都十分简洁、明快和富有趣味，故事中涉及的人物、情节和背景都是较为单纯的。

幼儿童话中的人物性格，往往是一种单纯的类型化的性格。如善良的小白兔、聪明的小花猫、憨厚的小黄狗、懒惰的小黑熊、狡猾的狐狸、凶恶的老狼等，性格特征单一，但鲜明突出，描述刻画也多用粗线条，这是因为幼儿的感知能力、表象能力比较发达，容易抓住人物具体的外部特征。

幼儿童话的情节，也总是只做单纯的线性展开，情节生动有趣，但不复杂；可以曲折变化，但条理要清楚，枝节不过多；可以有悬念，但不悬置太长；有冲突有高潮，而结尾总是比较圆满。

幼儿童话的背景也很单纯，一般都是虚化的。时间、地点的交代往往十分简略，甚至模糊不清，不少幼儿童话沿用古老童话的模式："从前""有一次""在一座森林旁边"等。幼儿童话的篇幅一般比较短小，一个童话就是一个小故事、一场小小的游戏。即便是长篇或中篇幼儿童话，其中的故事也是单纯、明快的，往往有一条主人公的活动线索贯穿始终，将主人公所经历的一个个小故事串连起来，而每一个小故事又有相对的独立性和完整性。英国米尔恩的《小熊温尼·菩》、日本中川李枝子的《不不园》便是这样。

我们知道，童话是一种古老的文体形式。人们口头创作的民间童话在它千百年的流传过程中，形成了一些固定的叙述方式，如三段式、层递式、循环式、对照式、连环式、连续式、串连式等，其中有的就具有单纯、明快的特点，常为幼儿童话所采用，这里也做一些介绍：

三段式将性质相同而具体内容相异的三个或三个以上的事件连贯在一起。这种叙述方法使故事的人物性格和主题思想得到完整鲜明的表现，给人留下深刻的印象。由于这些事件同中有异，异中有同，所以并不使人感到单调，反而具有一种特殊的情趣。如《格林童话》中的《灰姑娘》、俄罗斯阿·托尔斯泰的《金鸡冠的公鸡》都运用了三段式。

循环式也称循环反复式。故事情节的展开仿佛转了一个圆圈，周而复始，即以某个形象为起点，产生一连串基本相同的情节，从一个形象转到另一个形象，最后又回到起点。在循环的过程中，有反复的因素在内。例如我国方轶群的《萝卜回来了》，写的是小白兔在雪底下找到两个萝卜，就想到小猴也很饿，去送给小猴，小猴送给了小鹿，小鹿送给了小熊，小熊又去送给小白兔。在送萝卜的过程中，不仅情节一次次重复，几个小动物的心理活动也一次次重复。在反复中，朋友间互相关心、爱护的主题得到了深化和突出。

用对照式展开故事情节，通常有两种情况：一种是以性格截然相反的人物为中心，在相同环境下，正反人物出现不同的遭遇和结局，形成鲜明的对比，用反面人物对照出正面人物，用假恶丑对照出真善美，如法国夏尔·贝洛的《仙女》。另一种对照是前后对照，以同一人物前后不同的表现和遭遇来组织故事情节，从而突出人物性格的变化以及变化的原因。英国王尔德的《自私的巨人》（又译《巨人的花园》）用的就是前后对照法。

第三节　幼儿童话的主要表现手法和形象类型

一、幼儿童话的主要表现手法

虽然童话作品的外在文本形态各有不同，但无论是有着既定叙事模式的民间童话，还是注重艺术表现力的现代童话，其文学表现手法都是共通的。归纳起来，主要有拟人、夸张、颠倒和象征。

（一）拟人

拟人也可称为人格化，是指人类以外有形或无形、具体或抽象的客观存在及主观意识，被赋予了人的思想、情感和言行能力。拟人在童话中是一种传统的、最为常用的文学表现手法，源自人类童年时代的泛灵观念，十分符合儿童的思维方式、心理习惯和精神气质，易于为他们所接受。如果童话中的猫儿和狗儿不会说话，那么，儿童可能就会对童话失去兴趣，幼儿更是如此。

最常见的拟人手法是直接让动物、植物开口说话，这种方式在童话中不胜枚举。一般情况下，童话中的拟人很注意物性与人性的和谐统一（童话中的形象在具备人的特点的同时保留其作为物的某些基本属性），并且考虑物与人、物与物之间"爱"的天然关系。然而，随着童话的多元化发展，拟人手法的运用开始突破这样的规则，逐渐让想象的翅膀飞过现实理性的高墙，甚至违反自然规律，创建更为开放自由的童话逻辑。

如葛冰在童话《舞蛇的泪》中就打破了鼠与蛇作为天敌的自然属性，为一只小白鼠和一条舞蛇建立了非同一般的童话关系。当小白鼠吹着口笛，将冰冷的金蛇唤醒并开始旋风般的狂舞时，两个天然仇敌的心灵在对美的共同追求中相通了。尽管舞蛇因为本能咬死了小白鼠，但故事的最后出现了非常动人的一幕：一条美丽的舞蛇把无声的悲哀的舞蹈献给白鼠，并流下了清亮的泪，肃穆地为他送行。

与此同时，我们也要看到，拟人手法在童话中的运用变得更加广泛，不仅包括动物、植物，而且包括非生物、自然现象和抽象概念等。我们意识或想象中存在的任何事物，都可以成为童话拟人化的对象。在王尔德的《渔夫和他的灵魂》这个童话中，年轻的渔夫为了得到美人鱼的爱情，用女巫的小刀将自己的灵魂切开，拥有影子身体的灵魂虽然没有心，却能感受孤独并哭泣。于是，灵魂引诱渔夫离开美人鱼。当它最终从他破碎的心的入口进去，像从前那样和主人公合为一体时，悲伤绝望的渔夫却已被大海淹没。我国作家张之路的《我和我的影子》与此类似。主人公李大米的影子离他而去，成为与主人公对抗的拥有思想和意识的具体存在，故事以此表达了主人公与内在自我抗争的艰难过程。在这两个故事中，灵魂和影子都是非生物的抽象概念，但它们在童话中拥有了人所具有的特质。由此可见，现代童话中的拟人手法不再是简单意义上的人格化表现，而是给童话形象赋予了更为丰富的现代内涵。

（二）夸张

夸张是将描写对象的某些特征进行有意识的放大和强调，从而突出其本质特点以增强艺术效果的一种修辞手段。夸张在各种艺术形式中都有普遍的运用，但童话的夸张与一般写实性文学中的夸张有所不同。吴其南在《童话的诗学》这部专著中，将这些不同归纳为三个方面：一是童话偏重于人物性格、情感等内在特征的夸张；二是童话的夸张以突破事物的本身形式为目的，一般写实性文学的夸张则尽量将自己局限在不引起事物变形的限度内；三是童话将夸张后的形象凝定下来，直接作为一个形象出现，而写实性文学的夸张多是一种比拟性表现，并不将放大后的形象凝定下来。所以，童话可以突破现实关系的限制，在保持事物内在逻辑性的前提下，以荒诞的想象构建无规则的、强烈的、极度的夸张，从而更加深刻地揭示真实。

童话的夸张手法运用在形象的刻画、情节的构思、细节的安排以及环境的营造等各个方面。安徒生笔下那个隔着多层棉被也能感受到一粒豌豆存在的娇惯公主，让人一辈子都忘不了。作者一方面通过夸张的手法突出人物的个性，另一方面借助这一违反现实常理的特殊形象，以荒诞的艺术形式达到对现实的讽喻。

另外，夸张的童话形象还能够帮助作家传达深沉的思想意旨。如《胆大包天的睡鼠和胆小如鼠的巨人》，童话角色自身外在形象与内在个性的反差，两个形象之间的极端对比，都是极为夸张的存在。作家通过两者共有的孤独感以及相互找寻友情的过程，使故事打破了童话角色自身和彼此间的不平衡感，获得了最终的和谐，可谓意味深长。

情节的夸张可以是整体的。著名的《敏豪生奇游记》中几乎所有的故事都是被叙述者无限夸张的，因此敏豪生才被我们称为"吹牛大王"。更多的时候，情节的夸张是通过局部的内容来完成的。张天翼的《大林和小林》中大林吃饭时被众多侍从伺候的场面是典型的例子。郑渊洁的《哭鼻子比赛》中，几个孩子哭鼻子时，眼泪居然流成溪、流成河，使海平面升高了三寸。

局部细节的夸张能够带给童话作品特有的意趣。在英国作家琼·艾肯的想象当中，在馅饼里包一片天便可以带着人们抵达一个美丽的世外岛屿。对于意大利作家卡洛·科洛迪而言，说了谎鼻子就会变长的木偶匹诺曹就是孩子们行动的镜子。《格列佛游记》《爱丽丝漫游奇境记》等作品又让我们看到，将环境作为夸张的整体对象有利于营造特有的童话氛围。总之，童话的夸张总是与想象力紧密相连的，其最终的目的是创造独特的童话形象与童话意境，构成强烈的艺术效果。

（三）颠倒

颠倒，顾名思义，就是违反既定的现实逻辑，对事物特性和事物之间的关系进行一定程度的倒转。正如吴其南在《童话的诗学》中所说的，"在一定意义上可以说，童话等假定性文学就建立在非逻辑的基点上。""对童话艺术而言，有意识地违反生活逻辑正是它实现自身的基本策略。"童话中的颠倒世界与儿童思维中的逻辑特点相对应。孩子都有把头倒过来看世界的经验，这种反常的角度能够得到很多奇异的感受。因此，童话创作中运用颠倒这一表现手法特别符合孩子的接受心理。

从民间童话到现代童话作品，都存在将现实逻辑关系完全颠倒的例子。德国格林兄弟曾经这样描述极乐时代:"我看见罗马城和拉特兰宫悬挂在一条细丝线上,一个没有脚的人跑得比一匹疾驰的马还要快,一把利剑斩断了一座大桥",还看见"两只老鼠在加封一位主教,两只猫抓住了熊的舌头,一只蜗牛飞奔而来咬死了两头雄狮,一个理发师给一个女人刮胡子,两个吃奶的婴儿命令母亲别吭声"……这是一个"极乐世界的童话",所有的事情都是闻所未闻的,完全颠倒了物与物之间的原有关系。

在现代童话作品中,颠倒世界的出现常常带有作家的批判意识。英国作家特拉弗斯的《随风而来的玛丽·波平斯阿姨》中,玛丽阿姨带简和迈克尔去参观一个颠倒动物园,在那里,人被关进了笼子里,而动物们则从笼子里出来唱歌跳舞,观赏笼中的人们。难怪简说:"全都颠倒过来了!"很明显,作家借助动物的立场表达了对人类社会的不满。

德国作家凯斯特纳的《5月35日》中也有一个颠倒世界,那些不理解孩子、不可爱的大人被关进学校接受教育,而教育方式正是他们平日里对待孩子的那种方式。这样的颠倒,释放了儿童在现实世界里被束缚和压抑的天性和愿望,同时使孩子在心理上满足了解构成人权力的愿望,形成童话特有的趣味和意味。

颠倒,可以说是童话中一种比较普遍的艺术存在。在童话世界里,一切都可以颠倒过来:父亲和儿子可以互相调换位置以达成各自不同的心愿(泰戈尔《愿望的实现》);当小偷因为失业而罢工时,整个世界变得混乱不堪(武玉桂《小偷罢工》);狐狸可以反过来打猎人,把猎人吓得晕死过去(金近《狐狸打猎人的故事》)……在童话世界里,还有黑白颠倒、是非混淆的假话国,制服狮子、摆弄大象的兔子,淳朴善良的笨狼,捉弄钓鱼人的小水怪,让炮火变成鲜花的令人震惊的战争新闻,等等。这些童话既因为其荒诞不经让人觉得有趣,又在视角的转换过程中传达了对现实的思考。

(四)象征

通过某种具体的可视可触的事物,表现抽象的观念、思想或情感,这是象征的基本含义。象征手法所凭借的依据,是象征物与被象征物之间所具有的某种类似性或联系性,借助这种类似或联系,可以使被象征的事物得到强烈、集中而又形象、含蓄的呈现。需要说明的是,象征是使童话主题和审美内涵获得提升的重要方式之一,但这种提升不能陷入完全概念化、纯粹图解的误区。因此,童话的象征总是与童话自身的叙事结构紧密结合,将意义隐含在故事中,使作品通过想象的桥梁架构一定的艺术高度。

童话的象征通常都是具体形象、意象的象征。神奇的"马兰花"象征劳动人民的勤劳品质,"宝葫芦"象征不劳而获的懒惰思想,"青鸟"象征追求幸福的执着精神,"丑小鸭"象征出身卑微却自信坚毅、甘于忍耐而最终赢得辉煌的成功者……这些广为人知的象征性童话形象,所对应的被象征对象都是人们普遍认同的概念、情感或精神内容。而且,这些意象的象征功能经由童话故事传达到人类生活中的很多文化领域,逐渐形成固定的形象符号和意义内涵。

有些时候,象征所表现的对象并没有确定的指称,具有歧义、多义的特点。或者根据时代环境、地域文化、阅读接受对象的不同,一定的象征意义可以被不断地理解和更改,拥有无法穷尽的意味。宫泽贤治的《银河铁道之夜》是一部在日本长销不衰的经典童话。看起来是一段飞向银河的简单旅程,其中却容纳了关于人生、宗教的多种内涵。作品中各种人物和形象的象征性折射，就像一系列的密码，读者破解其中的奥妙是要颇费周折的。

象征可以使童话的意旨具有更广泛的超越性和涵盖性，作品也通过这种形式获得它的普遍性与永恒性。现代童话作品之所以在今天如此深入人心，很大程度上是因为它运用了童话的象征手法，深刻揭示了现代物质文明与人类欲望的本质。法国作家圣·艾克絮佩里的《小王子》便是这样一部象征性的童话经典。作家的叙述诗意而含蓄，拥有哲学的深度，无论是小王子在七个星球的游历过程中所看到的人和事，还是他与玫瑰花、狐狸所展现的情感世界，都极其耐人寻味。因此，在《小王子》诞生半个多世纪后的今天，越来越多的人喜爱这部杰出的童话，它对童年、爱情以及生命的诠释触及了现代人的灵魂。

二、幼儿童话的形象类型

和其他文学类型一样，构成童话世界中心和主体的也是人物形象。无论民间童话还是现代童话，都要通过主人公曲折离奇的冒险经历来表达人类的情感，其中心始终是人。只不过，从民间童话到现代童话的发展经历了童话形象从类型化、符号化向典型化、个性化演变的过程。到20世纪下半叶，童话作家开始注重描写主人公的性格特征，在他们的观念中，主人公的心路历程比情节上的魔幻冒险更重要。作家时常站到读者面前，以第一人称的口吻来叙述故事，对童话中的人物进行更加细致真切的塑造。同时，童话与小说合流，越来越显示出形象在现代童话中的重要性。

根据表现形态的不同，童话形象可以分为超人体、拟人体和常人体三种基本类型。

（一）超人体童话形象

超人体形象是指那些以超自然面貌出现的、具备创造奇迹的超常能力的童话角色，如神仙、妖魔、精灵、鬼怪、巫师等，他们最早在神话、传说中出现，后来成为民间童话中最为常见的形象类型。这一类童话形象是人类在长期的社会生活中借助幻想创造出来的，直接反映了人类童年时代的思维方式和精神寄托。值得注意的是，这类形象不仅包括人的形象，而且包括物的形象，同时也包括生命体、无生命体甚至是观念想象中的宝物，如阿拉伯民间童话中阿拉丁拥有的神奇的神灯、普希金的《渔夫与金鱼的故事》中可以满足老渔夫各种要求的金鱼、张天翼的《宝葫芦的秘密》中帮助王葆达成愿望的宝葫芦等。

超人体童话形象很多时候是某种自然力或人的愿望的象征符号，他们所具有的神奇能力，可以满足主人公在现实生活中不能实现的愿望，替他们完成凡人无法办到的事情，创造出匪夷所思的奇迹。这些童话形象虽然不具有十分鲜明的个性，但通常作为推动故事发展或衔接人物关系的中介出现，为情节发生逆转提供潜在的契机，在童话中起着举足轻重的作用。

《木偶奇遇记》中的超人体形象"仙女"姐姐（或妈妈）的出现，带有很大的偶然性。作家卡洛·科洛迪1881年为了还债开始写关于木偶匹诺曹的童话，他把这个故事卖给一家报纸。当写到第十五章时，经济状况有所好转的科洛迪决定让一只满腹邪计的狐狸和一只坏猫绞死匹诺曹，以此来迅速结束故事。未曾想到的是，小读者们此时已经爱上了匹诺曹和他的历险故事，他们纷纷写信给报社，希望匹诺曹能够成为真正的男孩，请求作者继续写下去，这便促使科洛迪构想出一个仙女来搭救匹诺曹的情节，让孩子们喜爱的主人公死而复生，并在最后如愿成为一个真正的男孩。因此，在《木偶奇遇记》中，仙女的到来是使主人公的命运产生根本性转变的重要因素，后来她在匹诺曹的成长过程中扮演着引导者的角色。这样的超人形象在民间童话中也经常出现，当主人公身处险境的危难时刻，他们就是希望和奇迹的化身，能够帮助故事主人公逢凶化吉，转危为安，跨越困境，获得成功。

与传统童话相比，现代童话的超人体形象又有了一定的发展和变化，他们不再是简单意义上的超人形象，而是融入了更加独特的现实意义和审美意趣，即便是巨人、女巫、精灵，也拥有了现代人的思想和情感，比如达尔创造的为孩子吹梦的慈善巨人、普雷斯勒童话里那个消灭邪恶女巫的善良小女巫、角野荣子笔下送"宅急便"的爱赶时髦的可爱魔女等。

（二）拟人体童话形象

人类以外各种有生命或无生命的事物，经过拟人手法人格化之后，就成为童话中的拟人体形象。这类形象在童话中十分常见，而动植物拟人作为文学作品塑造艺术形象最早的一种手段，在童话中的使用也是最普遍的。从《列那狐的故事》《驴子的回忆》到《小意达的花儿》《浪漫鼠德佩罗》，我们看到了拟人体形象在童话中的重要存在。这些形象一方面保留了动植物自身的某种特性，包括它们与周围世界的各种关系，另一方面又被赋予人的思想和情感，象征性地代表人与人类社会。

拟人体童话形象之所以会成为童话人物形象的普遍类型，主要是因为它们和人类社会最为接近，而且与人类社会有着很多的可比性，这正好符合儿童的万物有灵的观念，容易进入他们的情感世界。与此同时，物性和人性的交叉，为童话形象的塑造构建了一种陌生的间离感，使童话的艺术表现力更为形象生动。

拟人体形象还包括无生命物，比如器物、玩具等。因为它们没有生命，一般不具备独立的行动能力，相对动植物是一种更低级的存在，所以在童话中的运用只是少数。它们常常是作为故事的次要角色，和其他形象一起构成童话故事的多彩世界。当然，也有的童话是将无生命物作为主人公的，比如安徒生的《坚定的锡兵》、孙幼军的《小布头奇遇记》、汤素兰的《红鞋子》。另外，拟人体童话形象还可以包括某些抽象的事物、概念以及自然现象等，常见的有春姑娘、风伯伯、时间老人、真理仙子等。严文井的《浮云》和《小溪流的歌》就直接把自然现象作为童话主人公加以描绘。

（三）常人体童话形象

常人体童话形象是指以寻常人的面貌出现在童话中的人物。小红帽、灰姑娘、机灵的汉斯、阿拉丁……这一类形象在民间童话中早已存在，只是他们总是与超人体、拟人体形象结合在一起，并未凸显作为人的个体意识。直到现代童话的出现，常人体形象才渐渐演变成一种重要角色进入作家的创作意识。他们通过童话作品建构自己的性格特征，树立了自己的典型形象。因为常人体童话形象能够十分巧妙、缜密地沟通现实世界与幻想世界，所以对于现代童话有着十分重要的意义。

常人体童话形象尽管是生活中的本来面目，但由于身处童话的幻想世界而表现出与常人的差异。这种差异主要通过三种方式得以呈现。

第一种方式：常人体形象在外形特征上是寻常人，也主要和常人来往，但和超自然人物、超自然世界有着密切关系,在某些特殊的时刻表现出超人的神奇能力。这样的形象主要出现在现代童话中,他们成为沟通幻想世界与现实世界的重要中介,如英国作家特拉弗斯创造的随风而来的玛丽·波平斯阿姨、挪威作家普廖申笔下的小茶匙老太太、中国作家孙幼军刻画的怪老头儿等。这些形象不仅具有鲜明的个性特点,而且由于他们能够自由进出现实和幻想两个不同的时空,因此能使读者在一种既熟悉又陌生的环境里感受童话的奇特魅力。

第二种方式:常人体形象自己并无超人之处,却和超自然人物、超自然事件发生关系,由此被放入一个非常态的情景中,与现实时空拉开较大的距离。民间童话中许多历险的主人公便具有这样的特点,他们往往借助外界的力量完成使命、获得成功。《5月35日》中能够与黑马说话并带着康拉德一起经历太平洋之旅的林格尔胡特叔叔、《从罐头盒里出来的孩子》中意外获得一个罐头男孩的巴达洛提太太、《"下次开船"港》中被放置在停滞的黑暗世界的唐小西便是现代童话常人体形象的典型例子。将常人体与超自然人物和事件进行组接的渠道常常是梦境和幻境,如《爱丽丝漫游奇境记》《宝葫芦的秘密》《南南和胡子伯伯》等,这些作品中的主人公靠着机缘进入幻想世界,由此接触到奇异的超自然现象,成为带领读者跨入奇境的引导者。

第三种方式:这一类童话形象无超人之处,同时他所处的环境也不存在超自然的因素,看起来就是与现实完全对应的常人。如《皇帝的新装》中的所有角色都是常人,他们每个人的奇特行动都是有现实依据的,然而,他们所表现出的荒诞心理和行为却远离了常情常理。此外,挪威作家埃格纳创造的豆蔻镇上的居民和强盗,也都是真正意义上的现实中的人,但由于他们孩子式的思维方式和生活方式完全背离了成人的生活现实,因而成为典型的童话人物形象。

值得注意的是,以上三种童话形象并不相互排斥,它们有时会同时出现在一个童话角色身上:宝葫芦是拟人和超人的结合,玛丽·波平斯阿姨是常人和超人的结合,孙悟空是拟人、超人和常人的结合。与此同时,现代童话的多元发展更加决定了童话形象拒绝单一、走向多样化的创作趋势。

第四节　佳作赏析与阅读延展

一、佳作赏析

1. 门铃和梯子

门铃和梯子
周锐

野猪家离长颈鹿家挺远的。但为了见到好朋友,野猪不怕路远。
到了。"咚咚咚!"野猪去敲长颈鹿的门。

敲了好一会儿，没人来开门。

野猪大声问："长颈鹿大哥不在家吗？"

"在家呢。"长颈鹿在里面答应。

"咦，在家为什么不开门？"

"野猪兄弟，你往上瞧，我新装了一个门铃。有谁来找我，要先按门铃。我听见铃响以后，就会来开门。"

野猪抬起头来，看见了那个门铃。"长颈鹿大哥，我很愿意按铃的，但你把它装得太高，我够不着。所以我还是像以前那样敲门吧。"——咚咚咚！

可是长颈鹿仍然不开门。"对不起，野猪兄弟，我知道你真的够不着。但你就不能想想办法吗？要是大家都像你这样，图省事，敲敲门算了，那我的门铃不是白装了吗？"

野猪没话说了，但又怎么也想不出能按到门铃的办法，只好嘟嘟囔囔回家去了。

过了一些日子，野猪又来看长颈鹿。这回他"哼哧哼哧"地扛来了一架梯子。

野猪把梯子架在长颈鹿门外，爬上去，一伸手，够着了那个门铃。

可是，怎么按也不响。急得野猪哇哇叫。

"对不起，野猪兄弟，"长颈鹿在里面解释说，"门铃坏了。只好麻烦你敲几下门了。"

"这怎么行！"野猪叫起来，"只敲几下门，那我这梯子不是白扛来了！"

作品赏析

长颈鹿和野猪，它们一高一矮，在形象上有着巨大的反差，这样的两个朋友在一起，一定会有好玩的事情发生。作家正是通过对比的手法，并且借用门铃和梯子这两样道具，创作了这个有趣的童话。

在童话中，长与短、高与矮的形象对比，常常是为了传达各有所长的教育意旨。这篇作品的重点却不在于此，而是让人在会心一笑中真切感受孩子的童真。那充满趣味的场景和对话，形象地勾勒了长颈鹿和野猪的心理和个性，它们其实就是两个孩子，天真可爱。

这篇童话与木子的《长腿七和短腿八》有异曲同工之妙，不妨将它们进行比较阅读。

2. 去年的树

去年的树

［日］新美南吉

孙幼军 译

一只鸟儿和一棵树是好朋友。鸟儿坐在树枝上，天天给树唱歌，树呢，天天听着鸟儿唱。

日子一天天过去，寒冷的冬天就要来到了。鸟儿必须离开树，飞到很远很远的地方去。

树对鸟儿说：

"再见了，小鸟！明年请你再回来，还唱歌给我听。"

鸟儿说：

"好的，我明年一定回来，给你唱歌，请你等着我吧！"鸟儿说完，就向南方飞去了。

春天又来了。原野上、森林里的雪都融化了。鸟儿又回到这里，找她的好朋友树来了。

可是，发生了什么事情呢？树，不见了，只剩下树根留在那里。

"立在这儿的那棵树，到什么地方去了呢？"鸟儿问树根说。

树根回答：

"伐木人用斧子把它砍倒，拉到山谷里去了。"

鸟儿向山谷飞去。

山谷里有个很大的工厂。锯木头的声音"沙——沙——"地响着。

鸟儿落在工厂的大门上，她问大门说：

"门先生，我的好朋友树在哪儿，您知道吗？"

门回答说：

"树么，在厂子里给切成细条条儿，做成火柴，运到那边的村子里卖掉了。"

鸟儿向村子里飞去。

在一盏煤油灯旁，坐着个小女孩儿。鸟儿问女孩儿：

"小姑娘，请告诉我：你知道火柴在哪儿吗？"

小女孩儿回答说："火柴已经用光了。不过，火柴点燃的火，还在这个灯里亮着。"

鸟儿睁大眼睛，盯着灯火看了一会儿。

接着，她又唱起去年唱过的歌儿，给灯火听。

唱完歌儿，鸟儿又对着灯火看了一会儿，就飞走了。

作品赏析

　　鸟儿的执着践诺，让一个伤感的故事闪烁着温暖的感动。鸟儿一路追寻，直到看见变成火柴的树留给这个世界的光亮。她把去年的歌儿送给了去年的树，歌声里有融化友情的温度，也有面对生命逝去的叹息。在这个简单的故事里，作家通过干净节制的叙述，创造了丰富的童话意味。

　　童话运用拟人的手法，可以帮助那些不能说话的生命表达情感，让人类从另外的角度望见自身以外的世界，并且学会以平等的姿态给予它理解和尊重。这个故事里的树的命运，令人联想起生态的问题。也许，这世界上有多少棵树，就有多少只鸟儿在歌唱。可是，有多少鸟儿的歌声因为树的离去而消失？人类可以决定自己的命运，而树的命运又由谁来决定？

3. 小熊买糖果

小熊买糖果

武玉桂

有只小熊记性很不好，什么话听过就忘记。

一天，小熊家里来了客人，妈妈让小熊到商店去买苹果、鸭梨、牛奶糖。小熊担心忘了，一边走一边念叨："苹果、鸭梨、牛奶糖，苹果、鸭梨、牛奶糖……"

他光顾着背那句话，一不留神，"扑通！"绊倒了。这一摔不要紧，小熊把刚才背的话全都忘啦！"妈妈让我买什么来着？"他拍着脑门想呀，想呀，"噢，想起来了，是气球、宝剑、冲锋枪！"

小熊挎着宝剑,背着冲锋枪,牵着红气球回家了。妈妈说:"哟,你怎么买了玩具回来?"

妈妈又给了小熊一些钱,对他说:"这回可别忘记了!"

小熊点点头:"妈妈放心吧!"

"苹果、鸭梨、牛奶糖,苹果、鸭梨、牛奶糖……"小熊一边走一边念叨,他光顾着背了,忘了看路,"咚!"一头撞在大树上。撞得头上起了包,撞得两眼冒金花。这一撞不要紧,小熊又忘了妈妈让买的东西了。"妈妈让我买什么来着?"他想呀,想呀,"噢,想起来了,是木盆、瓦罐、大水缸!"

小熊夹着木盆,顶着瓦罐,抱着大水缸"呼哧呼哧"地回到家里。妈妈见了大吃一惊,知道他又把话忘记了。只好再给他一些钱,说:"这次可千万记牢啊!"

小熊提着篮儿点点头:"妈妈放心吧!"

这回,小熊避开了石头,绕过了大树,来到食品店,总算买好了苹果、鸭梨、牛奶糖。

小熊高高兴兴地朝家里跑去。正跑着,忽然,一阵风刮来,把他的帽子吹掉了。小熊连忙放下手中的竹篮儿,去捡帽子。

等他捡起帽子往回走的时候,忽然看见了地上的竹篮儿,里面还装着苹果、鸭梨、牛奶糖呢!他大声喊起来:"喂,谁丢竹篮子啦?快来领呀!"

你瞧这个小熊,多好笑!

作品赏析

这是一个诙谐幽默的幼儿童话故事。小熊的形象本身孩子们就非常喜欢,作者所描写的小熊更是生动有趣,让人发笑。健忘的小熊两次都因为摔跤而忘记了妈妈让他买的是什么东西,第三次终于记住了,竟在回家的途中连自己刚买的东西都不认识了。这只小熊可真是有趣!阅读这篇幼儿童话,可以让幼儿喜欢上欣赏幽默作品,感受作品诙谐之情。小熊的形象也体现了幼儿稚气朴拙的特点。

4. 胡萝卜先生的胡子

胡萝卜先生的胡子
王一梅

胡萝卜先生常常为胡子发愁,可他偏偏有着浓密的胡子,必须每天刮胡子。

有一天,胡萝卜先生匆匆忙忙刮了胡子,一边吃着果酱面包一边上街去了。因为他是个近视眼,就没有发现漏刮了一根胡子。这根胡子长在下巴的右边,胡萝卜先生吃果酱面包的时候,胡子蘸到了甜甜的果酱,对一根胡子来说,果酱是多么好的营养啊!

于是胡萝卜先生一步一步走的时候,这根胡子就在一点一点地变长,只要回头看看胡萝卜先生走了多长的路,就可以知道胡萝卜先生的这根胡子已经长了多长了。

胡萝卜先生还在继续走,因为长胡子被风吹到了身体后面,胡萝卜先生是完全不知道的。

在很远的街口,有一个正在放风筝的男孩,风筝的线实在太短了,他的风筝才飞过屋顶。

胡萝卜先生的胡子刚好在风里飘动着。"这绳子够长了,就是不知道够不够牢固。"

小男孩说完就扯了扯胡子，胡萝卜先生马上觉得有人在后面拉他。男孩已经确定绳子够牢固了，就剪了一段用来放风筝。

胡萝卜先生继续往前走，当他走过鸟太太家的树底下时，鸟太太正在找绳子晾小鸟的尿布。胡萝卜先生的胡子刚好在风里飘动着。

于是，鸟太太剪了长长的一段胡子，系在两根树枝的中间，"这下好了，我总算找到一根够长的绳子了。"

胡萝卜先生就这样一直走，他的胡子一直长，当胡萝卜先生走进一家眼镜店的时候，他的胡子也就不再发疯一样长了。由于一路上胡子派上了许多用处，已经不是那么长了，就挂在他的肩膀上，胡萝卜先生开始掏钱为他的近视眼买眼镜。

眼镜店的白菜小姐是个非常机灵的女孩，她一边给胡萝卜先生戴上眼镜，一边说："如果你怕不小心把眼镜摔了，那么就在眼镜框上系一根绳子，然后挂在脖子上。"白菜小姐说这些话的时候，用那根胡子系住了眼镜。

当胡萝卜先生的眼镜不小心从鼻子上滑落下来的时候，他的胡子系住了眼镜。胡萝卜先生说："我的胡子真是太棒了。"

是的，胡萝卜先生的胡子确实是太棒了，大家都这么说。

作品赏析

这篇充满荒诞色彩的童话，其独特之处在于奇特的幻想，一是把胡萝卜先生胡子的疯长归结到蘸上营养丰富的果酱；二是把胡萝卜先生的行走和胡子长长巧妙地结合在一起。极富创造性的思维，使童话具有一种非同寻常的奇妙效果。试想，这一切多么有趣啊！胡萝卜先生的胡子做了小男孩的风筝线，当了鸟太太的晾衣绳……孩子们读着这样有趣的故事，不仅会开怀大笑，更会引出许许多多丰富的联想和想象。这样，孩子们就在对幻想的感受和体会中学会了对童话的欣赏。

二、阅读延展

1. 三只想生病的小狗

三只想生病的小狗

蔡鸿森

灰狗妈妈有三个宝宝：小黄狗、小黑狗和小花狗。三只小狗真淘气，常给灰狗妈妈添麻烦，可妈妈从来不生气。

有一天，住在隔壁的小白狗妹妹生病了，躺在床上。白狗妈妈陪着她，还给她买好吃的。

三只小狗看见了，十分羡慕，都说："哎呀！生病真好！妈妈可以陪着，还有好吃的。"

三只小狗也想生病，就一齐跑去问白狗妹妹："白狗妹妹，怎样才会生病啊？"

白狗妹妹说："下雨天淋了雨，就会生病的。"

哦，原来是这样，三只小狗一起望着窗外说："天公公，快点下雨吧！"

白狗妹妹奇怪地说："怎么？你们也想生病？"

"对呀，像你这样多开心。"三只小狗一齐说。

"你们真傻，生病可难受啦！"可是不管白狗妹妹怎么说，三只小狗都不听。白狗妹妹生气了，"我不跟你们说了。"她转过身，不理三只小狗了。

三只小狗跑出屋子，等着下雨。

啊！天公公真的下起雨来。噼里啪啦，三只小狗高兴极了。他们在雨里翻跟斗、跳舞，绒毛都淋湿了。

灰狗妈妈看见了，可着急了，连忙喊着："宝宝，快进来，淋着雨，会生病的。"

三只小狗不理妈妈，妈妈急坏了，只好跑出门外，把小狗一只一只拉进屋里。

夜里，小黄狗开始打喷嚏，打了一个又一个。接着小黑狗和小花狗也打起喷嚏来："阿嚏！阿嚏！"打了整整一夜。

第二天，三只小狗发起烧来，躺在小床上，嘴里不停地喊："妈妈呀，妈妈呀，难受啊，难受啊……"

灰狗妈妈急坏了，一会儿给小黄狗吃药，一会儿给小黑狗、小花狗吃药，忙得团团转。

"妈妈，我要吃苹果。"小黄狗一嚷，妈妈赶紧去买。

"妈妈，我要吃梨。"小黑狗一嚷，妈妈赶紧去买。

"妈妈，我要吃雪糕。"小花狗一嚷，妈妈摇摇头说："傻孩子，发烧不能吃雪糕。""那么，就吃葡萄吧。"妈妈只好去买。

过了三天，三只小狗的病全好了，可是灰狗妈妈却病倒了，躺在床上，不吃也不喝，三只小狗很害怕，"呜呜呜呜"哭起来。

白狗妹妹听见了，赶紧告诉白狗妈妈。他们连忙跑过来，见灰狗妈妈病得很重，就把她送到医院里去了。灰狗妈妈住在医院，三只小狗天天都去探望妈妈。

出院那天，三只小狗拉着妈妈的手说："妈妈，我们以后再也不生病了，生病真难受。"

2. 拔河马比赛

拔河马比赛

张秋生

你会说：错了，题目错了，应该是拔河比赛。

不，我说的就是拔河马比赛。

河马先生是个大胖子，他不喜欢运动，越长越肥胖。他的朋友毛驴先生呢，是个瘦子，他也不喜欢运动，越长越瘦。

有一天，河马先生来毛驴先生家做客。

他一进门，就一屁股坐在毛驴先生家的一把漂亮的椅子上。可是当他离开的时候，无论如何也站不起来了。

胖胖的河马先生，被毛驴先生家的瘦椅子给卡住了。

毛驴先生请来了医生白鹤和木匠老狼，来解救河马先生。

医生白鹤拿出听诊器，仔仔细细地听了河马先生的心脏，他安慰河马先生，说他没有生命危险，但要从椅子里拔出来，只有一个办法——减肥。河马先生一个星期不吃不喝，也许瘦椅子会放开他。

"天啊！"河马先生叫了起来，"一个星期不吃不喝，我会饿死的！"

木匠老狼在边上插嘴了，他说："还是我来吧，让我用斧子、锯子，把椅子拆了，河马先生不就出来了吗？"

"天啊！"这次轮到毛驴先生叫了，他说，"这把椅子可是我家祖传的珍藏品啊，我爷爷的爷爷的爷爷，就曾经在上面坐过……"

最后还是机灵的小兔提出："我们来举行一次拔河马比赛吧！"

大伙儿把河马先生和椅子抬到河边上。

小熊、小兔、小猴、白鹤、松鼠一边，抓住河马先生的手；老狼、獾、熊猫、公鸡、刺猬一边，拉住椅子的腿。

河马先生嘴里喊着一、二、三，大伙儿一使劲儿，终于把河马先生从椅子里拔了出来。

从此，大伙儿都爱上了这个"拔河马"活动，不过他们是用一根绳子代替了河马先生和椅子，因为他们不能让河马先生老卡在椅子里。

大伙儿把这项有趣的活动叫作拔河马比赛。

河马先生呢，他挥舞着小旗，是个当然的裁判。

3. 冰激凌楼房

冰激凌楼房
［意大利］姜尼·罗大里

有一次，在波洛尼亚这个地方，人们在大广场中间盖起了一座冰激凌大楼。许许多多的孩子从四面八方跑来争着要舔它一口。

房顶是乳酪做的，烟囱里冒出的烟是糖做的，烟囱本身是蜜饯果做的。其余部分都是冰激凌做的：冰激凌门、冰激凌墙、冰激凌家具。一个小不点儿的孩子走近一张桌子，他顺着桌子腿转着圈地舔个没完。桌子腿给舔化了，桌子倒塌下来了，连同桌上的盘子一股脑儿全掉在了他身上。盘子是巧克力冰激凌做的，更是香甜可口。

一个守卫突然发现一扇窗子化了。因为玻璃是草莓冰激凌的，所以就溶化成玫瑰色的浆液了。"快来呀，快来呀！"守卫大声嚷，"再快些，加油！"孩子们都跑过来了，一个劲地舔，舔得快极了，连一滴浆液也没能溜掉。

"一把安乐椅！"一个可爱的小老太太想从人群中挤过来，她哀求道："给我这可怜的老太婆一把安乐椅吧，谁能帮个忙？最好给我一个带扶手的。"一个好心的消防员跑了上去，给她拿来了用奶油和花生仁做的安乐椅。小老太太可高兴啦，就从扶手那里开舔。

这是一个伟大的日子，根据大夫的命令，那天，不许让任何人肚子痛。直到现在，每当孩子们想再要一份冰激凌的时候，爸爸妈妈们总是叹息着说："好嘛，看来你是得到了整个波洛尼亚大楼房才满意呐。"

4. 会滚的"汽车"

会滚的"汽车"

野军

一只大木桶在路上玩,它不停地滚啊滚……

一只小鸡,一只小鸭,还有一只小鹅见了它,大声喊:"你是会滚的汽车吧?停一停,停一停!请你送我们回家好吗?"

"好呀,好呀!"大木桶停了下来,说:"对,我是会滚的汽车,那就请上车吧!"

小鸡、小鸭和小鹅,蹦蹦跳跳钻进了大木桶里。

大木桶又滚啊滚,滚啊滚……小鸡、小鸭和小鹅唱起歌儿来:

"叽叽叽,乘车真开心!

呷呷呷,乘车真舒服!

嘎嘎嘎,乘车真快乐!"

唱啊唱,唱了一遍又一遍,越唱越有劲,越唱越响亮,让一只狐狸听见了。狐狸爬上土坡一看:咦?路上有一辆滚着跑的汽车!仔细一瞧:哈,汽车里装着那么多好吃的!馋得他口水"滴答滴答"往下淌。

狐狸飞快地跳下土坡,拦住大木桶,抱着肚子"呜呜"叫:"哎哟,哎哟!疼死我啦!"

"你怎么啦?"大木桶停了下来,问狐狸。

"我的肚子疼,疼死了!"狐狸挤出了两滴泪水,说,"你是会滚的汽车吧?请送我去医院,行吗?"

"行,行!"大木桶看狐狸怪可怜的,就说,"请上车吧!"

"谢谢你了,哎哟,哎哟!"狐狸一下子爬进了大木桶里。

大木桶又滚呀滚,滚呀滚,越滚越快……

"医院到了!"大木桶停下来喊,"肚子疼的朋友,快下车吧!"

狐狸抱着圆鼓鼓的大肚子,慢吞吞地爬出了大木桶,对大木桶说:"嘿嘿!一个大傻瓜!谁要上医院呀!"

"咦,你刚才不是说肚子疼么?"大木桶说。

"哈哈!"狐狸拍拍肚子说,"谁肚子疼了?刚才我是肚子饿呀。这会儿,我的肚子可饱啦!我一口吞下了小鹅,又一口吞下了小鸭,再一口吞下了小鸡。"

说完,他大摇大摆朝前走了,嘴里还得意地哼着歌儿。

"啊?他把小鸡、小鸭、小鹅全吃了!这个小坏蛋,哼!"大木桶气坏了,飞快地滚着追了上去,"嘎吱"一下,压住了狐狸的尾巴。狐狸痛得"哇哇"叫,张开了大嘴巴。大木桶用力朝狐狸身上一挤,"噗"的一下跳出了小鸡,"刷"的一下蹦出了小鸭,接着伸出了小鹅的长脖子。小鸡和小鸭抓住小鹅的长脖子,使劲拉啊拉,嗨哟!嗨哟!拉啊拉,把小鹅拉出来了。

大木桶又用力一滚,把狐狸全压扁了!

小鸡、小鸭和小鹅钻进了大木桶里。大木桶飞快地滚了起来,小鸡、小鸭和小鹅又唱起了歌儿。

5. 萝卜回来了

萝卜回来了
方轶群

雪这么大，天气这么冷，地里、山上都盖满了雪。小白兔没有东西吃了，饿得很。

他跑出门去找。小白兔一面找一面想："雪这么大，天气这么冷，小猴在家里，一定也很饿。我找到了东西，去和他一起吃。"

小白兔扒开雪，嘿，雪底下有两个萝卜。他多高兴呀！

小白兔抱着萝卜，跑到小猴家，敲敲门，没人答应。小白兔把门推开，屋里一个人没有。原来小猴不在家，也去找东西吃了。

小白兔就吃掉了小萝卜，把大萝卜放在桌子上。

这时候，小猴在雪地里找呀找，他一面找一面想："雪这么大，天气这么冷，小鹿在家里，一定也很饿。我找到了东西，去和他一起吃。"

小猴扒开雪，嘿，雪底下有几颗花生。他多高兴呀！

小猴带着花生，向小鹿家跑去；跑过自己的家，看见门开着，他想："谁来过啦？"

他走进屋子，看见萝卜，很奇怪，说："这是从哪来的？"他想了想，知道是好朋友送来的，就说："把萝卜也带去，和小鹿一起吃！"

小猴跑到小鹿家，门关得紧紧的。他跳上窗台一看，屋子里一个人也没有。原来小鹿不在家，也去找东西吃了。

小猴就把萝卜放在窗台上。

这时候，小鹿在雪地里找呀找，他一面找一面想："雪这么大，天气这么冷，小熊在家里，一定也很饿。我找到了东西，去和他一起吃。"

小鹿扒开雪，嘿，雪底下有一棵青菜。他多高兴呀！

小鹿提着青菜，向小熊家跑去；跑过自己的家，看见雪地上有许多脚印，他想："谁来过啦？"

他走近屋子，看见窗台上有个萝卜，很奇怪，说："这是从哪来的？"他想了想，知道是好朋友送来给他吃的，就说："把萝卜也带去，和小熊一起吃！"

小鹿跑到小熊家，在门外叫："开门！开门！"屋子里没有人答应。原来小熊不在家，也去找东西吃了。

小鹿就把萝卜放在门口。

这时候，小熊在雪地里找呀找，他一面找一面想："雪这么大，天气这么冷，小白兔在家里，一定也很饿。我找到了东西，去和他一起吃。"

小熊扒开雪，嘿，雪底下有一只白薯。他多高兴呀！

小熊拿着白薯，向小白兔家跑去；跑过自己的家，看见门口有个萝卜，他很奇怪，说："这是从哪来的？"他想了想，知道是好朋友送来给他吃的，就说："把萝卜也带去，和小白兔一起吃！"

小熊跑到小白兔家，轻轻推开门。这时候，小白兔吃饱了，睡得正甜哩。小熊不愿吵醒他，把萝卜轻轻放在小白兔的床边。

小白兔醒来，睁开眼睛一看："咦！萝卜回来了！"他想了想，说："我知道了，是好朋友送来给我吃的。"

思考与实践

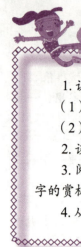

1. 认真阅读教材和其他辅导资料,思考以下问题:
(1)童话不同的形象类型各有什么艺术特点?
(2)几种类型的童话形象有何审美共性和特殊性?
2. 谈谈你对童话中"颠倒"这一艺术表现手法的理解。
3. 阅读某一篇幼儿童话作品,围绕作品的主题和艺术特色,写一篇不少于500字的赏析文章。
4. 从阅读延展中选择一篇幼儿童话,写出作品导读文字。

第五章 幼儿故事

第一节 幼儿故事概说

幼儿故事是一种历史悠久的幼儿文学体裁，以其起伏多变、充满童趣的情节在幼儿心中播撒下文学的种子。幼儿故事在幼儿文学中占有十分重要的位置。

一、幼儿故事的含义

故事属于叙事性文学体裁的范畴。营构完整连贯、生动曲折、富有趣味的情节，注重叙事技巧的运用，适合口头讲述是故事具有的基本特点。幼儿故事是指内容单纯、篇幅短小、适应幼儿接受和聆听的叙事性文学体裁。幼儿故事或取材于幼儿家庭生活、幼儿园生活和社会生活，或取材于自然界的万物景象，特别是动物世界，或取材于古往今来的历史事件。

作为一种独立的文学体裁，幼儿故事有着不同于其他文学体裁的内涵和特点，并因之而形成其特有的美学特征。同时，由于叙事性文学作品都十分强调故事性，这便决定了幼儿故事与其他幼儿文学体裁的密切联系。

幼儿故事与神话、传说有一定的渊源关系，但神话是以神为主要形象，通过幻想的情节，表达人们对社会起源、自然现象和社会生活的原始理解。传说是由神话发展而来的，是以人为主要形象，但具有强烈的传奇色彩。幼儿故事则是以生活中的凡人为主要形象，以反映人间的现实生活为主。幼儿故事与儿童小说虽然形式相近，但重要的区别在于：儿童小说一般篇幅较长，着重于人物形象的塑造；幼儿故事则一般篇幅较短，着重于叙事，把事情的来龙去脉讲明白。

幼儿故事中的动物故事与以动物为主人公的童话有着明显的区别。就内容而言，动物故事情节较单纯，一般没有明显的哲理性和道德教训。动物童话的情节则相对要曲折，其内涵也比动物故事丰富。就文学表现而言，动物故事对动物的形象、特征、生态习性等的展示一般是真实准确的,但幻想性远不及童话。童话中的动物则常常具有了人的言行举止,动物以拟人形象的面貌出现。

幼儿故事篇幅短小、富有吸引力、语言生动,符合幼儿的生理和心理特点,是孩子们接触最早、最多的文学样式之一。爱听故事是幼儿的天性,故事是幼儿成长的摇篮,因为故事中多样的题材、丰富的生活场景、开阔的视野给幼儿认识世界、了解世界提供了极好的平台。一个个故事如一个装满了宝物的百宝箱,不倦地解答孩子的疑惑,促进孩子身心健康成长。

二、幼儿故事的发展概况

在我国几千年的封建社会里,真正属于孩子的故事并不多。陪伴孩子度过漫漫长夜的,除了神话、传说、寓言外,一类是来自民间的动物故事或生活故事,它是人们将日常生活中的某些对孩子有教育意义或告诫意味的故事进行简单加工而成的,如兔子的尾巴为什么这么短、猫和老鼠的故事、巧媳妇的故事、呆女婿的故事等。另一类就是运用故事的形式编写的童蒙读物,它将教育作用放在第一位。影响比较大的是宋人胡继宗收集编写的《书信故事》,内容丰富,语言简洁易懂,道理深刻。元代卢韵编写的《日记故事》是流传最广、影响最大的古代幼儿故事书,内容广泛,主要包括勤学聪慧、为人处世、做官为政等方面的内容。

此外,叙述古代儿童聪明的故事也常被编入一些启蒙读物中,如明代萧良友的《蒙养故事》,其中"曹冲称象""灌水浮球""司马光破缸救小儿"等故事,脍炙人口,意蕴深厚,已经成为历代妇孺皆知的故事,影响了一代又一代的孩子。

1909年,我国最早的以学龄前儿童为对象的刊物《儿童教育画》创刊,这是我国幼儿文学的一块阵地。此后,各种比较适合幼儿欣赏的故事陆续刊登在报刊上,如陆费逵的《我小时候的故事》(1922)、陈伯吹的《破帽子》(1930)、叶圣陶的《小蚬回家了》(1934)。

中华人民共和国成立后,由于幼儿文学得到了更多的关注,幼儿故事的创作开始增多,出现了不少精美之作。如果向真的《小胖和小松》、方轶群的《小碗》、任溶溶的《人小时候为什么没胡子》、安伟邦的《圈儿圈儿圈儿》。新时期以来,幼儿故事中直接描写幼儿生活的故事开始大量出现,如杨福庆的《谁勇敢》、李其美的《鸟树》、任哥舒的《珍珍唱歌》、马光复的《瓜瓜吃瓜》。

从20世纪80年时代开始,幼儿故事的创作形势发生了一些变化,系列故事成了作家创作的一种形式,如任溶溶的《丁丁探索》、郑春华的《大头儿子和小头爸爸》、祁智的《城市的麻雀》、黄蓓佳的《雪花飘下来》。这些作品主题鲜明,有时代感,加之儿童化的语言、妙趣横生的情节,吸引感染了无数孩子,给孩子们带去了无穷的欢乐。

第二节 幼儿故事的特征

幼儿故事是故事的一个分支,由于读者对象年龄特征上的差异,幼儿故事也相应具有一些独特的艺术特征。作为一种独特的文学门类,幼儿故事具有以下特征:

一、完整连贯

从文学的角度来看,故事由各种生活事件组成,而生活事件的完整性与连贯性是构成故事的基本前提。因此,幼儿故事一般都要反映事件产生的原因、事件曲折的发展过程和事件最后的结局等,换句话说,即要反映出特定矛盾冲突的发生、发展和转化的全部过程。只有能充分展示事件的开端、发展、高潮、结局乃至尾声的故事,才是有序、完整和连贯的。从接受的主体这个角度来看,故事的完整与连贯性能满足幼儿听赏的需求。因为幼儿在聆听故事时,总是希望能了解事件发生的原因和结果,听到事件发展的全过程,因而完整连贯的故事能够吻合幼儿聆听的心理。

二、生动有趣

生动有趣的故事是吸引幼儿注意并引领他们进入故事情境,进而走进文学世界的重要条件。一系列具有因果联系的生活事件环环相扣,循序发展,形成了故事的情节。情节的生动有趣在幼儿故事中表现为事件发展过程的新奇拙趣、惊险曲折、活泼变幻、温暖动情等,它能使故事在幼儿头脑中留下深刻印象。幼儿往往带着一种急迫的心情聆听故事,他们急于了解故事的结局,但又不愿意马上知道结局。这种矛盾的心理使他们对充满悬念、一波三折的故事抱有极大的兴趣和热情,天然地排斥平淡无奇的故事。因此,幼儿故事要想吸引那些坐不住的孩子,使他们兴味盎然地听下去,情节必须是生动的,故事必须是有趣的。如查洪燮的《会飞的鞋》:

起先,一(1)班和一(2)班的小皮球比赛正踢得带劲,一(1)班的中中带着球飞快地朝对方球门冲去,飞起一脚,"咚"——射门!怎么回事?(悬念)一(2)班守门员低头一看,啊,他抱在怀里的根本不是皮球,是一只球鞋!接着,一(2)班和一(1)班的小朋友们吵开了,到底怎么判呢?这个球能不能算?(新的悬念)裁判员说话了:"球不算。中中没穿好鞋,要批评!""中中的鞋怎么会飞呀?"小朋友们都觉得挺奇怪。(又一个悬念)啊,原来中中不会系鞋带……(谜底)

幼儿故事生动的情节与有趣的内容常常是相辅相成、互融互渗的,事件本身的有趣可能造就情节的生动,而生动的情节又能增添故事的趣味。所以,很多优秀的幼儿故事所呈现的事件本身总是拥有无穷的趣味。这种趣味在幼儿故事中不仅依凭着故事的情节，还常常依凭着人物的语言和行为，以及作品所采用的艺术表现手法等。

三、口语化生活化的语言

在幼儿故事中，作者常常以简单的句式结构和生活化的文学口语向孩子们讲述故事，从而将他们引入特定的故事场景，实现与他们的直接对话和交流。这就带来了幼儿故事语言通俗明白、口语化和句式简单的特点。幼儿故事的这种语言特点与幼儿的年龄特点和文学接受特点是分不开的。一般而言，幼儿故事的接受对象偏向于幼儿和学龄前儿童。这一阶段的幼儿因对语言文字掌握的有限而不完全具备对文学作品的独立阅读能力，因而他们在接受故事时，还需要借助成人的讲述。这样，聆听故事便成为这一年龄阶段幼儿文学接受的主要特点。与这一特点相适应，幼儿故事的作者在对孩子们讲述故事时，便要考虑怎样用最接近幼儿生活的语言将他们引入故事的情境，如何在故事的叙述中让自己成为一个与幼儿面对面交流对话的讲述者。于是，口头文学的叙事特点在幼儿故事中便成为一种必然。这种特点自然地取代了故事的叙述者（作者）。在幼儿接受故事时，故事的叙述者（作者）也能直接地面对幼儿。如马光复的《瓜瓜吃瓜》，通过浅显、形象、口语化的叙述语言，把小朋友瓜瓜吃瓜乱扔瓜皮，使奶奶摔倒的故事讲述给小朋友，富有童趣，又有教育意义。

第三节　幼儿故事的分类

幼儿故事的分类，可以从不同的角度进行划分。从创作者的角度分，可分为民间故事、改编故事和创作故事等；从内容上分，可分为生活故事、历史故事、神话故事、成语故事、科学故事、人物故事（主要是名人故事）和动物故事等；从体裁角度来分，则可分为散文体故事、诗歌体故事、谜语故事等；从表现手法分，又可以分为图画故事和文字故事等。不论从哪个角度来划分，幼儿故事的各种类型作品都具有作为故事体裁的共同特征，同时又有着各自的特点。下面着重介绍几种常见的幼儿故事类型。

一、幼儿生活故事

幼儿生活故事是幼儿故事中最常见最重要的一类。它在幼儿故事里虽然出现较晚，但数量最多，发展最快，影响也较大。它是以现实的幼儿为主要角色，以他们的日常生活和活动为题材的幼儿故事。

由于生活故事直接反映幼儿现实生活，主人公常常就是幼儿，所以在幼儿听来，故事仿佛是在讲他们自己和身边发生的事，对于幼儿具有一种天然的亲和力，这自然使幼儿产生一种真实感和亲切感。它对于幼儿产生的影响和所起的作用是其他幼儿文学样式无法比拟的。

幼儿生活故事的作用：

（一）能使幼儿关注自己，正确认识自己

孩子认识社会并不是靠说教，靠的是有教育意义的感性生活。丰富多彩、色彩斑斓的生活故事就像一面镜子，不管是表现幼儿积极向上、纯真美好的思想感情，还是展示幼儿性格行为、人际交往的缺点与不足，孩子们大多可以在这些生活化、艺术化的故事中找到自己某一方面的影子，从而对照自己的思想行为，认识和思考自己的生活。

例如列夫·托尔斯泰的《谢谢你》：

一个小男孩子玩的时候，不小心打碎了一只漂亮的碗儿。谁也没看见碗儿是他打碎的。

爸爸回来，问道："谁打碎的？"

"我。"

爸爸说："谢谢你，因为你说了真话。"

这个故事很简单，在生活中孩子们也经常遇到，但经过作者的加工提炼，主题虽然非常浅显，含义却很深刻：做错了事，只要说真话，也会得到表扬。这个故事对诚实的孩子是积极鼓励，对撒谎的孩子则是一种正面引导。

（二）有助于幼儿认识社会、适应社会

幼儿文学的基本功能之一，是引导幼儿熟悉和了解社会，促进他们从一个自然人向社会人过渡。生活故事虽然反映的是幼儿世界的生活，却包含了做一个社会人所必备的基本的思想道德与行为规范，如尊老爱幼、遵纪守法、维护社会公德、具有正义感和同情心、诚实善良、礼貌待人、与周围的人友好相处等。它既可以从正面褒扬优良品德和模范行为，引导幼儿积极向上，追求美好的东西，也可以委婉批评错误行为和缺点，启发幼儿迅速克服改正。

例如，杨金光的《大家一起吃》写的是汪汪与罗杰共同分享饼干和蛋糕的小故事，故事倡导小朋友要有与别人分享的意识，分享玩具、分享好吃的、分享快乐，为今后培养孩子合作精神做了有益的铺垫。

综上所述，幼儿生活故事在幼儿教育和幼儿文学中有着十分重要的地位，其某些作用和影响是其他幼儿文学样式难以取代的。

二、幼儿动物故事

动物故事指取材于动物世界，以动物为主人公，描写它们的生态、习性，或借动物形象象征人类社会生活和社会关系的故事。动物故事一般结构单纯，篇幅短小，有一定的幻想性和趣味性。与一般介绍动物的科普作品不同，动物故事要有"人物"、有情节。有的动物故事由于作者在对动物的摹写中注入了人的情感和社会意识，借动物形象来象征人类

的社会生活和社会关系，故而其动物已不是单纯的自然之物，而具有了某种象征性。

动物故事分为两种类型，其一为"解释型"，即通过对动物的描写，或主观或客观地解释动物的习性。如朱望新的《小狐狸花背》，写一只名叫"花背"的小狐狸在其成长过程中的一系列经历。作者在讲述小狐狸花背的成长故事时，融入了对狐狸的生活习性、捕食方法、喜欢的食物、狐狸的天敌等的介绍，同时还写了金龟子与红蜘蛛的生死搏斗、山猫偷鸡的行为、其他动物的生存竞争等，整个故事从客观的视角介绍动物。其二为"象征寓意型"，即借动物形象来象征人类社会生活和社会关系的故事。这类故事在动物故事中数量较多。如藏族动物故事《麻雀和老鼠打官司》，写麻雀与老鼠为小事争执起来，请了一只"猫判官"来评判是非，却都被"猫判官"吞进了肚子。这里，对动物世界的描绘折射人类社会中的某些现象，作品因之具有了较深的寓意。同样，西班牙动物故事《狼和奶酪》、越南动物故事《兔子和大象》、俄国屠格涅夫的《小鹌鹑》等，也都具有类似的特点。

三、幼儿历史故事

幼儿历史故事指以史实为依据编写而成的、适合幼儿聆听和欣赏的故事，是历史和文学相结合的产物。它要求尊重史实，不能随意虚构，但在一定历史资料的基础上，可作必要的提炼加工。此外，还应当考虑幼儿的特点，尽可能做到语言生动有趣、浅显易懂。幼儿历史故事主要分为历史人物故事和历史事件故事两类。

历史人物故事以历史上真实的人物为主体，以历史人物在历史舞台上的活动为主线，通过对人物在一定历史时期内的思想、行动及其历史功过的描述和评价，帮助幼儿认识历史人物，了解其业绩和风貌，进而体会故事主人公远大的理想、博大的胸怀和坚强的意志。如白晓朗、黄林妹的《李世民的故事》、曹济平的《陆游的故事》等。历史事件故事以反映历史上有重大影响的事件为主。这类故事简明、生动地讲述各种历史事件的起因、经过、结果，通过对历史事件的精彩展示，介绍历史常识，帮助幼儿了解具有影响力的特定历史事件。田之的《晋国故事》、林汉达的《西汉故事》、朱仲玉的《中国历史故事》等都属此类。

四、幼儿民间故事

民间故事是一种流传于民间，具有一定传奇性和幻想成分的题材广泛的叙事性口头文学形式。其特点大致有三：其一，时间地点的模糊性，常以"古时候""从前""很早以前"等来交代时间，以"在一个美丽的地方""在一座古老的城堡"等来表示地点；其二，人物的类型化，常以人物的身份来代替人物的姓名；其三，情节单纯而完整，常常围绕一个中心事件来展开情节，讲述有头有尾的故事。在艺术手法上，民间故事常常运用反复、比较等手法来创造艺术效果，而很多民间故事中的情节重复现象，也带来了其情节的雷同化。

适合于幼儿接受的民间故事，主要有民间生活故事、民间机智人物故事、民间笑话故事等。民间生活故事包括长工和地主的故事，如程一剑记录的《火龙单》；三兄弟故事，如顾昌燧记录的《狗耕田》；巧媳妇故事，如周键明记录的《巧媳妇》；传授生活经验的故事，如韦木记录的《二锄麦子碾断棒》等。民间机智人物故事，如赵世杰编译的维吾尔族和乌孜别克族民间故事《阿凡提的故事》，龙岳洲搜集整理的苗族民间故事《阿方的故事》（即反江山故事），陈清漳、赛西整理的蒙古族民间故事《巴拉根仓的故事》等。民间笑话故事（包括民间逸闻在内），如宋守良搜集整理的《两个媳妇》等。

五、幼儿谜语故事

谜语故事也叫故事迷，指以耐人寻味的故事作谜面，并于其中隐藏谜底的故事。谜语故事是谜语中结构较为复杂的形式，其谜面是一个完整的故事，必须交代清楚故事的情节和人物的活动，而谜底则隐藏在故事里，需要读者去解悟。因此，谜语故事具有故事性强、谜底设置巧妙的特点，幼儿聆听之后，可根据故事所提供的各种条件和线索进行推理，从而解出谜底。

需要说明的是，并非所有的谜语故事都是为猜谜而作。有的谜语故事在叙述故事的同时已经揭示出谜底，因而作为故事供幼儿聆听欣赏。谜语故事的题材范围很广，与一般的幼儿故事相比显得更为有趣，对开发幼儿智力、培养幼儿的推理判断能力起着积极的作用。

第四节　佳作赏析与阅读延展

一、佳作赏析

1. 佳佳迟到了（生活故事）

佳佳迟到了

胡木仁

妈妈抱佳佳上幼儿园，总是到得最早最早。

今天佳佳迟到了。

佳佳很不好意思，低着头，眼睛偷偷地向屋子里瞧……

阿姨看见了，笑嘻嘻地问："佳佳，你怎么迟到了？"

佳佳说："我自己走着来的。"

阿姨抱起佳佳，亲亲她的小脸蛋说："佳佳，真乖。"

佳佳悄悄地告诉小朋友："我迟到了，阿姨还表扬我哩。"

小朋友嚷起来："我也要迟到！我也要表扬！"

佳佳摇摇头说："不，我是自己走来的。"

小朋友又嚷起来："我也是自己走来的。"

佳佳听了，又摆手，又摇头："不，不，在路上快点儿走，就不迟到了。"

第二天，许多小朋友都要自己走，他们蹦蹦跳跳走在妈妈前面……没有一个小朋友迟到，佳佳到得最早最早。

阿姨忙着给小朋友擦头上的汗水，一边擦，一边高兴地说："小朋友都乖！小朋友都乖！"

小朋友你望着我，我望着你，圆圆的小嘴巴，笑得像朵小喇叭花，真美真美。

作品赏析

这个故事用简洁明快的语言，叙述了佳佳迟到却受到了表扬的事，这一反常的现象引起了幼儿的讨论，最后，他们明白了事情的真相，都要求自己走路来幼儿园。本文巧妙地安排这种对比，形象地写出了孩子们爱听表扬的天性，让孩子们在不经意间走向了独立。

2. 借生日（生活故事）

借生日

李想

早晨，琪琪醒来一看，呀，枕边放着一套漂亮的衣服，还有一只可爱的大布熊和一盒巧克力呢。

妈妈过来了，笑眯眯地说："琪琪，今天是你的生日，妈妈祝你生日快乐！"

琪琪坐在床上问："妈妈，您怎么从来不过生日？"

"噢，"妈妈理了理头发，说，"忘了。"

琪琪说："妈妈，今天是我的生日，我又大了一岁，我要自己穿衣服，您去做饭吧！"

妈妈点点头，笑着出去了。

吃早饭的时候，妈妈奇怪地问："琪琪，你怎么不穿新衣服？"

琪琪神秘地一笑："等会儿再告诉您。"

妈妈要上班去了，拎起包，咦，这么重？打开一看，里面装着一只大布熊和一盒巧克力。

"琪琪，这是妈妈给你的生日礼物呀！"妈妈说着要往外拿，琪琪赶紧奔过去，按住了妈妈的手。

"妈妈，我把我的生日礼物给您，所以今天是您的生日，这大布熊和巧克力是我给您的生日礼物，我祝您生日快乐！"琪琪说。

妈妈抱起琪琪，问："你把生日借给妈妈，妈妈什么时候还你？"

"把您的生日还给我，这样您就不会忘记您的生日了，到那一天，我再穿新衣服。"

妈妈亲亲琪琪，笑了，琪琪也笑了。

作品赏析

现在的孩子得到的爱太多了，却也常常容易忽略身边的爱。故事写的是家庭生活中的一件小事：琪琪生日那天，妈妈送她一只布熊和一盒巧克力。因为妈妈总是忘记自己的生日，琪琪就想把自己生日借给妈妈，并将布熊和巧克力送给妈妈。全文语言浅显，体现了母女真情，是一篇很好的教会孩子如何爱妈妈的故事。

3.小黑猫送来的（生活故事）

小黑猫送来的

余绯

昨天去秋游，小朋友们又吃又玩，可开心了。今天，王老师给小朋友们讲秋游的故事：在小朋友秋游过的草地上、小河边、大树下，到处都是巧克力、糖果、饼干。到了晚上，小老鼠闻到香味都出来了，把这些好吃的东西堆在一起，在月光下又跳又唱，开起了丰收庆祝会。正在这时来了一群小黑猫，它们捉住了老鼠，还把好吃的东西还给了幼儿园的小朋友……

王老师的故事刚讲完，琳琳就问："老师你讲的故事是真的吗？"

"才不会呢，猫才不会把东西送回来呢。"

"对，猫也爱吃东西的。"

"再说它们又不认识幼儿园。"

小朋友们议论着，他们都说王老师的故事是假的。

"好吧，我能让你们相信。"王老师从一个大包里摸出一个甜果冻。

"这是谁的？"

"好像是东东的。"

"对，是东东的。"

王老师又从包里摸出饼干、巧克力、口香糖、橘子……满满一桌子，豆豆找到了那块只咬了一口的巧克力，亮亮找到了外婆给他的口香糖，琳琳找到了自己的那包饼干……原来这些东西真是小朋友秋游时丢的。

"王老师，这真是小黑猫给我们送来的吗？"

"王老师，小黑猫怎么知道是我们丢的呢？"

"小黑猫怎么能找到我们幼儿园呢？"

王老师笑眯眯地说："这是个秘密，你们去猜吧。不过小黑猫说了，以后可别再为小老鼠留下粮食了。好了，现在我们可以用这些食物开美餐会了。"

"好啊，好啊。"小朋友们围坐在老师身边开心地吃着。"啊，多好吃的东西呀！差点成了老鼠们的粮食，不是太可惜了吗？"

"我们真得好好谢谢小黑猫呢。"

王老师望着小朋友们开心地笑了。

作品赏析

这是一则特别贴近幼儿生活的小故事。管理好自己的物品是幼儿进入幼儿园后重要的养成教育内容。孩子们丢三落四是常见的现象,怎样用身边的事教育引导他们?严肃呆板的说教不会有效果。作者巧妙利用小黑猫这一孩子感兴趣的形象,引起他们的注意,在一问一答中,不露痕迹地达到教育小朋友要养成良好的生活习惯的目的,教师采取的教育方式十分符合幼儿的年龄特征。

4. 精灵妈妈变形记(生活故事)

精灵妈妈变形记

顾鹰

我妈妈是个精灵。

不过,这个秘密只有我一个人知道。

妈妈有时会变成一只狮子。她有一双犀利的眼睛,长着长长的爪子。

"桑果果,快把你的玩具收起来!"

"桑果果,快去剪指甲,然后去弹琴!"

狮子妈妈用大大的嗓门对我吼。我只好乖乖地收起积木,减掉指甲,然后坐在钢琴旁。

有一次,妈妈和我一起去一个阿姨家做客。我喜欢上了阿姨家的一块小石头,悄悄地藏进了我的口袋。

"桑果果,你为什么乱拿别人的东西?"妈妈马上变成了一只狮子。她用犀利的目光看着我。我难为情地低下了头。

我把小石头还给了阿姨,还跟她说了一声"对不起"。阿姨摸摸我的头,说我是个好孩子。当我把这一切告诉狮子妈妈,她又重新变成了好妈妈。

"这样才是一个真正的好孩子!"妈妈摸摸我的头,温柔地对我说。

还有一次,一个大胡子叔叔骑车撞倒了我,还瞪大眼睛看着我,说我不长眼睛不会走路。精灵妈妈马上变成一只狮子扑到他身边。

"不许你欺负小孩子!"狮子妈妈把我挡在身后,她的叫声吓跑了那个大胡子叔叔。

妈妈还会变成绵羊。通常在星期天的时候,妈妈就会变成一只温顺的绵羊。

绵羊妈妈陪着外公外婆去散步,有时候他们也会去爬山。外婆喜欢唠唠叨叨地说话,绵羊妈妈在一旁安安静静地听着。

有时候,绵羊妈妈还会让外公外婆轮流骑在她的背上,带他们去大街上逛街。

大家都羡慕地看着外公外婆,外公外婆的笑声就更响亮了。

绵羊妈妈也喜欢与爸爸去树林散步,他们喜欢坐在小河边的草地上。

爸爸平常是个大嗓门,坐在草地上的时候却很安静。绵羊妈妈喜欢悄悄地用她的尾巴去挠爸爸的痒,爸爸就"哈哈"地在草地上打起滚来。

最神奇的是,有一次我的妈妈变成了一个天使!

有一天半夜我小便,看见妈妈的书房还亮着灯,我悄悄地推开了门,妈妈居然长出了一对漂亮的翅膀,正在灯光下跳着优美的舞蹈!

大部分时间妈妈是个普通的妈妈,她系着围裙炒菜,赤着脚洗衣服,有时候还会穿着拖鞋上街买衣服。

也许在大街上你不能一下子发现她,但我绝对一下子就能找到她。

作品赏析

这是一个幼儿园教师的作品,曾获得"2008年冰心儿童文学新作奖"。与很多幼儿故事不同的是,作品中的主角是幼儿的妈妈,作者采用第一人称的方式,通过一个孩子稚嫩、纯洁的目光,用简洁流畅的幼儿化语言,塑造了孩子眼中妈妈的形象——厉害的狮子妈妈和温柔的绵羊妈妈。作品虽然写的是妈妈,但处处是孩子心理活动的流露,处处体现孩子充满童真的想象,童趣十足。

5. 梯级(生活故事)

梯级

[俄罗斯]尼·诺索夫

有一次,彼佳从幼儿园回家。这天他学会了从1数到10。他快要走到家的时候,妹妹华丽雅已经在门口等他。

"我已经会数数了!"彼佳显摆说,"在幼儿园里学的。你看吧,我现在要把楼梯的梯级都数一数。"

他们顺着楼梯走上去,彼佳大声数着梯级:"1、2、3、4、5…"

"哎,你怎么不走了啊?"华丽雅问。

"等一等,我忘记后面是几了,让我想一想。"

"想吧。"华丽雅说。

他们站在楼梯上,站了一会儿,彼佳说:"不,这样我想不起来。哎,我们还是从头数起吧。"

他们下了楼梯,重新向上走。

"1,"彼佳说,"2、3、4、5…"

他又站住了。

"又忘记了吗?"华丽雅问。

"忘记了!怎么搞的?刚刚想起来,一下子又忘了!哎,我们再试试。"

他们又从楼梯下来,彼佳又从头数起。

"1、2、3、4、5…"

"底下是不是25?"华丽雅问。

"不是,别打搅,让人家想想啊!看,被你搞忘记了!只好从头再来。"

"我不高兴从头来!"华丽雅说,"这算什么?上来下去,上来下去,人家腿都走痛了。"

"不高兴就别走。"彼佳回答,"我想不起来就不走上去。"

华丽雅回到家里告诉妈妈。

"妈妈,彼佳在楼梯上数楼梯级:1、2、3、4、5…后面记不得了。"

"后面是6。"妈妈说。

华丽雅再跑到楼梯上,彼佳还在数着:"1、2、3、4、5…"

"6!"华丽雅悄悄告诉他,"6!6!"

"6!"彼佳高兴了,他再往上走,"7、8、9、10。"

幸亏楼梯完了,要不然他真要走不到家,因为他只学会数到10。

> **作品赏析**

通过这个小故事可以看出作者多么善于观察幼儿,多么了解幼儿的生活。他用简洁、明快的语言写活了孩子数楼梯的点滴细节,一个认真、执着、想显示自己本事的小家伙彼佳是那么可爱地一遍一遍地从头数着楼梯!

6. 小熊洗澡(动物故事)

小熊洗澡
[俄罗斯]比安基

一个猎人在林间小河的堤岸上走着,突然听得树枝"咔嚓"一声响。猎人一惊,他想准是有什么猛兽在不远的地方,于是他三下两下爬上了树,在树上向四面细细观望。

从密林里走出一头大黑熊,是熊妈妈,后面跟着两头小熊。它们在河岸上走着,小熊可开心啦!

熊妈妈停下,用牙齿叼起一只小熊的脖子,直往河里扔。小熊尖叫着,四脚乱蹬,但是熊妈妈不马上将小家伙扶上岸来。直到小熊洗得干干净净,熊妈妈才让小熊爬上岸来。

另一只小熊怕洗冷水澡,就撒腿往林子里跑了。

熊妈妈追上它,啪!打了它一巴掌,接着像叼前一只一样,扔进水中。

两只小熊洗过澡,爬上岸来。这样闷热的天气,它们还披着厚厚的绒毛,凉水使它们爽快透了。熊妈妈带着小熊洗完澡,又躲进了森林,这时猎人才从树上爬下来,回家去了。

> **作品赏析**

这篇描写小熊洗澡经过的幼儿动物故事,通过一系列精彩的动作描写,活脱脱地表现出熊妈妈的关爱与小熊仔的幼稚顽皮,不但开阔了幼儿眼界,给他们以知识,还带给孩子们从未有过的新鲜乐趣。

7. 六个娃娃七个坑(生活故事)

六个娃娃七个坑
[捷克]彼齐什卡

一个大热天,七个小男孩由符兰齐克领头,来到河边。他们在沙滩上修道路、筑碉堡。玩厌了,就"扑通扑通"往河里一跳。

他们在河里游呀,叫呀,白花花的水沫溅成一片。符兰齐克看了看伙伴,一个个点起数来:"一、二、三……"

他点了几遍,都只数出六个来。他着急忙慌地叫开了:"喂!有谁淹进水里了?我们来的时候有七个,可现在只有六个了!"

孩子们慌起来,也都点开了数儿。"六个!只有六个!"他们一个跟着一个叫起来。

他们有的用树枝在河里捞,有的扎猛子到河里去摸,大叫大嚷,乱作一团。

符兰齐克在水里摸到个东西,就哇哇叫开了:"在这儿呢!我抓住他啦!"

"抓牢他,别松手!"大伙拼命叫着,向符兰齐克游去。这时符兰齐克从水里拖出一只破皮鞋。

"唉，这可怎么办呢？"孩子们急得"呜哇呜哇"哭起来。

河边有个打鱼的老伯，他看见孩子们的慌乱，听见了孩子们的惊叫，就对他们说："你们快上岸来，每个人在沙滩上坐个坑，再点个数儿。"

孩子们听了打鱼老伯的话，都到沙滩上坐了个坑。符兰齐克点了点坑："七个！不多不少，七个！"这时孩子们都乐了，欢喜得又蹦又跳。就这样，六个孩子一屁股坐出了七个坑。

作品赏析

这是一篇寓点数知识于故事情节中的幼儿故事。其最大特色是，情节曲折，悬念巧妙；结尾异峰突起，妙趣横生。故事标题就有悬念，文中符兰齐克点数，孩子们纷纷跟着点数，生发出一个悬念。眼看从河里摸到了，拖出的却是只破皮鞋。这些悬念使情节跌宕起伏，不仅深深吸引着小读者，也表现出主人公关心同伴，具有强烈的责任心。最后，作品巧妙安排打鱼老伯出场，用孩子们坐坑再点数的方法，帮助他们解除了"骑驴找驴"造成的误会。这一笔不但饶有趣味，而且令人深思。

8. 听鱼说话（生活故事）

听鱼说话

[美国] 格里费什

琼儿的外公是个非常有趣的人。他爱钓鱼。

琼儿看外公把蚯蚓挂上钓钩，就说："蚯蚓不疼吗？"

"我来问问它。"外公把蚯蚓拿到面前，对它说："你挂在钩上，受得了吗？"

接着，外公把蚯蚓搁到耳朵边听了听，然后对外孙女说："它说，没事，它说它最喜欢钓鱼了。"

琼儿不相信外公说的，非要自己亲耳听一听。她把蚯蚓放到耳朵边听了听，说："蚯蚓什么也没说啊。"

"它跟你还不熟呢。蚯蚓的心思我知道，它是急着要下水钓鱼了。"外公说着就把钓钩往前一抛，蚯蚓立刻沉到水里去了。不一会儿，外公钓上来一条鱼。接着，外公把钓钩给外孙女，让她也碰碰运气。

琼儿学着外公的样子，把钓钩抛进了水里。没多久，她也钓到了一条鱼，是一条小鱼。小鱼躺在岸边草地上，小嘴一张一张的。琼儿看着有些不忍心了。

"小鱼好像在说什么。"琼儿说。

"是的，鱼儿真的像是在说话哩。"外公说着，拿到耳边听了听，说："小鱼说，拿我做汤一定很鲜的。"

"我要自己来听。"琼儿说。

"你能听懂鱼话吗？"外公问。

"试试看吧。"琼儿说着，把鱼搁到耳边听了下，说："小鱼说，我还小呢，放我回水里去吧！"

外公又惊又喜，说："你说的是真话吗？"

"一点儿不假。"琼儿说。

"那好，你就把它放回去吧。"外公说。

琼儿把小鱼轻轻放回水里，看着它尾巴一摇一摇地游走了。

外公又把钓钩抛进了水里，又钓起鱼来。他边钓边说："我还从来没见过，学听鱼话竟有像你学得这么快的。一学就会了。"

"下一回，我要学听蚯蚓说话，一准也能一听就会。"琼儿说。

作品赏析

这篇故事为孩子们谱写了一曲关爱动物、同情弱小生命的歌。它是通过对祖孙两人在"听鱼说话"中心有灵犀的描述来显示的，作品写得既清新优雅，又风趣幽默，充满童真童趣。其中，琼儿对蚯蚓挂上鱼钩的担忧、对小鱼躺在地上的不忍心，无不流露出善良、纯洁的童心；模仿外公言行，"听"出小鱼声音，又勾画出她的机灵与爱心。外公呢，和外孙女一样可爱，乐观豁达，善解人意。正因为如此，鱼儿重新获得生命，也给了幼儿温馨的启示。作者拓展了幼儿生活故事的创作空间，很值得学习。

二、阅读延展

1. 数楼梯专家（生活故事）

数楼梯专家
张秋生

小弟弟有个奇怪的爱好，他爱数楼梯。

每当来到一个不熟的地方，他都要数一数那儿的楼梯有几级。在他那圆溜溜的小脑袋里，可记着好多数字呢……

例如，爸爸的办公楼，每层有十九级楼梯；妈妈工作的托儿所，每层有十七级楼梯；自己读书的学校，每层楼梯是十八级；姑妈家的楼梯呢，是十二级……大家都说弟弟是"数楼梯专家"。

昨天晚上，弟弟陪奶奶看电影回来，走廊里的灯坏了，楼梯上漆黑一片。

奶奶很担心。弟弟说："奶奶，不用怕，我们家的楼梯一共是十六级，我扶着您慢慢数着走就好了。"

"一、二、三、四……"当数完十六级时，已经到了二楼家门口了。

爸爸听见弟弟的敲门声打开房门时，奶奶笑着说："多亏'数楼梯专家'陪着我，要不可麻烦了！"弟弟得意地笑了，就像他有了什么发明创造似的。

2. 我和爸爸的第一次（生活故事）

我和爸爸的第一次
郭瑛瑛

妈妈今天要加班。早上，她匆匆忙忙吃完饭，穿上鞋，背起包，走到门口，回过头来急急地说："两个男子汉，听着！"她指着我说："明明，学着把地扫一扫。"她又对爸爸说："过一会儿帮明明洗个澡。"说完，关上门，"噔噔噔噔"下楼去了。

爸爸对我挤了挤眼,我对爸爸耸了耸肩。"干吧!"爸爸说。我拿起扫帚使劲扫了起来。

"哐当!"扫帚碰到了椅子,椅子上面的脸盆打翻了,水流了一地。"扑通!"扫帚碰到了大橱,橱边的瓶子栽倒下来,碎了。爸爸说:"哎呀呀,当心点儿嘛。"我差点儿要哭出来,说:"人家是第一次扫地呀!"

接着,爸爸给我洗澡了。他把毛巾蘸了蘸水,在我背上用力地擦,疼得我"哎哟哎哟"直叫唤。我说:"爸爸,你怎么像擦桌子一样,疼死我了。"爸爸忙说:"哦哦哦,对不起对不起,这是我第一次给你洗澡哇!"

下午,妈妈回来了。她推开门一看,呵,家里真干净啊!她高兴地把我搂在怀里说:"明明真能干,地扫得这么干净。爸爸也不赖,把你洗得香喷喷的。"

我和爸爸忍不住哈哈大笑起来。只要我们俩不说出来,妈妈永远也猜不到我们"第一次"的秘密。

3. 有趣的舌头(动物故事)

有趣的舌头
赵可 徐贵勇

森林里,真美丽,花儿开在小河边,小鸟在树上唱歌。

一只高大的长颈鹿在林子里走着,想找嫩树叶吃,他来到一棵高大的木棉树旁,伸出一尺多长的舌头去卷树叶儿。长颈鹿的舌头像手一样灵巧,卷起树叶、嫩枝往嘴里送。

一只全身翠绿的小蜂鸟在一旁看见了说:"长颈鹿大哥,你的舌头真有用!"长颈鹿回头看看小蜂鸟,没有说话,小蜂鸟生气地说:"哼,怎么不理人!"

一只青蛙听见了,说:"长颈鹿没有声带,不会发声,你错怪他了!"小蜂鸟脸红了,说:"啊,原来长颈鹿是哑巴,可他有一条好舌头!"

这时,飞来一只小虫,青蛙翻出长舌头,粘住小虫,一口吞进嘴里。小蜂鸟说:"哈,你的舌头也够长的,伸出来让我看看。"青蛙张开大嘴,慢慢把舌头翻出来。"哟,会折叠的舌头,真有趣!"

笃笃笃!一只啄木鸟正攀在树干上,用坚硬的嘴敲着。只见啄木鸟把树干啄出一个洞,用舌头从洞里钩出一条虫子。"啄木鸟伯伯,你的舌头是折叠的吗?"小蜂鸟问。"唔,我的舌头上有钩子,钩住害虫它就逃不掉!"啄木鸟说。

"唉,你们都有一条好舌头,我真羡慕你们呀!"小蜂鸟低着头说。啄木鸟说:"你的舌头也很有趣,吸起蜜来很有用。"小蜂鸟飞到一朵花前,把舌头伸进花蕊里,吸起蜜来。

啄木鸟见小蜂鸟吸蜜像人们用管子吸汽水一样,说:"你的舌头是空心的哩!"小蜂鸟高兴地说:"真没想到,我也有条好舌头!"说完,高兴地飞走了。

4. 楼上和楼下(动物故事)

楼上和楼下
冰波

松鼠和兔子,他们的家都在松树上。松鼠的家在楼上,楼梯围着树转了一圈,才能到楼上。

兔子的家在楼下,家门口只有三个石头台阶。

看见松鼠爬楼梯，兔子就想："瞧松鼠的家，楼梯有那么多层，爬起来有多累呀！"

松鼠看见兔子家的台阶，就想："瞧兔子家，只有三级台阶，太低了，太潮了。"

有一天，下了大雨，地上的水都漫起来了。

水快要漫进兔子家了。

兔子只好躲进松鼠家。

松鼠让兔子坐在沙发上，一边吃着点心，一边舒舒服服地看电视。

兔子说："咳，你的楼梯这么高，水不会漫进来的，还是你的楼梯好。"

松鼠说："嘿嘿，是啊，我也是这么想的。"

过了几天，刮大风了，大松树开始摇晃起来。

树一摇，松鼠家里就乱成一团了，所有的东西都滚来滚去，松鼠好害怕。因为树高，一摇晃，下面摇晃得不厉害，上面摇晃得非常厉害。

松鼠只好躲进兔子家避难了。

兔子让松鼠坐在沙发上，一边吃着点心，一边舒舒服服地看电视。

松鼠说："还是你家低低的台阶好，不怕风吹。"

兔子说："哈哈，现在我明白了，其实各有各的好处，我们以后就互相帮助吧！"

5. 电视机的发明（人物故事）

电视机的发明
沈亮

贝尔德出生在苏格兰，他从小喜欢摆弄各种零件，长大后，学了许多电器方面的知识。那时，无线电收音机刚刚问世，贝尔德受此启发，心想：既然无线电能传播声音，它也一定能传播图像。

贝尔德开始试着装配第一台电视机。经过无数次失败之后，有一天，他的研制有了重大进展。他成功地用机器发射出了一个图像——一张玩具娃娃的脸！贝尔德兴奋地跑出去，把一个小男孩拉进了实验室。他把小男孩按在刚才放玩具娃娃的地方，脸对着强烈的光和嗡嗡作响的机器。几秒钟后，屏幕清楚地显现出了男孩的脸。贝尔德发狂般地叫道："成功啦！成功啦！"

那是1952年，一个值得永远纪念的日子！

6. 小列宁的秘密（人物故事）

小列宁的秘密
韦苇

列宁有个好妈妈。列宁小时候很爱他妈妈。

妈妈的生日快到了。列宁和姐姐、哥哥一起躲在阁楼里，忙着准备礼物。他们敲锤、拉锯、摇缝纫机，当当当，呼呼呼，轧轧轧，响成一片。爸爸妈妈知道孩子们向大人"保守秘密"，所以也不上阁楼去看他做什么。

妈妈生日的这天，小列宁和兄姐们排着队，从阁楼上下来，个个背后都藏着自己的"秘密"。

孩子们站在妈妈面前，几双闪闪发亮的眼睛望着妈妈。大姐走上前，向妈妈祝贺："我们亲爱的好妈妈，我们祝贺你的生日。我们祝愿你身体健康，永远幸福，永远微笑。"

"谢谢,我亲爱的孩子,谢谢你们!"妈妈说着,眼眶里溢满了泪水。

孩子们马上向妈妈亮出了自己的"秘密"。小列宁从背后拿出来一座小木屋,上面开着一扇小圆窗,把它放在地板上说:

"妈妈,我给你做了一只鸟笼,好挂在厨房旁边,里面能住下几只鸟,它们很快就会飞来的,鸟儿会天天唱歌给你听。"

妈妈可高兴啦,说:"多逗人喜欢呀!我小时候,窗外就挂着一只鸟笼。直到今天,我还非常喜欢鸟儿。谢谢你,孩子!"

7. 田忌赛马(历史故事)

田忌赛马

齐国的大将田忌,很喜欢赛马,有一回,他和齐威王约定,要进行一场比赛。

他们商量好,把各自的马分成上、中、下三等。比赛的时候,要上马对上马,中马对中马,下马对下马。由于齐威王每个等级的马都比田忌的马强得多,所以比赛了几次,田忌都失败了。

田忌觉得很扫兴,比赛还没有结束,就垂头丧气地离开了赛马场。这时,田忌抬头一看,人群中有个人,原来是自己的好朋友孙膑。孙膑招呼田忌过来,拍着他的肩膀说:"我刚才看了赛马,威王的马比你的马快不了多少呀。"

孙膑还没说完,田忌瞪了他一眼说:"想不到你也来挖苦我!"

孙膑说:"我不是挖苦你,我是说你再同他赛一次,我有办法准能让你赢了他。"

田忌疑惑地看着孙膑:"你是说另换一匹马来?"

孙膑摇摇头说:"连一匹马也不需要更换。"

田忌毫无信心地说:"那还不是照样得输!"孙膑胸有成竹地说:"你就按照我的安排办事吧。"

齐威王屡战屡胜,正在得意扬扬地夸耀自己马匹的时候,看见田忌陪着孙膑迎面走来,便站起来讽刺地说:"怎么,莫非你还不服气?"

田忌说:"当然不服气,咱们再赛一次!"说着,"哗啦"一声,把一大堆银钱倒在桌子上,作为他下的赌钱。

齐威王一看,心里暗暗好笑,于是吩咐手下,把前几次赢得的银钱全部抬来,另外又加了一千两黄金,也放在桌子上。齐威王轻蔑地说:"那就开始吧!"

一声锣响,比赛开始了。

孙膑先以下等马对齐威王的上等马,第一局输了。齐威王站起来说:"想不到赫赫有名的孙膑先生,竟然想出这样拙劣的对策。"

孙膑不去理他,接着进行第二场比赛。孙膑拿上等马对齐威王的中等马,获胜一局。

齐威王有点心慌意乱了。

第三局比赛,孙膑拿中等马对齐威王的下等马,又战胜了一局。这下,齐威王目瞪口呆了。

比赛的结果是三局两胜,当然是田忌赢了齐威王。

还是同样的马,由于调换了一下比赛的出场顺序,就得到转败为胜的结果。

8. 十二生肖的故事（民间故事）

十二生肖的故事

你知道自己属什么吗？有属小白兔的，有属大老虎的……有属猫的吗？没有。怎么有属老鼠的，没有属猫的呢？这里有个故事。

很久很久以前，有一天，人们说："我们要选十二种动物作为人的生肖，一年一种动物。"天下的动物有多少呀？怎么个选法呢？这样吧，定好一个日子，这一天，动物们来报名，就选先到的十二种动物为十二生肖。

猫和老鼠是邻居，又是好朋友，它们都想去报名。猫说："咱们得一早起来去报名，可是我爱睡懒觉，怎么办呢？"老鼠说："别着急，别着急，你尽管睡你的大觉，我一醒来就去叫你，咱们一块儿去。"猫听了很高兴，说："你真是我的好朋友，谢谢你了。"

到了报名那天早晨，老鼠早就醒来了，可是它光想着自己的事，把好朋友的事给忘了，就自己去报名了。

结果，老鼠被选上了。猫呢？因为睡懒觉，起床太迟，等它赶到时，十二种动物已被选定了。

猫没有被选上，就生老鼠的气，怪老鼠没有叫它，从那以后，猫见了老鼠就要吃它，老鼠只好拼命地逃。现在还这样。

9. 马头琴的来历（民间故事）

马头琴的来历

很久很久以前，草原上有个放羊娃，名字叫苏和。

一天，太阳下山了，天慢慢地黑下来了，苏和才赶着羊回家。走着，走着，忽然看见前面路边有个毛茸茸的东西，走近一看，啊，原来是一匹刚生下来的小白马，多可怜啊，苏和就把它抱回家去养着。

日子一天天过去了，小白马一天天长大了，浑身雪白，又美丽又健壮，人人见了人人爱。苏和更是爱得不得了，每天骑着小白马去放羊，他们真像一对好朋友，一时一刻也分不开。

一年，草原上的王爷举行赛马会，四面八方的人都去参加。苏和对他心爱的小白马说："小白马，小白马，人家都去参加赛马会，咱们也去，好吗？"小白马不会说话，一边点着头，一边"咴咴"地叫，好像在说："咱们也去，咱们也去！"苏和别提多高兴了，他带上干粮，骑着小白马也去参加了。

赛马会开始了，好多身强力壮的小伙子，骑着棕色的、黑色的、黄色的马在草原上奔跑，可谁也没有苏和的小白马跑得快。小白马像一道闪电，一会儿就到了目的地。

王爷一看，得第一名的是个穷小子，心里很不高兴，他让人把苏和叫来，对他说："你是个穷小子，不配骑这样好的马。喏，我给你三个金元宝，把这匹小白马卖给我。你回去吧！"

苏和怎么舍得他心爱的小白马啊，他对王爷说："我是来赛马的，不是来卖马的！"说着牵了小白马就走。

王爷一听发了火："你这个放羊的穷小子，敢顶撞我王爷！来人啊！拉下去狠狠地打！"苏和挨了一顿打，被王爷赶了回去。

王爷抢了苏和的小白马，就想在别人面前显一显。第二天，王爷摆了酒席，请了许多许多客人。王爷对大家说："我刚得了匹小白马，奔跑起来，就像一道闪电，谁也比不过它。你们好好瞧着。"

他说完话，就骑上了小白马，可是小白马一动也不动。王爷生气了，就拿鞭子打它，这一打可不得了，小白马猛地一跳，把王爷摔了个四脚朝天。小白马撒开腿就跑，去找它的小主人苏和了。

"捉住它，捉住它！"王爷从地上爬起来，没命地喊着。可是谁也追不上它，王爷接着喊："别让它跑了。用箭射死它！"

几十支箭，"嗖嗖嗖嗖"向小白马射去。小白马让箭射中了，血不断地流出来。可是小白马很勇敢，它忍着痛，一个劲地向前跑，一直跑到小主人苏和家。

苏和给打得浑身上下都是伤，躺着一动也不动，心里正想着他的小白马，忽然听见一阵"咴咴咴"的叫声，啊，是小白马，是小白马，是小白马回来了。他忍住痛，一个翻身爬起来，打开门一看，真的是小白马回来了。可是小白马呀，雪白的毛都让血染红了，它亲了亲小主人苏和的脸，就倒在地上死了。

小白马死了，苏和几夜都睡不着觉，心里不停地说着："小白马回来吧！小白马回来吧！"一天晚上，苏和刚一睡着，就看见小白马回来了。苏和搂着小白马的脖子，亲了又亲，说："小白马，我真想你啊！"小白马轻轻地说："我的小主人，我也真想你啊！你拿我身上的东西做一把琴吧！这样，我们就永远在一起了。"

苏和睁开眼睛一看，小白马不见了，原来刚才是在做梦呢。他含着眼泪拿小白马的骨头做了一把琴，拿它的筋做弦，拿它的尾巴骨做弓，琴杆顶上雕刻了个马头。这就是马头琴的来历。从此，苏和天天拉琴，拉了许多好听的曲子，远远听起来，就像小白马在唱歌。

其他的牧民听到这优美的曲子，都学着苏和的琴的样子，用木头做了许多马头琴。他们一边放牧一边弹着马头琴，就这样马头琴传遍了整个草原。

10. 泼水节（民间故事）

泼水节
李丹军

居住在云南地区的傣族人民，每年傣历六月都要举行隆重、欢乐的泼水节，这里有个动人的传说。

很早很早以前，有个法力无边的魔王为非作歹，残害百姓。有一天，聪明、善良的美女七姑娘被魔王抢去了，她决心乘机除掉魔王，解救受苦难的乡亲。

六月正是傣族人民欢度新年的时候，这天，魔王请了魔臣、魔将在宫中饮酒作乐。魔王醉醺醺地对七姑娘说："我什么都不怕，就怕有人用我的头发来勒我的脖子，那样我就活不成了。"七姑娘一听，心里暗暗高兴，她假装亲热，一杯一杯地给魔王斟酒，直到把魔王灌得酩酊大醉。客人刚走，魔王就鼾声大作，人事不知了。七姑娘见状，拔下魔王的一根头发，勒在他的脖子上。魔王的头立刻掉到地上，喷出的血溅得七姑娘满身都是。

魔王死了，那些被他掳走的人自由了。他们见七姑娘一身污血，纷纷端起水来向她泼去。七姑娘死后，人们为了纪念她，就在每年过节的时候举行泼水节。人们互相泼水，表示亲爱和敬重，同时也用洁净的水冲去身上的污秽，迎接吉祥的新年。

思考与实践

1. 阅读多篇幼儿故事，谈谈你对幼儿故事的"故事性"的认识。
2. 选择几篇幼儿故事中的动物故事，并结合具体作品分析动物故事与童话的异同。
3. 尝试创作一篇不少于500字的幼儿故事。

第六章 幼儿散文

第一节 幼儿散文概说

一、幼儿散文的含义

幼儿散文是指以记叙和抒情为主、传达幼儿生活情趣及心灵感受,适合幼儿阅读审美和欣赏的、提升幼儿文学素养、语言能力的情文并茂的短小文章。

幼儿散文使用优美生动、凝练鲜明的语言,通过叙事、写人、状物、写景,表现幼儿天真稚拙、好奇好学、对美好事物的领悟和感受。

人生初始的幼儿阶段,正是孩子语言发展的关键时期,幼儿对词汇的学习和积累有着浓厚的兴趣。这个时期,也是思想意识和个性特征萌发的阶段。幼儿散文以其广博的内容、优美的语言、真切的情意让小读者心驰神往。通过阅读和欣赏文中广泛而丰富的社会风貌、时代特征、山水风光、花草虫鱼、感人故事,可以让孩子们陶醉,可以帮助孩子们认识周围的世界、增长知识、提高语言的表达能力,还可以使他们的情感受到美的熏陶,思想得到启迪。与此同时,提升幼儿的文学素养,也是幼儿散文的一个重要的任务。

二、幼儿散文发展概况

我国是具有散文传统的国家,但在漫长的封建社会里,没有真正意义上的幼儿散文。直到"五四"新文化运动爆发,以童话、散文创作为代表的中国现代儿童文学堂而皇之地登上了文学殿堂,适合幼儿听赏的散文才初露端倪。由于儿童文学一个世纪以来的长足进步和迅猛发展,儿童文学的各类文体均已日渐显示出其独立性,而且表现了分类日益精细的总趋向:儿歌与儿童诗已不再因其为诗体文学而归为一类;故事与小说虽然有相当明显的共性,却不能合二为一;寓言和童话之间的区别也愈来愈明确。基于此,再将散文作为一个几乎可以包罗万象的大概念加以笼统而粗疏的研究，就显得远离创作实际而不合时宜了，于是便产生了题材广阔、形式活泼、构思巧妙、意境优美、语言清新明丽的幼儿散文。

中国最早的一批幼儿散文是冰心1920年写的《一只小鸟——偶记前天在庭树下看见的一件事》、刘半农1920年写的《雨》、郑振铎1922年写的《纸船》、陆衣言1926年写的《太阳出来了》。第一次明确写给小朋友的散文是冰心的《寄小读者》系列通讯。1923年，《晨报副刊》的编辑邀请即将出国的冰心，以旅行通讯的形式，专栏报道她的生活。冰心从1923年至1926年，共写了通讯29篇，连续发表在《晨报副刊》上，每篇都十分精彩。《寄小读者》开了儿童散文这一文体的先河，成为长诵不衰的佳作。虽然《寄小读者》的读者对象应是年龄稍大的儿童，但它们的表现手法对幼儿散文有着重要的影响。

在其后的二十多年里，由于社会动荡、经济衰退、文化教育落后，幼儿散文很少见到，为幼儿写过散文的作家只有严文井、贺宜、陈伯吹、郭风等。中华人民共和国成立后，由于多种原因，幼儿散文发展仍然十分缓慢。

到了20世纪80年代，伴随着改革开放，人民生活水平逐步提高，"优生优育"和学前教育受到社会、家庭前所未有的重视，幼儿散文才得以真正崛起。在这样一个大背景下，幼儿教育中语言教育和美育教育的需求，给了幼儿散文一个很大的发展空间。幼儿散文在美育中具有明显的优势：它比幼儿诗更有情节，比童话更具有现实性，比幼儿故事更具有优美的意境和语言，加之小学语文中的许多课文都是散文，儿童的最初习作也是散文体，这些都使得幼儿散文的作用越来越受到重视。另外，海外优秀精短散文的译介，使中国内地的儿童文学作家深受启发：用灵活、自由的散文样式表现幼儿生活及其心灵感受，不也能够带给幼儿欢愉和美感吗？于是，区别于幼儿诗歌和幼儿故事的各种幼儿散文作品，便如雨后春笋般出现在全国儿童报刊上。之后的20年间，幼儿散文发展非常迅速，不仅数量超过五六十年的总和，而且题材广泛，体式多样，表现手法和语言表达更多地顾及了幼儿的心理、情感和欣赏水平。至今，全国陆续出版了一大批幼儿散文专集，如《中国幼儿文学集成》中的《诗·散文篇》（1991）、《中国当代幼儿散文精品》（1997）、《中国新时期幼儿文学大系——散文卷》（1998）、《中国幼儿文学作家散文丛书》（2000）等。

20世纪80年代以来，幼儿散文作家队伍也在不断壮大，除了老一辈的作家冰心、郭风、方轶群、黄衣青、张继楼之外，更多的作家加入了这一行列，如金波、望安、嵇鸿、胡木仁、吴然、夏辇生、葛翠林、佟希仁、张秋生、郑春华等。另外，中国台湾作家林良、桂文雅、谢无商等创作的幼儿散文也很有影响。

幼儿散文真正崛起的时间并不长，但它对幼儿的情感和语言的熏陶作用是显而易见的。我们知道，幼儿的思想意识和个性特征正处于萌芽阶段，他们喜欢观察和感受自认为美的东西，对美好事物常常流露出欢喜、羡慕的心情。给他们多欣赏一些优美的散文，能陶冶他们的性情、提升气质和丰富感情。因为，幼儿散文以优美的语言感染幼儿，以温馨、真诚的情感打动幼儿。它带给幼儿欢愉和美感，可以调节幼儿的情绪，保持他们心理上的平衡与和谐，产生潜移默化的感染力。如，对花草虫鱼、山水风光的描绘，可以让幼儿感受到大自然的优美壮丽；对同伴交往、亲子同乐的场景描述，可以让幼儿体会到社会、家庭生活的温馨美好。

第二节 幼儿散文的特征

幼儿散文有一般散文的特征：书写真实的生活，自由灵动的写作方式，个性化的内容，广阔的题材，巧妙的构思，优美的意境，天真活泼的语言，还具有适合幼儿审美情趣和欣赏水平的个性特征。具体而言，幼儿散文的特征可以分别从题材、意境、叙述方式和语言等方面来进行阐述。

一、内容广博，描写真切，贴近幼儿生活

幼儿散文的题材非常广泛，可以说天上人间、宏观微观无所不包，大及宇宙洪荒，小至虫鱼草木。如冰心所说，散文"有时'大题小做'，纳须弥于芥子，有时'小题大做'，从一粒沙米看一个世界，真是从心所欲，丰富多彩"。贾平凹的散文里有月亮，高洪波的散文里有陀螺，吴润生的散文里有狗儿……

题材虽然无所不包，选材的标准却是有的。即事言情，因物咏志，总要有所寄托。贾平凹的《月迹》描写和平环境中幼儿生活的幸福与情韵，高洪波的《陀螺》里讲述的是"人不可貌相，海水不可斗量"的深刻哲理；吴润生的《套狗》塑造了在那过去了的遥远岁月里劫富济贫、为穷孩子报仇雪耻的英雄。可以看出，幼儿散文总是带有易于被幼儿所接受的知识性、哲理性和思想性。

幼儿散文无论写什么，都要求内容真实，描写真切。因为幼儿散文从幼儿的视角来叙事、写景、状物、抒情，反映的是幼儿的心理、兴趣、爱好和感情，表达的是幼儿对生活的认识和感受。故事能抓住幼儿，靠的是故事性；儿歌能吸引幼儿，靠的是音乐性；幼儿散文受幼儿欢迎，靠的就是真实内容、真切描写、真挚感情和真诚文字。

真实是所有散文的灵魂。著名散文作家李广田说："要写好，第一得真"，真实的核心内容是真情。幼儿散文的作者一般都是成人，往往是生活中的人物、事物、景物触发了作者的情思，而诉诸文字感染读者。因此，生活中的人、景、物首先要打动作者自己，如冰心的《一只小鸟——偶记前天在庭树下看见的一件事》，是因为射杀生灵的悲剧感染了作者，她才写出这样打动小读者的作品；郭风的《牵牛花》，是因为牵牛花的可爱感染了作者，他写出的作品方能感染幼儿。只有从自己切身感受出发写成的散文，方能不落俗套，富于个性。又如，《初次的拜访》里写的一群花的孩子和土蜂去小野菊家做客，《小松鼠告诉我》中"我"对失去自由的小松鼠的同情和关爱，《花儿像谁》写的幼儿园评好孩子活动，《布鲁塞尔的铜像》描述的在撒尿的小于连……上述作品的内容，不管是一个生活场景，还是一个特写镜头，都是幼儿亲身经历或能够接受的，都是孩子们真实生活的艺术再现。即使是以写景为主的抒情散文也不例外，如胡木仁的《圆圆的春天》：

小蜻蜓，尾巴尖，弯弯尾巴点点水……
小蜻蜓，做什么？

我给春天灌唱片！
青蛙唱"呱呱"，
雨点敲"叮咚"，
活泼可爱的鱼娃娃，跳起水上芭蕾舞……
灌呀灌，灌好了，
圆圆的池塘，圆圆的唱片，圆圆的春天。

作者抓住孩子们感兴趣的蜻蜓、青蛙、雨点、鱼娃娃，把它们的动态写得逼真鲜活，触手可及，使抽象的春天形象化为具体的孩子熟悉的圆形。这就拉近了物象与孩子的距离，贴近了幼儿的生活。显然，这是孩子眼中的春天景象，也是孩子心中的春天感受。作品虽不足百字，却真实具体，是幼儿观感的再现。

幼儿喜欢听故事，有些作品在记叙人文景观或自然景观时，常常穿插有关的小故事。这些故事不但增强了作品的吸引力，还丰富了作品的内涵。如乐美勤的《布鲁塞尔的铜像》，作品在介绍铜像位置、人物姿态和名字以后，就插入了于连机智撒尿救城市的小故事，既巧妙交代了铜像的来历，又使作品充满童趣。

此外，还有一种系列游记散文，作品逐一向孩子们介绍各地风光和游览趣事。作品中的"我"虽不一定是孩子，但由于从幼儿的角度去观察、去想象、去体会，因而和以孩子为主人公的游记散文一样，可以让小读者获得身临其境的感觉。如嵇鸿在《小朋友》上刊发的《猴子岛》《武夷山》《在小兴安岭》等。

二、感情真挚，意境优美，充满幼儿想象

优秀的散文，都是出于自然，表达作者的真情实感。幼儿散文注重有感而发，言之有物，注重含蓄和意境，强调自然环境或社会环境与深情深意的完美结合。"情动于衷而形于言"，生活中的人、事、景、物触发了作者的情思，或感叹，或沉思，从而诉诸文字。刘半农的《雨》就抒发了对小主人公天真无邪的心灵的感触，表现了闪光的童心美：

妈！我今天要睡了——要靠着我的妈早些睡了。听！后面草地上，更没有半点声音；是我的小朋友们，都靠着他们的妈早些去睡了。

听！后面草地上，更没有半点声音；只是墨也似的黑！怕啊！野狗野猫在远远地叫。可不要来啊！只是那叮叮咚咚的雨，为什么还在那里叮叮咚咚地响？

妈！我要睡了！那不怕野狗野猫的雨，还在墨黑的草地上，叮叮咚咚地响。它为什么不回去呢？它为什么不靠着它的妈，早些睡呢？

妈！你为什么笑？你说它没有家吗？——昨天不下雨的时候，草地上全是月光，它到哪里去了呢？你说它没有妈吗？——不是你前天说，天上的黑云，便是它的妈吗？

妈！我要睡了！你就关上了窗，不要让雨来打湿了我们的床。你就把我的小雨衣借给雨，不要让雨打湿了雨的衣裳。

意境是作者思想感情化入语言的形象描写中所表现出来的一种情景交融、物我交融的

艺术境界。幼儿散文和散文一样都要讲意境。不同的是，幼儿散文的意境要求优美而不追求深邃，内涵提倡简明而不要求深奥。幼儿散文的优美意境，是作者根据幼儿心理特点和思想感情，通过细心观察和体验，在孩子熟悉的平凡生活中寻找蕴藏着的美的结果。表现幼儿散文优美意境的是具体可感的形象，这些形象往往活灵活现，逼真明确，充满儿童的想象。幼儿正是通过这些形象，引发想象与联想，进入情景交融的艺术境界，获得美的享受的。例如，望安的《夏天》：

夏天的雨是金色的。不信，你看：
场院里，脱粒机扬洒着麦粒，千颗，万颗，连成金色的雨。
夏天的雨是喷香的。不信，你闻：
村子里，家家户户磨了面，在蒸甜糕，飘出一阵阵香味。
夏天的路爱唱歌。不信，你听：
小路"吐吐吐"，大路"滴滴滴"，拖拉机、大卡车，一辆接一辆，忙着去卖粮。

场院脱麦粒，公路运粮食，家家蒸甜糕，这是夏天乡村常见的景象，也是农村孩子都亲身经历过的。这些场面被作者艺术化了。作者用虚实结合的手法，从山村孩子的视角，创造一种优美、简明、充满生机的意境。这个意境是通过场院、村子、小路三个镜头和场院洒的金雨、村里飘的香风、爱唱歌的小路三种富有特征意义的景色来表现的，充满山村孩子的想象，具有浓浓的山乡气息。整个作品不但有眼中的实景，有联想的虚景，而且形象鲜明，具体可感，情调欢快，色味俱全。在三个画面交替更换之中，作品生动地描绘出孩子眼中山村夏天生机勃勃的景象，并融进了他们对生活的观察和感受，传达出丰收的喜悦心情。

三、有故事情节，童心跃动，童趣贯穿全篇

幼儿散文大多数是有故事情节的，这符合幼儿的心理特点和散文的灵活性特点。爱听、爱看故事是幼儿的天性。带有故事性的描述，往往更能增强作品的趣味性，激发孩子们听赏或阅读的兴趣。幼儿散文具有诗的意境，但在行文上更接近小说。幼儿散文不必考虑小说情节的生动性，以及人物的典型性。在幼儿散文中，一般只是对生活中一些天真烂漫的情趣作片段性描写，而不必交代故事的前因后果。任大霖的《我的朋友容容》，选取小主人公容容的四段生活趣事，语言朴素自然，充满儿童情趣，一位天真、善良、富有同情心的三岁女孩活灵活现。作者对容容打猎的情景是这样描述的：

如果你能亲眼看看容容打猎的情景，你必定会很感动，而且不得不承认她是一位极其勇悍的猎人。当她在草丛中赶出一只蚱蜢的时候，她那本来就很大的眼睛立刻瞪得像两粒玻璃弹子，然后，用整个身子猛扑下去。如果蚱蜢飞开了，她就赶紧爬起来，追过去，又用全身扑过去。总之，不把蚱蜢逮住，就是接连摔上十来跤也在所不惜。

所谓"趣"，即幼儿散文要有幼儿的生活情趣，有了幼儿的生活情趣，才会让幼儿觉得好玩、逗乐。当然，"趣"不总是体现在情节描写上，还表现在文字的真诚上。如胡木仁的《笑嘻嘻的气球》：

娃娃们在气球上画上笑嘻嘻的脸蛋。

笑嘻嘻的气球，飞上蓝蓝的天空，向世界小朋友问好。

黑孩子、白孩子、黄孩子……一块儿唱歌，一块儿欢笑。

一个个气球，连成彩虹。

一张张笑脸，搭成彩桥。

从上面的文字可知，取材于真实的幼儿生活，贴近幼儿真实的心灵，是幼儿散文的生命力所在。

优秀的幼儿散文无不让人感觉到一股充溢全文的、天真的、诚笃的、纯洁的、令人忍俊不禁的童趣。郑振铎早在20世纪20年代初写过一篇精致的幼儿散文《纸船》，刻画了一个幼小孩童将自己叠的纸船放到溪中去时的心理活动。其中有这样一段充满童真的叙写：

我投我的纸船到水里，仰看天空。看见小朵的云正张着满鼓着风的白帆。我不知道是不是天上的游伴把这些船放下来同我的船比赛。

郑振铎的这篇散文是从儿童的视角来描写客观世界、抒发主观情感的，比较典型地体现了当时文坛所倡导的"儿童本位论"。一般来说，从儿童的立场出发，采用第一人称写法的幼儿散文，特别强调表现幼儿独有的心理、情绪、思维方式、情感指向。

有的幼儿散文从成人的立场出发，或对童年作回忆，或对幼儿生活作客观的叙述描写，或对幼儿及与幼儿有关的问题发表自己的感触、见解。这些散文虽以成人为主角，但仍然需要表现出作者的一颗活泼童心，行文之中也需时有童趣。任大霖的一组以《童年时代的朋友》为题的幼儿散文，每篇都以盎然童趣吸引着小读者，许多成人读者也非常喜爱它们，因为作者绘声绘色的描写足以使他们"返老还童"，复苏他们的童心。

四、篇幅短小，形式灵活，语言明丽清纯

幼儿散文一般篇幅短小，形式灵活，长则几百字，短的不足百字。如刘兴诗的《我爱哈尔滨的冬天》，全文不足四百字，展现了孩子眼中北国冬天的奇妙景致。又如老作家圣野有一篇仅40余字的散文，名为《花圃》：

你是红花，我是蓝花，她是紫花，他是黄花……你开，我谢；你谢，我开。

你补充我，我补充你，春天是这样丰富，春天是这样美丽。

这篇散文如此短小精悍，却足以使小读者的脑海中浮现出一幅五彩缤纷、生气勃勃的春景图，并且领悟到一个生活的真理：春天是由于"你补充我，我补充你"才显得丰富而美丽。

散文情文并茂，表达形式灵活多样，重在一个"散"字。冰心说："散文却可以写得铿锵得像诗，雄壮得像军歌，生活曲折得像小说，活泼尖锐得像戏剧的对话。"可以综合诗歌、小说、童话等体裁的所长，创作出千姿百态、异彩纷呈的作品，形式极为灵活。

散文写景状物，议论抒情，贵在一个"凝"字。优秀的散文在形式上自由、疏放，主

题却是紧紧围绕一个核心、一个焦点而展开。"如果以形神来比喻散文,则散文应当是行散与神凝,是对立的,但要求把它统一起来。行散,指形式上,文章章法上,要自由自在地流注奔泻;神凝,指文章气脉贯通,要围绕着一个潜在的焦点运行。"(谢冕:《漫谈儿童散文》,见《儿童文学研究》第9辑)

幼儿散文最吸引儿童的地方,还在于它的语言明丽清纯,渗透着幼儿的情调和趣味。明丽,指明净、美丽;清纯,指清澈、纯正。优秀的幼儿散文,其语言犹如明净的雪域天空或清澈的山涧小溪,明朗而不晦暗,流畅而不梗塞,并处处流动着稚拙的童心。幼儿散文的意境美和儿童情趣,都是通过语言来表现的。例如夏辇生的《抬轿子》:

男孩子,搭轿子,女孩子,坐轿子。一颠一颠出村子。女孩戴着野花环,活像一个新娘子。

"去哪儿呀?"男孩子问。

"找新郎!"女孩子说。

"新郎在哪呀?"男孩子瞪大眼睛找。

"太阳里,月亮上!"女孩子"咯咯"笑弯了腰。

轿子掉转头,"嗵嗵"往回抬。任女孩子捶,任女孩子嚷,抬轿子的都成了哑巴样。

回到大树下,"啪!"轿子散了,新娘摔了。"哑巴"拉开嗓门大声嚷:

"新娘子送上太阳,送上月亮,谁跟我们抬轿、斗嘴、过家家?"

作品写乡村常见的孩子玩抬"新娘"出嫁游戏时的情景,表现的是孩子们天真无邪、两小无猜的纯真情谊。孩子们模仿成人社会生活,其游戏本身就充满趣味,通过作者用浅显易懂、明丽清纯的语言再现出来,更是生动形象、童趣盎然。那"一颠一颠"和"瞪大眼睛找"的稚趣,那"戴着野花环"和"'咯咯'笑弯了腰"的乐趣,那"任女孩子捶,任女孩子嚷"和"谁跟我们抬轿、斗嘴、过家家"的痴趣,无一不把孩子们的游戏情绪表露得活灵活现,入木三分。特别是"找""笑""捶""嚷""散""摔"等动词的使用,准确勾画出游戏情趣,渗透着浓浓的幼儿情趣。

如果说描写真切、贴近幼儿生活是幼儿散文的生命,意境优美、充满幼儿想象是幼儿散文的灵魂,那么,渗透儿童情趣则是幼儿散文的魅力所在。

以上四个特点,用一个字来归纳,就是"美",即内容题材上的情感美,审美感受上的意境美,叙述方式上的情节美,表达形式上的语言美。

第三节 幼儿散文的分类

广义的散文因为内容和应用的领域很多,所以包括了很多的具体样式,如小品文、杂文随笔、札记、游记、书信、传记、报告文学、回忆录等都属于散文行列。但人们为了方便,一般将散文分为三类:一是叙事散文,指那些侧重于写人写事,有较为完整的情节的散文;二是抒情散文,指以抒发情感为主,托物言志的散文;三是议论散文,指借助于人、事、物、景的叙写来进行议论、发表感想的散文。

幼儿散文的分类比成人散文的分类要细一些和多一些，一般可分为以下几种类型：

一、抒情散文

幼儿抒情散文，重在抒发幼儿对生活中的人物、事件、景物的纯真美好的感情。它可以用第一人称即幼儿的眼光来写，以实现两种情感的沟通与融合。它可以是直接抒情，也可以是间接抒情，前者通常是融情于景，后者通常是写景抒情。无论哪一种抒情方式，都重在将幼儿隐约感知到的自然美、生活美显现出来，让孩子们受到美感熏陶，以引起他们对大自然、对生活的热爱。如金波的《我心中的秋天》（三篇）就是一篇优美的幼儿抒情散文，作品描写了"火红的枫叶""秋天的阳光"和"空空的燕儿窝"等秋天的景物，表达了对秋天的赞美、对老师的敬爱和对春天的憧憬。整篇散文充分调动了幼儿的视觉、触觉、听觉，将读者带入了一个充满生机、活力、欢愉和爱的境界。

又如王勤的《我的洗脸盆》：

我的洗脸盆里，有鱼，有虾，还有一条条船哩……

要知道，它们可不是脸盆上的画，全是真的呢！

我天天拿一条毛巾，在脸盆里洗手，里面的水怎么也不会浑浊，总是碧清碧清的。

奇怪吗？我的洗脸盆就是老大老大的太湖呀。我的家，就在太湖的渔船上。

作品把盛产鱼虾的太湖比作洗脸盆，"我"与"洗脸盆"是那么亲密，字里行间融入了对家乡太湖的喜欢、赞美之情。

二、叙事散文

叙事散文侧重记叙幼儿生活中发生的事，它可以有完整的情节，也可以只写事件的片段，不一定要有事件的全过程，因为幼儿散文毕竟是散文，不是小说，所以得简化淡化情节，使情节为抒情服务。叙事散文涉及的内容很广，可以是与幼儿相关的幼儿园、家庭、乡村、都市、小朋友、学习等各方面的事件或所见所闻，所以幼儿叙事散文往往充满现场感和生活气息。如望安的《小太阳》写的是一个小孩子陪刚刚病愈的娃娃晒太阳并分吃一个橘子的事，写的是一个生活片段，却展现了一幅幼儿生活的动人情景。

又如滕毓旭的《一朵会说会笑的山菊花》，记叙的是孩子和妈妈在树林里捉迷藏的事情：

孩子和妈妈在树林里捉迷藏。

两只粉红色的蝴蝶从妈妈身边飞走，追着扑棱棱的小辫儿，飘进花丛里不见了。

"妈妈，你找呀，看我藏在哪？"

妈妈故意不往花丛那边看，却向一棵大树走去。树儿轻轻摇，发出哗啦啦、哗啦啦的响声，一簇簇小蘑菇，擎着伞儿站树下。

"妈妈,别到大树后面找,那里有小鸟,别吓飞了它!"

妈妈停住了,还是不往花丛那边望,却故意用手拨开草丛。一只大肚蝈蝈被惊动了,一个高儿蹦到草尖上,悠悠打起了秋千。

"妈妈,别到草丛里找,那里有小兔,别吓跑了它!"

这时,妈妈踮起脚尖儿,一步步向花丛走去。孩子闭着眼,"咯咯"笑着。突然,妈妈一下把孩子抱住了。

孩子仰着脸儿,不明白地问:"妈妈,你怎么知道我藏在花里呀?"

妈妈甜甜地说:"我的小妞妞,是朵会说会笑的山菊花!"

三、写景散文

幼儿写景散文在幼儿散文中占的比例不大,因为幼儿一般不喜欢单纯的描摹景物的作品,单纯的景物描写往往会缺少一点生活趣味。但有些幼儿散文像散文诗一样聚焦于一个小景点,尽量从小景点里挖掘出诗情画意,让幼儿从中受到潜移默化的美感熏陶。如夏辇生的《项链》:

大海,蓝蓝的,又宽又远。沙滩,黄黄的,又长又软。雪白雪白的浪花,哗哗笑着,涌向沙滩,悄悄撒下小小的海螺贝壳。

小娃娃嘻嘻笑着,迎上去,捡起小小的海螺和贝壳,串成彩色的项链,挂在自己的胸前。快活的脚印落在沙滩,串成金色的项链,挂在大海的胸前。

这篇写景散文采用变焦镜头式的写法,先向孩子们展现大海宽阔的远景;后慢慢推近至近景,逐一展现沙滩、浪花、海螺和贝壳、小娃娃和项链;最后又拉回脚印、沙滩和大海的远景。这些镜头能让儿童引起无限的遐想,进而感受到大海和沙滩的美。

又如郭风的《花的沐浴》向孩子们展示绚烂清新的野花世界,薛卫民的《五花山》描写山随季节变换的不同颜色等。这些写景散文均能给孩子带来新鲜感、新奇感和美感,引发他们对大自然的爱。

四、童话散文

童话散文是童话与散文的结合,它借助童话的意境、童话的想象与幻想,用散文的形式来描写拟人化了的童话形象。它是有情节的,但比童话里的情节要淡化;它也是有矛盾冲突的,但其矛盾冲突和人物关系相对于童话中的要简单得多。童话散文给人的感觉是语言新鲜活泼、形象亲切可爱、意境清新奇特。如彭万洲的《荷叶》:

荷叶儿伸出水面,顶着一片蓝蓝的天。

蜻蜓飞来了,高兴地说:"这是我的机场。"

青蛙跳上去,高兴地说:"这是我的唱片。"

鱼儿游过来,高兴地说:"这是我的雨伞。"

滴滴答答,真的下雨了,我把荷叶当斗笠,顶着雨跑回家了。

奶奶取下荷叶,高兴地说:"多香的叶儿啊!"

一会儿,奶奶让我吃叶儿粑,那粑粑就是用荷叶包的,清香绵软,真好吃!

哇,打嗝都有一股荷叶味儿……

还有安武林的《太阳公公生病了》:

太阳公公生病了。瞧,他原来红彤彤的脸,变得灰乎乎的,多难看。

小喜鹊把消息传给大家,啄木鸟医生连忙赶来了。

啄木鸟医生看了看说:"太阳公公你感冒了,要盖上被子捂一捂。"

到哪儿找一床能盖住太阳公公的大被子呢?

风姑姑吹呀,吹呀,吹来好多好多云彩,厚厚的云彩盖住了太阳公公。

太阳公公在云彩里捂呀,捂呀,捂得汗水哗哗地流下来。

云散了,天晴了,太阳公公病好了,他的脸红彤彤的,放着明亮的光芒。

童话散文中的拟人化形象是孩童式的,容易激发幼儿的想象,符合幼儿启蒙时期的审美心理,在当代幼儿散文创作中,较常被采用,也受到幼儿的欢迎。

五、知识散文

幼儿知识散文是以向幼儿介绍各种知识为宗旨的,是一种寓社会科学知识和自然科学知识于形象描写之中的散文。这类散文对开阔幼儿眼界、引导他们认识大自然和生活有着积极的作用。它介绍的知识一般都新奇有趣,因而容易引起幼儿的关注。如杜风的《城市变森林》:

墙边种了一排爬山虎,它们伸出小脚爬到墙上,砖墙变成了绿墙。它们爬到窗框上,窗口变成了绿窗子。

爬山虎爬呀,爬呀,爬上屋顶,爬满整座房子。小泥砌的砖房子,变成了绿房子。

绿茸茸的房子,盖满叶子。夏天好阴凉。蜜蜂、蜻蜓在绿房子上飞着,憩着。

秋天,树木的叶子黄了,落了。房子也落叶了。

到了春天,暖风一吹,燕子飞过,房子重新长出叶芽,密密丛丛红色的嫩芽芽。

我们的房子活了,变成了活房子。

如果城里的人都种爬山虎,所有的房子就会变成一座森林。

我们天天住在森林里,在森林里踢球、读书、上街、睡觉,那该多有趣。

这篇散文向幼儿介绍了绿化城市的知识,生动形象,新颖有趣,很容易为幼儿理解和接受。

幼儿知识散文不同于科学小品文,也不同于生活常识的介绍文,它的写法灵活,常以生动活泼的语言和颇有抒情气息的笔调来传达一些知识。不能把用"回答……自述"的形式向小孩介绍知识的读物混同于知识散文。在各种幼儿散文中,也大都渗透了一些简明的知识，但它们并非知识读物。

六、游记散文

游记散文着重描述中外名胜风光、山水人情，以及儿童在旅途中的见闻感受。它只要求把旅游地某一具体景物的主要特征向儿童介绍清楚就行了，线索单纯，绝没有成人游记中的旁征博引、浮想联翩。这类散文可以让儿童感知到世界的辽阔、美好。如望安的《大卧佛》：

北京有座卧佛寺。寺院里，娑罗树开花了，洁白的花串，倒挂在绿叶中间，引来了蝴蝶和蜜蜂，还引来了很多很多小朋友。

小朋友们看见了大卧佛，越看越有趣儿：

"大卧佛，你叫释迦牟尼，对吗？咦！你怎么不回答？"

"哈，他在睡觉呢！"

"大卧佛，你睡了几百年了，怎么还没睡够？你周围的十二个小佛早就盼你起床啦！"

大卧佛还是不回答，可小朋友们却越说越高兴了。

"嚄！看你长得多高，比三个大人还高。"

"人家叫我胖胖，我有五十斤重，你呢？啊，是用五十万斤铜做成的，是吗？"

"看，大胳膊比我的身子还粗。"

"嘻！大耳垂，比我的手还大。"

"大脚丫、大手指头像真的一样。"

"咦！快看，大卧佛的眼睛像要睁开了，好像在对我们笑呢！"

"嘿！准是在做一个快乐的梦，要不就是听到了我们的话。"

"那就请你快快醒来，和我们说说，在好几百年前，谁把你做得这样好，还给你穿上彩色的衣裳，戴上蓝色的帽子。"

一尊静止的没有生命的大卧佛，在孩子们眼里变活了，成了睡着了做着快乐梦的巨人。这篇散文的表现手法别具一格。作者抓住主体物，用孩子们的指点议论加以描绘，既巧妙又活泼，不但把人文景观介绍得栩栩如生，而且把小参观者刻画得天真可爱。对比的写法、特写镜头的运用，充分考虑了儿童感知事物的特点和欣赏情趣。

这种游记体散文一般不像成人读的游记体散文那样在视角结构上追求多变，并且穿插复杂的情节典故和翩翩浮想，而是将目光对准某旅游胜地的一个小景，以单线的形式来向小读者介绍景点的主要布局或特色，而且经常是以孩子的口吻来写的。例如刘兴诗的《我爱哈尔滨的冬天》，就以孩子的口吻叙述了看冰灯的情景，向小朋友展示了北国冬天的美妙景色。

当然，以上不过是幼儿散文一些种类的大致介绍，由于研究视角的不同或分析的侧重点不同，幼儿散文的种类还有不同的划分法。如有人将抒情性特别强的幼儿散文，称为"幼儿散文诗"，还有的将幻想性特别强的幼儿散文称为"幻想散文"。总之，幼儿散文是一个五彩斑斓的世界，它的美的丰富性是不亚于成人散文的。

第四节　佳作赏析与阅读延展

1. 一只小鸟（叙事散文）

一只小鸟
——偶记前天在庭树下看见的一件事
冰心

有一只小鸟，它的窝搭在最高的树枝上，它的羽毛还未曾丰满，不能远飞；每天只在窝里啁啾着，和两只老鸟说着话儿，它们都觉得非常的快乐。

这一天早晨，它醒了。那两只老鸟都觅食去了。它探出头来一望，看见那灿烂的阳光，葱绿的树木，大地上一片的好景致；它的小脑子里忽然充满了新意，抖刷抖刷翎毛，飞到枝子上，放出那赞美"自然"的歌声来。它的声音里满含着清—轻—和—美，唱的时候，好像"自然"也含笑着倾听一般。

树下有许多的小孩子，听见了那歌声，都抬起头来望着——

这小鸟天天出来歌唱，小孩子们也天天来听，最后他们便想捉住它。

它又出来了！它正要发声，忽然嗤的一声，一个弹子从下面射来，它一翻身从树上跌下去。

斜刺里两只老鸟箭也似的飞来，接住了它，衔上巢去。它的血从树隙里一滴一滴地落到地上来。

从此那歌声便消歇了。

那些孩子想要仰望着它，听它的歌声，却不能了。

作品赏析

一只小鸟被突然夺去了生命，血一滴一滴落到地上，这是一件多么令人惋惜、痛心的事啊！文章浸透着作家的善良与爱心，从侧面循循善诱地提醒小朋友：珍爱自然，珍惜美好事物，不要伤害幼小无辜的生命。

作品语言朴实，于平静的描述中蕴涵着深切的感情。这种不用说教、不做雕饰，让孩子们自己去认识事物、辨别是非的写法，往往能触动孩子的思想，引起他们心灵的震颤。

2. 房顶上面该有个烟囱（叙事散文）

房顶上面该有个烟囱
陈伯吹

大伯和小叔忙着一拉一送地锯木材，木屑像细雨般纷纷落下来，还有小木块跟着落下来。

珍珍捡了好几块小木块,小毛也来帮着捡。小毛左手里一块,右手里一块,一颠一蹶地奔到姐姐身旁。

珍珍说:"弟弟,你甭捡了,来看我搭一座塔。"

果然,珍珍说到做到,搭起了一座塔来。

她高兴地告诉小毛说:"这是七层宝塔。弟弟,你数数看,一、二、三、四、五、六、七!"

小毛歪着脖子,瞪着大眼睛,不声不响地上面看看,下面看看,忽然说:"姐姐,塔上面该有个尖顶!"说着,就抓起一块木块堆上去。

"哗啦——"一声,塔倒了。

小毛眨巴眨巴眼睛,吃惊地望着姐姐,一句话都说不出来。好一会儿他才开口:"姐姐,我替你再去捡木块来。"

等小毛抓着两块木块跑进屋子,珍珍又搭起了一座桥。

"弟弟,你瞧,这是一座桥,就是我们李家庄南面的白石桥。"

小毛又歪着脖子,瞪着大眼睛,左边看看,右边看看,一声不响。突然他一抬手,抓起木块放在桥上面,说:"桥上面该有栏杆,白石桥是有栏杆的嘛!"

"哗啦——"一声,桥又塌了。

小毛眨巴眨巴眼睛,吃惊地看着塌下来的一堆木块,很不好意思。过了一会儿他才说:"姐姐,我替你去捡木块来。"

小毛吃力地又抓着木块跑来了,可是珍珍又搭起一座房子。

"弟弟,你瞧,这是对门祥林叔叔家的一座房子;这儿是门,这儿是窗,这儿是房顶……"

小毛仍然歪着脖子,瞪着大眼睛,这边看看,那边看看,突然抓起一根小圆木柱,大声地喊出来:"房顶上面该有个烟囱啊!"

他说着,把那根小圆木柱放了上去。

烟囱晃了几晃,没有倒下来。房子也没塌。

小毛高兴地拍拍手:"姐姐,你造的房子真牢靠呀!"

珍珍也很高兴:"弟弟,房顶上砌了烟囱,就可以替大家做饭啦。"

作品赏析

这篇散文好就好在能在这么短小的篇幅中,塑造两个鲜明生动而又真实可信的儿童形象。

散文不同于小说,它不可能通过紧张激烈的矛盾冲突、曲折复杂的故事情节、深刻细腻的心理描写等手法来塑造人物。然而,一篇好的散文留给读者的印象,往往并不比一篇小说留下的印象浅,这就要求散文作者在构思上更下苦工。《房顶上面该有个烟囱》写的是姐姐珍珍和弟弟小毛一块搭木块的游戏。想通过一次简单的游戏活动写出两个鲜明的儿童形象,谈何容易?但是作者巧妙地运用了反复的表现手法,通过姐姐珍珍搭好了积木一次又一次被小毛弄倒却并不生气的描写,通过小毛弄倒积木后那吃惊不好意思的神情和一次又一次跑去捡木块行动的描写，通过积木终于搭好后姐弟二人拍手欢笑情景的描写，使读者深深地被姐姐对弟弟那种忍让和爱护的感情所打动，也为弟弟那稚气而纯真的神情所吸引，两个性格鲜明的儿童形象便自然而然地留在了读者的心中。

此外，语言的浅显自然、结构的精巧恰当也都是这篇散文的重要特征。

3. 摘苹果（叙事故事）

摘苹果
傅天琳

我们去摘苹果。

苹果树是妈妈栽的，妈妈栽的苹果树结苹果了。夏夏，妈妈抱着你，你就是妈妈的苹果了。

你的手太嫩，力气太小，使足了劲也摘不下来。不要紧的，你会长大，长得像苹果树一样高，像妈妈一样有力气。

太阳照着你和苹果，照着土地和妈妈。让妈妈摘一只苹果放在你的耳边。听见什么了？是太阳，是大地，还是妈妈的声音？

作品赏析

用依偎在母亲的怀抱、萦绕在母亲的膝前来表现孩子对母亲的依恋，用抚摸孩子的黑发、亲吻孩子的脸庞来表现母亲对孩子的挚爱，这是幼儿文学作品中常见的情景。作者却把母亲和孩子融合于大自然里，置身于摘苹果的劳动中，妈妈抱着"妈妈的苹果"——孩子，孩子摘着"妈妈栽的苹果"，妈妈期待着孩子像苹果树一样快快长大。这动人的场面谱写出人间最优美、最和谐的爱的赞歌。

然而，作者并没有把母爱的认识停留在具体事物的表层上，而是巧妙地将母爱与太阳、大地联系在一起，从而把孩子引进一个更崇高的思想境界里，带入一种更热烈、更高洁的如潮水一般汹涌的挚爱的情思之中。

4. 很大很大的爸爸（叙事故事）

很大很大的爸爸
郑春华

我的爸爸站着的时候，就像一座楼：脚是第一层，手是第二层，肩是第三层。我要使出爬山的劲，才能爬上爸爸这座楼。

我的爸爸躺着的时候，就像一条船：脚是船尾，头是驾驶台，身体是又宽又大的甲板。无论我在甲板上翻跟斗、跑步、跳高，爸爸这艘船总是稳稳的。要是我一摁他的鼻子，他还会发出大轮船一样的汽笛声：呜呜——

我的爸爸真的很大很大，大到下雨出门去，我可以躲进他的口袋里。

要是你不相信，可以到我家里来看一看他。不过，请你进门的时候要千万小心，不要光顾着抬头看我爸爸的脸，而不担心自己往后倒地。

最后告诉你我家的地址：太阳路5号，一座最大的房子里。

作品赏析

这是一篇蹲在地上看世界的幼儿散文。在小不点儿似的孩子眼里,爸爸高得像一座楼、大得像一条船,可以任意在他身上嬉戏玩耍。作者用小不点儿的眼光、小不点儿的心理、小不点儿的想象,表达小不点儿的体验和感觉,流露出稚嫩的神秘自豪感,表现了孩子和爸爸之间的融洽亲昵感情。

没有对婴幼儿心理的准确把握,没有晶莹剔透的童心,是写不出给小不点儿欣赏的散文的。

5. 太阳,你好(抒情散文)

太阳,你好

韦苇

太阳在天上行走。他看见的东西最多了,他听过的故事最多了,他知道的事情最多了。

他知道小朋友们喜欢到河边游玩,就发出光来,放出温暖来,把山巅的积雪融化,让清亮的水在河里哗哗流淌。

他知道小朋友们喜欢到树林里去游玩,就发出光来,放出温暖来,叫树木返青、发芽,让大地铺满绿,活跃起新的生命。

他知道小朋友们爱吃水果,就发出光来,放出温暖来,叫瓜田长出了蜜,果园挂满了甜。

他知道小朋友们喜欢花儿,就发出光来,放出温暖来,叫花儿开放,让大地到处飘散着清香。

他知道小朋友们喜欢鸟儿,就发出光来,放出温暖来,当阳光和温暖舒展开鸟儿的歌喉,鸟儿就把自己满心的爱,都注入到赞美大自然的歌唱中。

太阳,全世界每个角落他都到了,全世界美的东西他都看见了,全世界丑的东西他也全看见了。

太阳爱善良的人们。

太阳爱勤劳的人们。

太阳爱聪慧的人们。

太阳爱勇敢的人们。

太阳最爱的,是孩子们。生长在太阳下的所有孩子,他全都爱。他爱白皮肤的孩子,也爱黄皮肤的孩子;爱黑皮肤的孩子,也爱棕色皮肤的孩子。他在孩子们身上,可以寄托人类的希望。

"孩子们,你们好——"小朋友们,你们听见太阳的声音了吗?你们听见太阳在向你们问候吗?

太阳微笑着,行走在天上。

作品赏析

《太阳,你好》是一篇礼赞太阳、气度恢宏的幼儿散文。

太阳是人类的朋友,更是小孩子的朋友。它无条件地满足小孩的所有要求,"发出光来，放出温暖"，于是积雪融化，河水流淌，大地铺绿，生命活跃……全世界的小孩都问候"太阳，你好"。太阳普照每个角落，世界充满光明。

近年来，表现阳刚之美的幼儿散文似不多见。而这篇包举宇内、关注全世界小孩命运的散文，表现了作者博大的胸襟和慈父般的情怀，足以视作壮丽洗练的阳刚之作。

在艺术表现上，这篇散文采用相同句式来铺成其事，既有声韵和谐的韵律感，也跟它恢宏的气度相一致，达到了声情并茂、内容和形式的完美统一。

6. 抚摸（抒情散文）

抚摸
姜华

像风儿轻轻地抚摸着洁白的云朵，像朝露轻轻地抚摸着鲜花粉嘟嘟的脸庞，像阳光轻轻地滑落草尖，像小溪轻轻地从山涧流过。

老师抚摸我的那双手，是轻风，是朝露，是阳光，是一条小溪从我的心田里流过。

作品赏析

《抚摸》所借以抒情的具体物象是较难把握、较难表现的一种爱的情感，然而作者的生花妙笔却能够赋予这一无形的感情以具体可感、栩栩如生的形象，而且借此巧妙地抒发了一个孩子对老师的满腔情怀。

老师的爱抚在一个孩子心灵上的感受"是轻风，是朝露，是阳光，是一条溪水从我的心田里流过"。整篇文章以抒发情怀为主，却绝不空泛，而是始终紧扣触发情感波澜的具体物象，明明白白，实实在在，具有较强的艺术感染力。

此外，这篇幼儿散文篇幅极短，总共不超过一百字，却语言优美，节奏和谐。它的音乐性不是在字音的抑扬顿挫上着力，而是在语句的流畅轻快上取胜。作者为了谐和情绪的律动，通篇采用了排比的句式，相同的句式、单纯的结构，构成了一种统摄全文的"轻俏"，既符合了作者情绪的飞快流动，又显示出文章明快的节奏感。

7. 春雨的色彩（童话散文）

春雨的色彩
楼飞甫

春雨，像春姑娘纺出的线，轻轻地落到地上，沙沙沙，沙沙沙……

田野里，一群小鸟正在争论一个有趣的问题，春雨到底是什么颜色的？

小燕子说："春雨是绿色的，你们瞧，春雨落到草地上，草就绿了，春雨淋在柳树上，柳枝也绿了。"

麻雀说："不对，春雨是红色的，你们瞧，春雨洒在桃树上，桃花红了，春雨滴在杜鹃丛中，杜鹃花也红了。"

小黄莺说："不对，不对，春雨是黄色的，你们瞧，春雨落在油菜地里，油菜花黄了，春雨落在蒲公英上，蒲公英花也黄了。"

春雨听了大家的争论，下得更欢了，沙沙沙，沙沙沙……它好像在说：亲爱的小鸟们，你们的话都对，但都没说全面。我本身是无色的，但我能给春天的大地带来万紫千红……

第六章 幼儿散文

作品赏析

读《春雨的色彩》,我们成年人很容易领悟到,这篇散文所要告诉人们的主要道理,即看问题要全面,要注意事物之间的内在联系。但是,如何使这样一个既浅显又深刻的道理让孩子们理解并接受呢?作者在这个问题上显然是花了不少苦心的。

文章是围绕一群小鸟对"春雨到底是什么颜色的"这一问题的争论而展开的。由于个人的着眼点不同,所见也就不同。小燕子说春雨是绿色的,小麻雀说春雨是红色的,小黄莺则说春雨是黄色的……因为作者巧妙地运用了拟人化的表现方法,再加上这一场争论始终是结合着孩子们所熟悉的事物,既具体又形象地写出了春天的景色,所以会很容易引起孩子们对这场争论的兴趣,并在反复对照验证自己对春天景色的观察结果时,引起认真的思索。最后,当春雨自己出面做了回答,启发孩子们看问题要全面、要注意事物内在的联系时,孩子们对这一道理就很容易地接受并领会了。

8. 初次的拜访(童话散文)

初次的拜访
郭风

蒲公英和紫罗兰们
——一群花的孩子,同一群土蜂一起来拜访野菊的小屋:
(野菊的小屋便盖在一座石桥旁的一丛青草间……)
那主人
——小野菊,穿着一件绿色的短衫,围着一条绿色的小短裙,站在门口,和大家握手,便邀请大家走到屋内来;
——这时,客人们有的坐在窗口下,有的坐在小野菊的小书桌边,有的坐在一只小摇篮边,那摇篮里睡着一个小泥人,它是小野菊的小玩具……
随后,土蜂们开始合唱一支歌:
随后,蒲公英、紫罗兰们各从他们随身带的书袋里拿出一本小书,各人轮流朗诵一首童谣。

作品赏析

这篇童话散文是幼儿生活的写真:一群花的孩子和土蜂去拜访野菊,受到热情款待,表现了孩子们和睦相处、甜蜜美好的生活。那青草丛中的小屋,那穿绿色短衫的野菊,那小屋的摆设以及花儿和土蜂的玩耍游戏,无不散发出质朴、浓郁的幼儿生活气息。显然,作家怀着晶莹透明的童心,借助幻想,将孩子们的世界化为花朵们、昆虫们的世界,把幼儿生活童话化、艺术化了。这是作家追求孩子般的纯真情趣的结果。

作品本身就如绿草地上的小花,清新、淡雅,对幼儿有极强的亲和力。

9. 纸船(散文诗)

纸船
郑振铎

我每天把纸船一个个地放在急流的溪中。

我用大黑字写我的名字和我住的地名在纸船上。

我希望住在异地的人会得到纸船，就知道我是谁。

我栽园中长的希利花在这些小船上，希望把这些黎明开的花在夜里平平安安带到岸上。

我投我的纸船到水里，仰望天空，看见小朵的云正张着满鼓着风的白帆。

我不知道是不是天上的游伴把这些船放下来同我的船比赛！

夜来了，我的脸埋在手臂里，梦见我的纸船在子夜的星辰下面渐渐地浮泛上去。

"睡之仙人"坐在船里，他的篮子里满载着梦。

作品赏析

《纸船》是中国现代文学早期著名作家郑振铎献给孩子们的一件精致的礼品。作品以其纯正的感情、浓郁的诗意和精巧的文字，成为历来为评论家所称道的代表性佳作。此文采用诗一般的分行排列法安排结构，全文充满了幼童渴望友谊的真挚之情。

10. 小河（散文诗）

小河
金波

我是一条明亮的小河。我不停地向前奔跑着。我望着晴朗的天空，它给我穿一件蓝蓝的干干净净的衣服。当我跑过田野，我看见绿茵茵的麦苗、金灿灿的迎春花，我又换上了一件鲜艳的花衣服了。

我是一条明亮的小河。我跑过果园，果园里桃花开了，杏花开了，梨花也开了。春风把花瓣儿洒了我一身。我带着花瓣儿，跑了很远很远的路，人们还闻得到香味哩！

我流过田野、山坡、工地、果园，到处都听到歌声。我又带着歌声流向远方。远方的小河也穿着鲜艳的花衣服，飘着香味，带着歌声。我们携起手来，向前跑啊，跑啊，一直跑向大海。

作品赏析

尽管这篇散文诗无跌宕起伏、悬念迭出的情节，但优美的意境、盎然的情趣、动人的形象、和谐的音韵令人心醉神往。

作者以第一人称向读者娓娓道来，又从孩子的视角和感觉去描写自然：一条明亮的小河在春天里不停地向前奔跑，给人们带来了鸟语花香、姹紫嫣红。这一切都充满了大自然的神奇色彩，是如此美丽、如此鲜活、如此纯真。

引导孩子从幼小就开始学会用诗意优雅的心态去体味和享受大自然和生活的美，去感受和关注大自然和生活的美，这是作者创作的匠心所在。

11. 小伞屋（散文诗）

小伞屋
圣野

下雨了，下雨了，小同学都带上了自己的伞。

我们带的是弹力伞，用手一按，啪啪啪，就开出了一朵朵伞花，五颜六色的伞花。

小伞花圆圆的,像一间间会走动的小屋子。哪位小朋友忘了带伞,很多小伞屋会朝他走去,让他到屋里来躲躲雨吧!叮叮,咚咚,小伞在快活地唱歌哩,那是一支支找朋友的歌儿……

作品赏析

　　写孩子之间的友情、友爱,这是低幼作品中常见的题材,然而,这篇散文诗却不是直接地去叙写、去描摹,而是展开独特的艺术想象,运用新颖的比喻手法,使描写的对象形象化,造就一种深邃的诗的意境,一种浓郁的诗情。看,一幅多么鲜丽动人的雨景图:雨天,孩子们撑开的小伞如同一朵朵"五颜六色的伞花",又像一间间"会走动的小屋子"……读着,读着,孩子们将会融入作品,沐浴在爱的雨河中,栖息在爱的小屋里,聆听朋友的歌声,感受友爱的温暖。

　　作品篇幅短小,却以淡淡而平和的笔触,在平易中透出深意,是一篇激励孩子们互相关心、互相帮助的佳作。

1. 尖尖的草帽(叙事散文)

尖尖的草帽
金波

　　下过一阵雨以后,太阳又出来了。
　　我看见一只蜻蜓在阳光里飞翔,它的翅膀亮得像镀上了一层金子。
　　我眯着眼睛看它飞来飞去。
　　它一点儿也不怕我。它追着我飞。我好像还听到了它扇动翅膀的声音。
　　我猜想:它一定是要落在我的草帽上,一定是把草帽当成小草房尖尖的屋顶了吧!
　　我停住了。我在草帽下微笑着。我等待着它落在我尖尖的草帽上。
　　唉,可惜它飞走了。
　　我又想:它一定是没有看见我的微笑,要不然,它准会又飞回来,落在我尖尖的小草帽上。

2. 松坊村纪事(叙事散文)

松坊村纪事
郭风

(一)柏树和松鼠

　　那个时候,
　　我们住在松坊村。
　　那个时候,我喜欢站立在门前的石阶上,观看站立小溪对岸一座丘岗上的一棵柏树,
　　——观看它在风中摇动。
　　我的爸爸告诉我:

那棵柏树有一双手套。当我去午睡的时候,它便把手套套在双手上,去捕捉树上太阳的影子,去捕捉鸟和拉住吹过的风。

我的爸爸还告诉我,

那棵柏树有一个口袋,里面装着好多它结出的果实:柏枳。当我去午睡的时候,便有松鼠跳进它的口袋里,

——那松鼠在柏树的口袋里,

一只一只地剥吃柏枳,

高兴得不住地叫:

"吱!吱吱!!"

(二)竹鸡们

那个时候,

我和爸爸、妈妈,还有哥哥,一起住在松坊村。这里只有三户人家,我们住的屋子,屋顶盖着茅草,屋后有大丛大丛的竹林。

我的爸爸告诉我:

那山岗上的竹林里,住着竹鸡妈妈和她的一群孩子们。

真的?

爸爸告诉我:

这一天早上,竹鸡妈妈带着她的孩子们经竹林里走出来。一路上,遇见穿山甲、鹧鸪,都向他们招手;他们走过竹林里的一条草径时,那些蚱蜢、瓢虫们都飞起来,向他们打招呼。

竹鸡妈妈和她的小竹鸡们随后走到丘岗上的一口小山塘边来。这里的青草开着鲜花,那黄红色的小花朵都向他们招手。他们也向花朵们点头。这时,竹鸡妈妈说:

"现在,

你们喝水吧!"

咕!咕咕!小竹鸡们都站在小山塘边,一口一口地喝起水来。山塘中有红色的小鲫鱼,看见小竹鸡和他们的妈妈一起喝水,都游过来,噼啦噼啦地在水中跳跃,向他们打招呼;不一会,塘边草丛中间跳出一只青蛙,他向竹鸡妈妈和小竹鸡们叫:

"咯!咯咯!"

意思是说,我和你们一起玩,好不好?

(三)青蛙·石水牛

我们住屋的前面,汇流着三条小山溪;就是,从山上流来的三条小山溪,在我家门前不远处汇合了。溪上有一座木桥。一天早晨,爸爸带我过了木桥,沿着溪边的草径随便走。只见溪中有很多岩石,有的像几只青蛙围在一起讲故事;有的像一只鹅,在听青蛙讲故事;有一块石头,很大,像一只水牛,它的四条腿全浸在溪中,只有它的背和昂起的头部露出水面。它们是石水牛、石鹅、石青蛙……

爸爸告诉我:

昨天晚上，有两只真的青蛙跳到溪中来；它们一跳又一跳，一下跳进溪中去；接着，又一下子跳到石水牛的背上去！这么一来，石水牛便动起来了，接着两只石鹅也拍起翅膀，动起来了；接着溪中那几只石青蛙也都叫起来：

"咯！咯！咯咯！"

爸爸还告诉我：

这两只青蛙原来是来带路的：它们坐在石水牛背上，然后请石水牛走上溪岸，又招呼石青蛙们和石鹅跟在后面，便一起到村庄后面的森林里旅行去了。

爸爸还告诉我：

那天夜里，石水牛、石鹅和石青蛙们，在两只真的青蛙的带领下，在森林的小径上一边走，一边看；唔，他们看到一只猫头鹰站在一棵樟树上，没有睡觉，一直向他们点头；他们看到红菇和松菇们，在睡觉时还打开花雨伞；看到雏菊的花瓣上沾着露水，还看见一棵古柏上有一只鸟窝，两只小鹧鸪睡在这暖和的鸟巢里说着梦话……

爸爸说：

它们一直在森林里旅行。到了天快亮时，两只青蛙才把石水牛、石青蛙和石鹅带回到村里的溪流中来。然后，这两只真的青蛙一跳又一跳地，跳到附近一个山塘里去游泳了。

（四）石蒜的灯

在我家屋前的溪边，那一片散落着砂砾以及大小不一的鹅卵石的溪滩上，这一天早晨，忽然开放一大片的石蒜花，

——那里，好像出现一片彩色的明亮，

那里，好像点起一盏又一盏浅黄色的灯，一盏又一盏淡红色的灯。

那么，

这些灯是怎么点起来的呢？

爸爸说：

昨天晚上，月亮很好，照得溪滩上一片银光。森林里的刺猬叔叔、穿山甲以及鼬鼠妈妈们，远远望见溪滩上一片银光，便都带着他们的孩子们到溪滩上来了——

爸爸说：

你知道吗？

溪中的石水牛、石鹅和石青蛙们看到森林里的刺猬们来了，也跟着从溪水中走到溪滩上来，

于是，

他们在溪滩上举办月光会和露营，

还有唱歌和跳舞，讲故事和猜谜；

最后由刺猬叔叔变魔术。它一把一把地抓住月光，又用嘴巴一吹又一吹，溪滩上便点起许许多多石蒜的灯，有淡黄的，又有淡红的……

是这么回事呵！

我听了爸爸讲完了童话，高兴地叫道。

3. 小鸟的家（叙事散文）

小鸟的家
蒋应武

小燕子的家，在农民伯伯新房的屋梁上，里面铺着软软的草，外面是泥涂的墙。那草和泥是燕子妈妈一口口衔来的，很辛苦！小喜鹊的家是一根根树枝搭起来的，架在高高的树杈上，风吹来，摇摇晃晃。那树枝也是老喜鹊一根根衔来的。小猫头鹰的家在哪儿？噢，原来在树洞里。圆圆的洞口像一扇窗户，小猫头鹰正在窗口东张西望。每一只小鸟都有一个家，每家都有勤劳的爸爸、妈妈，是他们建造了可爱的家。

4. 金色草地（叙事散文）

金色草地
[俄罗斯]普里什文

我们住在乡下，窗前是一大片草地。草地上长满了蒲公英。当蒲公英盛开的时候，这片草地就变成金色的了。

我和弟弟常常在草地上玩耍。有一次，弟弟跑在我前面，我装着一本正经的样子，喊："谢廖沙！"他回过头来，我就使劲一吹，把蒲公英的绒毛吹到他脸上。弟弟也假装打哈欠，把蒲公英的绒毛朝我脸上吹。就这样，这些并不引人注目的蒲公英，给我们带来了不少快乐。

有一天，我起得很早去钓鱼，发现草地并不是金色的，而是绿色的。中午回家的时候，我看见草地是金色的。傍晚的时候，草地又变绿了。这是为什么呢？我来到草地上，仔细观察，发现蒲公英的花瓣是合拢的。原来，蒲公英的花就像我们的手掌，可以张开、合上。花朵张开时，它是金色的，草地也是金色的；花朵合拢时，金色的花瓣被包住，草地就变成绿色的了。

多么可爱的金色的草地！多么有趣的蒲公英！从那时起，蒲公英成了我们最喜爱的一种花。它和我们一起睡觉，和我们一起起床。

5. 太阳，你是粉刷匠吗（抒情散文）

太阳，你是粉刷匠吗
张秋生

太阳，你是粉刷匠吗？

你把沙滩刷得金黄金黄，就像是一条用黄金铺设的海岸；你把大海刷得碧蓝碧蓝，就像一块晶莹剔透的蓝色水晶；你把天空中的云彩，粉刷得那么洁白，就像一条轻柔飘曳的纱巾……

你瞧，海滩上的两位小朋友，原先他们是那样的白，可你把他们粉刷得像两块黝黑黝黑的岩石，多么健壮的"岩石"。

太阳，你是粉刷匠吗？

6. 宝蓝的花（抒情散文）

宝蓝的花
[中国台湾]林清玄

在南部乡间，我看见萝卜田里留下来作种的萝卜，开出一片宝蓝色的花，不，应该说是一片宝蓝色的花海。

从前在乡下看过的萝卜花都是白色，而且开在一小畦菜圃里。如今，看到宝蓝色的萝卜花，又是一望无际，心情为之震慑不已。那蓝色的萝卜花，花形有如蝴蝶，随风翻飞，蓝得像是天空或是大海。

我走入萝卜田里，屏住呼吸，感觉自己快要被一片宝蓝色融化了，这时，看见几只嫩黄色的蝴蝶正在蓝花上飞舞、采蜜，使我有一种天鹅飞翔于蓝天的想象。

呀！这世界的美丽或幸福，不是世界给我们的，而是我们的心和世界清澈的相映。

不只我们的心在寻求世间的美。

世间的美也澎湃地撞击我们的心。

唯有寻求美的心和真正的美相撞击，我们才会在平凡的萝卜花上，看见蓝宝石、天空与大海的光辉呀！

7. 笑嘻嘻的气球（童话散文）

笑嘻嘻的气球
胡木仁

娃娃们在气球上画上笑嘻嘻的脸蛋。

笑嘻嘻的气球，飞上蓝蓝的天空，向世界小朋友问好。

黑孩子、白孩子、黄孩子……一块儿唱歌，一块儿欢笑。

一个个气球，连成彩虹。

一张张笑脸，搭成彩桥。

8. 会唱歌的森林（童话散文）

会唱歌的森林
楼飞甫

在一片茂密的森林里，有一只可爱的小公鸡，这只小公鸡啊非常爱唱歌，他不管走到哪儿，碰到谁，都要跑过去向他们放开自己嘹亮的嗓音，用他那甜美而又圆润的歌喉唱给他们听。因此，森林里的居民们就称小公鸡为小小音乐家。

随着赞美声和表扬声的提高，小公鸡渐渐地得意忘形了，常常做出一副骄傲自大的表情来，总是不把森林里的动物们放在眼里。你看：小公鸡竟然说"大象比我小得多呢！狗熊的力气比我小多了，我一脚把老牛踢倒呢……"它说话时还面不改色心不跳呢。

这些大话都被牛伯伯听到了，牛伯伯摇着头，跑去对小公鸡说："小公鸡啊……"可小公鸡呢抬着个头，跷着二郎腿，根本就不理睬牛伯伯。牛伯伯又叫了一声，他这才低下头来，牛伯伯看了后继续说："小公鸡，你知道为什么大家把你称作小小音乐家吗？"

小公鸡摇了摇脑袋骄傲地说："我不知道，我只知道我当上音乐家了。"

牛伯伯叹了口气说："那让我来告诉你吧，你能成为小小音乐家，跟森林里的每一位居民是分不开的，他们的支持才是你强有力的后盾啊。万一大家都不支持你了，你唱得再好听也没用了。"

小公鸡听了牛伯伯的话后，脸涨得通红通红的，不好意思地低下了头。

9. 五花山（写景散文）

五花山
薛卫民

我家住在大山里。你知道这里的山是什么颜色的吗？

春天的山是绿色的，那绿色淡淡的，许多树叶刚冒出芽来，还带着嫩嫩的黄色呢。

夏天的山也是绿色的，那绿色浓浓的，一片片树叶，不管是大的还是小的，都像被绿油彩涂过，连雨点落上去，都给染绿了。

秋天的山不再是一种颜色了。下过一场秋霜，有的树林变成了金黄色，好像所有的阳光都集中到那儿去了；有的树林变成了杏黄色，远远望去，就像枝头挂满了熟透的杏和梨；有的树林变成了火红色，风一吹，树林跳起舞来，就像一簇簇火苗在跳跃；还有的树林变得紫红紫红，跟剧场里紫绒幕布的颜色一样。只有松柏不怕秋霜，针一样的叶子还是那么翠绿。

秋天的山一片金黄，一片火红，一片翠绿……人们给这五颜六色的山起了个好听的名字，叫"五花山"。

10. 忠实的旅伴（游记散文）

忠实的旅伴
张继楼

我们全家去旅游，上了山，爷爷在进山口买了根手杖。这是一根木棍，一根普普通通的木棍，没有龙头把手，也没有上油漆。它扶着爷爷上坡下坎，它伴着爷爷翻山越岭，步步不离左右。

穿过草丛时，它为我们探路，赶走躲藏的毒蛇；涉过小溪时，它给我们测水，丈量溪水的深浅。

口渴时，它帮我们采摘树上的野果；淋雨时，它为我们晾干打湿的衣服；疲倦时，它打拍子我唱歌。

路上休息，它靠着树干给我们站岗；晚上睡觉，它站在后门给我们放哨。

爬了三天大山，它时时跟着我们。爷爷说："难为它磨短了一寸脚后跟。"下山了，我把木棍种在路边的草丛里，愿它长出一片树林，做成许许多多手杖，送给前来旅游的老爷爷、老奶奶，让他们上山时走得更快，爬得更稳。

11. 江上冰雪游乐园（游记散文）

江上冰雪游乐园
李沐明

夏天，松花江是一条美丽的江；冬天，清亮亮的江水，变成使人快乐的冰。

看哪！坐着冰上小火车，钻冰雪砌成的山洞，再爬冰砌的长城，就像到了银山银城；坐上冰橇从冰桥滑下来，就像飞机在跑道上滑行。狗拉冰爬犁，真逗人，没等坐稳它就跑，把我甩出去，可一点儿没觉得疼；开小冰车，用脚一蹬，咏咏——跑出老远，蹬得快，跑得快，不蹬了，它还不停。还有冰上飞机、冰上帆船、冰上摩托、冰上飞龙……那亮晶晶的冰，闪着亮晶晶的星。

来呀，小朋友，到江上冰雪游乐园来玩儿，可真叫人高兴。

12. 布鲁塞尔的铜像（游记散文）

布鲁塞尔的铜像
乐美勤

在比利时首都布鲁塞尔市中心广场附近，有一座小孩的雕像。你看他在干啥？在撒尿。他是个调皮的孩子吗？不，他是一位小英雄，名字叫于连。

五百多年前的一个夜晚，布鲁塞尔一带的人民赶走了侵略者，正在庆祝胜利。有个坏蛋溜进了市政厅的地下室，那里堆放着许多火药。他埋好火药，把导火线拉到外面的小院子里。小于连正在广场游玩，突然发现了燃烧的导火线，得赶快用水扑灭它！哪来的水呢？小于连灵机一动，朝火花上撒了一泡尿。火花熄灭了，布鲁塞尔得救了。为了永远纪念他，人们塑了这座铜像。

现在，这座铜像吸引了世界各地的游客。许多国家还送来最漂亮的衣服。这么多的衣服给他穿，够他一天换几十套呢！当然，铜像喷出来的，不是小孩的尿，是一股清亮亮的泉水！

思考与实践

1. 如何理解幼儿散文的含义？
2. 简要叙述幼儿散文的发展概况。
3. 请以你最熟悉的幼儿园、小学、家庭中的典型幼儿人物或生活趣事，写一篇幼儿散文。
4. 根据下面一首幼儿诗的内容，写一篇幼儿散文。题目可以自拟，也可以不更改。

洗澡

下大雨了！
下得真好——
山在雨中洗澡，
树在雨中洗澡，
花花草草都洗澡，
洗了整整一夜，
洗出一个干干净净的清早！
太阳，
水灵灵地升出山角……

第七章 幼儿图画书

第一节 幼儿图画书概说

　　幼儿图画书是相对于幼儿文字书提出的概念，是幼儿文学范畴中的一个特殊门类，有着与其他幼儿文学类别根本不同的美学特征和表现形式，也具有不同于其他幼儿文学体裁的独特的审美效果。

一、幼儿图画书的含义与作用

　　图画书在英语中，被称为"Picture Book"，在日本和中国台湾称为"绘本"。作为一种或单纯用图画，或以图画和文字互相映衬的形式来表现相应内容的读物，图画书的内容是很丰富的，如果进行分类，可以将它划分为文学类图画书和知识类图画书。我们这里要阐述的图画书仅限于文学类。

　　什么是图画书呢？日本学者、图画书出版家松居直认为，图画书是"用再创造的方法把语言和绘画这两种艺术，不失特性地结合在一起，形象地表现为书这种独特的物质状态"。中国台湾出版人郝广才认为，图画书是"运用一组图画，去表达一个故事，或一个像故事的主题"。彭懿认为，图画书是"用图画与文字共同叙述一个完整的故事，是图文合奏"，"是透过图画与文字这两种媒介在两个不同的层面上交织互动来讲述故事的一门艺术"。这些观点虽说法不一，但有着共同的地方，即都强调图画书的绘画、语言、故事和一定的意义。因此，我们可以对图画书做这样的界定：图画书是利用绘画和文学语言两种媒介进行相互补充，由图与文相结合而产生完整而有意味的故事的幼儿文学门类。图、文、故事、意义是构成图画书不可或缺的要素。在幼儿图画书中，图画处于主体地位，文字处于辅助地位，且图文互相融汇，互相补充，共同完成一个文学作品。

　　图画书有着悠久的历史。从其形成过程来看，它由有插图的文学读物演变而来，但现今的图画书与有插图的文学读物是根本不同的。一般来说，幼儿文学作品中的插图与图画

第七章 幼儿图画书

书在作用、地位和表现形式等方面有着很大的区别。有插图的幼儿文学作品以"文字"为表现主体，插图只是为表现作品内容而采用的辅助手段，或者独立成页间隔地出现在文学作品中，或以小幅画面融进文本中。所有的插图呈现为意义不连贯的画面，不能构成完整的故事，只是对文本进行直观的演绎、补充或说明，以吸引读者的注意，帮助并引导读者展开文学想象。助读、成趣是插图的重要作用。与之相比，图画书以图为其表现主体，连续的画面体现出极强的表述性。图画在这里并非文字的附庸，而是作品的生命，它用足以能带给读者快乐、兴味甚至启迪的外在画面形式来阐释文字的意义。当然，强调图在图画书中的重要地位，并不等于否定文字的语言功能。图画书中相应的文字与图画共同构成艺术的整体，通过两者的合力来完成故事的讲述，作品的意义也在这两者的交融互补中得到很好的传达。可以说，图画书的图与文并非简单的相互对应、相互补充和相互说明的关系，而是一种彼此呼应又相互交错的关系。正是这种既相互联系、相互依存又相互独立的关系，使这一特殊的幼儿文学门类能产生远远大于、高于图文相加之和的审美效应，拥有巨大的叙事张力。它的精彩的视觉形象和简洁的文字叙述能够拓展出宽广的叙事时空，从而能最大限度地留给读者再创造的空间。插图与图画书的根本区别，也决定了它们在幼儿文学作品中的地位是不同的。插图因对故事的讲述起辅助作用而从属于原文，在作品中居于次要地位；图画书因其画面承担着讲述故事、表现意义的任务，故而在作品中占有主要位置。松居直用两个公式深刻地道出了图画书之文图关系的精髓：文 + 画 = 带插图的书；文 × 画 = 图画书。

　　需要强调的是，在幼儿文学领域中，图画书的作用远不只为了方便成人向孩子们讲述故事，或者是孩子们自己领略故事，它所拥有的意义要深远得多。优秀的图画书有着丰富的文学和艺术内涵，彰显着作者的想象和智慧。幼儿从图画书中获得的最初的美感认识可能是恒久不灭的。因此，优秀的图画书对幼儿阅（看）读欣赏趣味和习惯的养成，有着不可估量的影响力。它们能使幼儿借着对画面的感知而得到文学和艺术的熏陶，在幼儿的成长过程中发挥着十分重要的作用。

　　图画书以图叙事和图文相映成趣的特点，使它在尚处于语言发展期但还未掌握书面语言的幼儿中占据着绝对的阅读市场。幼儿阅读图画书的主要方式是一边用耳朵听成人"讲述"文字，一边自己用眼睛看图画书中的图画。幼儿在边听边看中体验到一种阅读的乐趣，在心中营造出一个广大的世界。在图画书中同时有两套语言系统，一套是以文字来表现的故事，另一套是绘画。其实图画书中的绘画都能被作为语言来阅读，它是用线条、形状和颜色来说话的。孩子阅读的是存在于画里的语言，而且也同时用耳朵体验着语言的世界。用耳朵听到的语言世界和用眼睛看到的语言世界，在孩子的心里融为一体。学龄前儿童也是图画书的重要读者，图画书中的画依然有效地帮助着他们建构着想象中的文学世界。幼儿文学拥有幼儿和成人双重读者，图画书的这一特征更为明显，图画书不仅吸引着孩子，也同样以特有的魅力吸引着成人读者。

　　随着早期教育的发展，能给予幼儿生命成长以帮助的图画书俯拾皆是。如《我不知道我是谁》讲述小兔子达利 B 的故事，引导幼儿进行自我认识。《星月》讲述小果蝠星月的故事，引导幼儿如何交友。此外，《森林大熊》《小皮斯凯特的第一次旅行》《猜猜我有多爱你》《逃家小兔》《爱心树》《爷爷一定有办法》等优秀图画书，都或是帮助幼儿懂得爱护自然、尊重自然，或帮助幼儿懂得爱和珍惜。这些作品的共同特点是用充分儿童（幼儿）化的绘画，通过极富想象力、吸引力和趣味性的连续性画面与文字的配合，将生命教育的多重内涵融贯其中。它们的有趣和深刻，使它们能从不同的方面发挥拓展认识、滋养品性的作用。这样的图画书不仅能强烈地吸引幼儿，也同样强烈地吸引着儿童、少年乃至成人，为人们的精神世界增添一份营养。

从心智开发的角度看，图画书在满足幼儿观赏需求的同时，对幼儿的智力培养有着不可否认的作用。这种作用反映在对幼儿的认知力、观察力、想象力、创造力的开发和培养等方面。在人的个体成长过程中，幼儿和儿童期的智力发展具有感觉迅速发展、观察力不断加强、直接形象性思维力呈现积极等特点。同时，幼儿特定的年龄阶段带来了他们对世界认识的相对有限性。这些特点决定了幼儿在审美活动中一方面必然会借着审美来认识、感知、观察、了解世界，自由地放飞想象力，发挥创造性；另一方面也表现出对直观、感性形象的明显依赖性。

图画书是视觉参与性最强的综合艺术，通过连续的画面来讲述故事，以提供可视性视觉形象或简要的文字叙述进行文学传达，这种独特的文学形式对幼儿的观察力、想象力、思维力和创造力的培养都是有益的。图画书的阅读首先并且主要是观画。观画不仅是对一幅幅图的认知，还是对图画书的浏览观赏和细细品读。这个由感知到细品的过程就需要细心地观察，敏锐地发现，认真地感悟，进而认识图画的内容，理解图画的故事，从画面中读出故事的意义或哲理，从细节中丰富故事的内容。这个过程是观的过程，也是想的过程和思的过程，读者的观察力、想象力和创造力都自然地融于其中。

从幼儿阅读的角度看，图画书以直观的画面作用于读者的视觉，有利于消除幼儿在听故事时有可能产生的困惑。在童话中，作家常常通过对人、事、物、景细致入微的描写，传神地展现作品内容，使读者产生如临其境、如见其人、如历其事的审美快感。但是，故事以叙述为主要表现方式，其讲述性特点决定了它不可能对内容作详尽的摹写，因而更强调紧凑、曲折的情节和故事的完整性，作者对故事的人物、背景灯只作概括的介绍。幼儿尚未掌握完备的知识，对外界事物的认识也是有限的。这决定了他们在听讲和阅读故事的过程中，有可能因不理解故事讲述中出现的某些概念和某些对他们来说还是陌生的事物而产生困惑。对此，图画书运用视觉语言讲述故事，通过一幅幅在内容上具有连续性的画面对故事内容进行直观的诠释。这种可视性识图对应了幼儿有限的知识层面和他们的接受心理，在孩子们观图、读图、解图的过程中，图画书以最直观的形式帮助他们消解了在听讲故事时感到费解的问题，从而使他们获得阅读的快乐，也受到最初的艺术启蒙。

从亲子共读的角度看，图画书还是亲子共读的最好材料。所谓亲子共读，即由父母或长辈陪同幼儿一起阅读，这是当下最具国际性意义的阅读方式。图画书的直观性，为幼儿与家长共同阅读、共同讲述提供了有利条件。图画书的阅读是以视觉感知为主，当父母或长辈用自己的话语为孩子描述图画书的故事内容时，幼儿就可以在视觉感知的同时调动听觉参与对故事的理解，视觉与听觉的共同启动能有效地帮助幼儿进行温馨的文学启蒙。另外，由于亲子共读是一种幼儿与父母的近距离阅读，这种近距离的观图、识图和说图的过程，就是一个缩小彼此心理距离的过程，使家庭的阅读活动渗入了情感交流的成分。图画书自然成为幼儿与父母、长辈进行情感交流的园地，亲情在这片乐土中得到强化。在亲子共读的过程中，父母因画而生的故事讲述，还能使幼儿在聆听故事的过程中感受到口语表达的丰富性，进而在对故事的复述中体验到口头表达的乐趣。可以说，图画书在亲子共读的空间充分地实现着连接亲情的功能，使孩子们能够和父母一块儿看、一块儿发现、一块儿惊讶，在温馨的家庭氛围和亲情交流中增长知识，获得阅读的快感。

二、幼儿图画书的形成与发展

（一）国外幼儿图画书的历史发展概况

幼儿图画书的萌芽最早可追溯到17世纪。西方第一本有插画的儿童书是1658年捷克教育家夸美纽斯（1592—1670）所编写的《世界图绘》，此书以图画的形式向孩子们介绍自然、社会等各方面的知识。

1744年，英国纽伯瑞（1713—1767）创立了世界上第一家儿童书店，并出版了内页配有木刻插画的美丽的小书。此书插图优美，印刷考究，装帧精致，对幼儿图画书的发展起到了变革性的作用。

19世纪，英国出现了三位杰出的图画书作家：瓦尔特·克雷恩、兰道夫·凯迪克、凯特·格林纳威。如今美国权威的图画书奖是用凯迪克的名字命名的，英国的图画书奖是用格林纳威的名字命名的。兰道夫·凯迪克在理论上探索了图画书的图文关系并进行了实践。他强调图文只有在视觉上变为一个整体，彼此之间才能真正融合。因其对图画书的贡献，凯迪克被后人誉为"现代图画书之父"，他为《骑士约翰的趣闻》绘制的约翰骑在马上驰骋的插图，也成为美国"凯迪克奖"的标识。

英国比特克丝·波特（1866—1943）原本自费出版的250本《兔子彼得的故事》，1902年由Marne出版社正式出版。此系列图画书被认为是现代图画书之始，堪称图画书进入新纪元的里程碑之作，成为百年来最畅销的图画书。

1928年，由德国移民美国的童书作家汪达·盖（1893—1946）以处女作《100万只猫》一举成名，此作品常常被认为是美国第一本真正意义上的图画书。

1970年，美国插画家莫里斯·桑达克获得"国际安徒生奖插画家奖"，代表作有《野兽出没的地方》（获得1964年"凯迪克金奖"）、《厨房之夜狂想曲》和《在那遥远的地方》（分别于1971、1982年获得"凯迪克银奖"）。莫里斯·桑达克自己称这三部作品为"三部曲"，"是同一主题的变化：孩子如何掌握各种感觉——气愤、无聊、恐惧、挫败、嫉妒——并设法接受人生事实"。莫里斯·桑达克被评为"图画书创始以来最伟大的创作者"。

1980年，日本的赤羽末吉（1910—1990）获"国际安徒生奖插画家奖"，他是第一位获此大奖的东方人，代表作有《追、追、追》《马头琴》《桃太郎》等。

美籍华人插画家叶阳1990年以《狼婆婆》一书获得"凯迪克金奖"，书的主题是中国民间故事。这也是第一位美籍华人创作者获得该奖。

1998年，法国的汤米·温格尔（1931— ）获得"国际安徒生奖插画家奖"，代表作有《三个强盗》《月亮先生》等。

2000年，英国的安东尼·布朗（1946— ）获得"国际安徒生奖插画家奖"，代表作有

《穿过隧道》《梦想家威利》《我爸爸》《动物园》等。

此外，比较重要的图画书作家和作品有美国李欧·李奥尼的《小蓝和小黄》《小黑鱼》《亚历山大和发条鼠》等；美国克罗格特·约翰逊的"阿罗系列"被认为开创了一种新的图画书类型和风格；美国威廉·史代格的《驴小弟变石头》获 1930 年"凯迪克金奖"；美国画家艾瑞克·卡特别善于运用有形的设计，代表作为《好饿的毛毛虫》；荷兰迪克·布鲁纳的"米菲系列"被称作"孩子们的第一本图画书"；美国谢尔·希尔弗斯坦的《爱心树》《失落的一角》等；美国苏斯博士的《我看见了什么》《戴高帽的猫》《绿鸡蛋和火腿》等。

亚洲图画书发展得比较好的是日本，主要的作家和作品有芭蕉绿的"提姆兰莎系列"，佐佐木洋子编绘的"噼里啪啦系列"，中川李枝子、大村百合子的代表作《古利和古拉》，柳生弦一郎的科学系列图画书等，宫西达也的《我是霸王龙》《你看起来好像很好吃》等，中江嘉男、上野纪子的"鼠小弟系列"等。

为了鼓励图画书的创作与出版，国际上设立了多种图画书的奖项，除美国的"凯迪克奖"、英国的"格林纳威奖"外，还有德国青年文学协会负责评选的"德国绘本奖"、意大利的"博洛尼亚国际童书插画展奖"、国际儿童读物联盟（简称IBBY）设立的"国际安徒生奖"的图画书奖（1965 年）、联合国教科文组织（UNESCO）赞助的"布拉迪斯国际插画双年展大奖"（英文简称 BIB）等。国内的图画书奖主要有"丰子恺图画书奖"（2009 年），此奖是第一个在世界范围内广泛征集原创作品的华文图画书奖项；台湾信谊基金会主办的"信谊图画书奖"（2010 年）则专门授予那些尚未出版的原创图画书作品。

（二）我国幼儿图画书的历史发展概况

我国在漫长的封建社会里，几乎没有专为幼儿创作的图画书，只在明朝出版过一本《日记故事》，但影响不大。

直到 20 世纪 20 年代，才出现为数不多的图画书作家和作品。郑振铎先生是我国图画书的倡导者和开拓者。他于 1922 年在上海创办的儿童周刊——《儿童世界》，被视为我国图画书的开端。他在上面发表了《两个小猴子的冒险》《河马幼稚园》等 46 篇图画故事。赵景深继郑振铎之后，在 20 世纪 30 年代创作了《哭哭笑笑》《一粒豌豆》等作品。

中华人民共和国成立后，由于学前教育受到普遍重视，加上受欧美、日本等发达国家的影响，我国图画故事质量和数量都有了较大的提高，出现了两次飞跃：一次是 20 世纪 50 年代，出版了《小马过河》《蜗牛看花》等图画书；另一次是 20 世纪 80 年代，图画书质量有了较大提高。

20 世纪 90 年代，中日两国曾合办了两届"小松鼠儿童图书奖"。得奖作品有《贝加的樱桃班》（郑春华文，沈苑苑画）、《贝贝流浪记》（孙幼军文，周翔画）等。不过，从总体上看，20 世纪国内图画书的数量和质量与国际的整体水平相比还存在很大的差距。

进入 21 世纪，本土原创图画书作品开始慢慢成长起来。江苏少年儿童出版社于 2003 年出版了"我真棒"幼儿成长图画书，2004 年又推出"我在这儿"成长阅读丛书。除此之外，该出版社下属的《东方娃娃》1999 年创刊以来，一直致力于图画书作者的培养和引导，2005 年更是在全国刊物中率先推出了专门的"绘本刊"，一月固定推出一期，并通

过幼儿园等渠道对读者进行推广和宣传。绘本刊初期主要推引进作品,如《十一只小猫》《第一次旅行》等,后期开始力推本土原创作品,如《火焰》《漏》等。

近年来,本土较突出的图画书作品主要有"信谊原创图画书系列"(《一园青菜成了精》《躲猫猫大王》《漏》《小鱼散步》《团圆》等),熊亮的"中国原创图画书系列"(《好玩的汉字》《中国12个传统节日》《京剧猫新传》等)。其中《团圆》被《纽约时报》评为2011年最佳儿童图画书;《火焰》不仅在首印后一销而空,还得到了日本蒲蒲兰绘本馆的认同,在日本与中国内地同时出版。

台湾图画书作品具有代表性的有方素珍的《妈妈心,妈妈树》《我有友情要出租》《祝你生日快乐》等,李瑾伦的《子儿,吐吐》等,赖马的《我和我家附近的野狗们》等。

进入21世纪,家长和教师对幼儿的图画书阅读日益重视,图画书阅读需求日益增加。国内众多出版社开始大量引进国外优秀的图画书作品。具有代表性的有:二十一世纪出版社引进的"恩德系列绘本""彩乌鸦系列绘本""不一样的卡梅拉系列绘本"等,其中"卡梅拉系列"已成为该社最著名的图书品牌;湖南少儿出版社引进的"青蛙弗洛格系列",浙江少儿出版社引进的"雅诺什系列",明天出版社引进的莫尼克·弗利克斯的"无字书系列",南海出版公司引进的美国谢尔·希尔弗斯坦的《爱心树》《失落的一角》《失落的一角遇见大圆满》以及"爱心树绘本馆"(包括《今天运气怎么这么好》等)、"爱心树世界杰出绘本选"(包括《石头汤》等)、"鼠小弟系列"等,中国少年儿童出版社2004年推出的英国百年品牌图画书"彼得兔的世界"(包括《彼得兔的故事》等23本书),接力出版社推出的《活了100万次的猫》、"阿罗系列""查理与萝拉系列"等享誉世界的图画书精品,上海译文出版社出版了"苏斯博士系列",人民邮电出版社引进了"兔子米菲系列",人民文学出版社推出了"小象巴贝尔系列",贵州人民出版社引进了"斯凯瑞金色童书系列"等。

来自中国台湾的信谊和来自日本的蒲蒲兰,基于我国大陆现行的出版法规,以供稿者的方式与内地相关出版社合作出版图画书,对图画书的推广起到了不可忽视的作用。信谊与上海少年儿童出版社合作推出了《鳄鱼怕怕牙医怕怕》《猜猜我有多爱你》《逃家小兔》《要是你给老鼠吃饼干》《爷爷一定有办法》《母鸡萝丝去散步》等,与明天出版社合作推出了《钢丝网上的小花》《团圆》《宝儿》《驿马》等。蒲蒲兰与北京少年儿童出版社合作推出了《你看起来好像很好吃》《我是霸王龙》《莎娜的红毛衣》等,与二十一世纪出版社合作推出了《你真好》《猫太噼哩噗噜在海里》《荷花镇的早市》《我永远永远爱你》等。湖北海豚卡通公司2007年开始介入图画书出版。该公司与湖北美术出版社合作,推出了数十本"绘本花园",代表性作品有"汉斯·比尔系列"(6本)、《动物绝对不应该穿衣服》《我的爸爸叫焦尼》《爷爷变成了幽灵》《松鼠先生和月亮》等。

日本松居直的《我的图画书论》是国内较早引进的图画书理论著作,该书以平实的语言、聊天的口吻对图画书的理论进行了阐述,对图画书的阅读进行了具体的指导。国内彭懿的著作《图画书:阅读与经典》对图画书的阅读与推广起到了极大的推动作用,台湾郝广才的《好绘本如何好》也对图画书的理论有较多阐述,值得一读。

第二节 幼儿图画书的艺术特征与基本形式

一、幼儿图画书的艺术特征

作为一种综合艺术，幼儿图画书不论是在其"图"的艺术表现上，还是在其"文"的运用上，都有着不同于其他幼儿文学样式的特征和呈现形式。

（一）可视性画面形象

幼儿图画书塑造形象的显著特征是调动视角功能，用可视性画面去呈现形象。这与其他语言艺术的文学表现是截然不同的。在语言艺术中，作者对生活的再现依赖于文字的叙述。无论作者的叙述多么具体详尽，描写多么形象传神，都是对现实事物的生活情状的概括，文学形象的最终实现必须以接受者的二度创造为前提。与之相比，在图画书的世界中，作家运用视觉语言来讲述故事，具体通过和谐鲜明的色彩、创意独特的构图、富有动感的画面构成具有完整意义的故事，从而以直观的故事形象直接作用于幼儿视觉。

需要强调的是，幼儿图画书的可视性画面形象与造型艺术创造的形象相比，可视性特点是有区别的。前者的可视性表现为一种贴近幼儿读者的流动性"图画语言"，能以直观、浅显、有趣的绘画使幼儿领略到文学的精彩。后者的可视性更集中地表现为凝固、厚重的"造型语言"，对它的解读需观赏者集中心智地投入。幼儿由于其生理发育、心理发展的局限，在以图画为凭借，通过画面感知故事的文学接受中，存在着年龄越小，对画面传达方式的依赖性越大的现象。同时，幼儿在感知图画书故事的过程中，大脑易于疲倦，而其观察、注意和记忆又有着很强的无意性，因此作家在使用视觉语言构思故事的时候，总是以幼儿的思维发展和接受能力为其创作的逻辑起点，从幼儿的发展需要出发进行艺术创造，努力使图画书的画面内容与幼儿的视觉心理相适应。可以说，显示充满趣味性的、动态、具体、鲜明的造型特质，使作品吻合幼儿的生活感受和阅读兴趣，这是图画书作家的艺术追求。这种追求促使他们十分注意作品展示的可视性画面形象和故事情节要适合于幼儿的可接受性，因而他们总是以幼儿感兴趣并足以引起幼儿注意的线条、色彩、画面来营造可视的故事空间，从而以充满新鲜感的绘画引领孩子们一步步进入艺术的殿堂。幼儿图画书的可视性画面形象就是在这种创作主体与接受主体的相互对应中得到了充分的凸显。

（二）幼儿式画面造型

幼儿图画书直接面对的读者对象是幼儿，为吻合幼儿视觉形象的感知特点，它的画面显出幼儿式的画面造型，使读者在平面图像中感受童趣，这一特征又以画面形象的"可爱"为标准。那么，如何实现这种可爱呢？众多优秀的幼儿图画书显示，形象的幼儿化表现和夸饰手法的运用是实现绘本这一独特美学特征的有效途径，也是达到幼儿式画面造型的有效手段。

先看形象的幼儿化。从绘画的角度看，幼儿化画面形象的"可爱"一般通过比例的"失调"、形象整体的滚圆、动作表情的拙趣等来表现。因此，作者在塑造画面形象时，往往按故事情节的需要和角色的特点，或者以比例失调的形象设计创造幼儿化的动物或人物，如《要是你给老鼠吃饼干》（美国，劳拉·乔菲·努梅罗夫文，费利西亚·邦德图）中的小老鼠，其头与身子失调的比例更凸显他吃了饼干还得寸进尺的顽皮和可爱；或者将画面人物形象处理得圆圆胖胖，以此将人物、动物的动作神态表现得稚拙有趣，如《子儿，吐吐》（李瑾伦图文）中的那群小猪，都是以胖胖的、比例失调的身材和生动拙朴、憨态十足的表情而显出可爱。这样的画面造型使幼儿图画书因为拥有了幼儿的稚气、天真、笨拙、朴素而显出趣味性。

再看幼儿图画书的夸饰。在幼儿的文学接受中，"趣"是其阅读的兴奋点。有趣的图画书常常使幼儿百看不厌、百翻不厌。这种满怀兴味的重复，其实就是在追求一种兴奋的体验。从这一点观照图画书，可以得出这样的认识："趣"是绘本的生命，如同深藏于匣中的精灵，没有了它，图画书便失去了生气并因之而丢失众多的小读者。

正因为"趣"之于幼儿图画书的重要意义，图画书作家将从幼儿的接受需要和接受能力出发去创设有趣的画面作为创作的目标之一，而夸饰便是最能实现画面之趣的主要表现方式。所谓夸饰，就是通过不同的艺术手段造成画面内容不同程度的夸张和变形。实现夸饰的途径便是对卡通、拟人、特写、夸张、漫画等手段的灵活运用和对幽默、荒诞的创造。或用夸张的手法将画面形象某一细部特征加以特写式的放大，如《我属猪》（任溶溶文，陈美燕图）中标识着"我"的属相的那幅猪头人身图，那大大的笑眯眯的猪脑袋，凸显着人物认可了自己属相的心情。或用荒诞的画面呈现故事的情节，如《月亮的味道》（波兰，麦克·格雷涅茨图文）中那趣味盎然、寄寓哲理的动物叠加图。为了尝到月亮的味道，小海龟托起了大象，大象托起长颈鹿，长颈鹿托起斑马，斑马托起狮子，狮子托起狐狸，狐狸托起猴子，最后小老鼠爬过海龟、大象、长颈鹿、斑马、狮子、狐狸、猴子的身上，咬下一片月亮，月亮的味道真好。这幅画呈现了一个用动物搭建的天梯，那些姿态扭曲变形、杂耍般叠加在一起的动物们看似荒诞的行为显示出了高远的意蕴。作品以画面的夸饰性来掀起故事的高潮，幼儿图画书的夸饰性美学效果就在变形和夸张中产生了。它能给予小读者乃至大读者特殊的视觉感受，产生强大的吸引力。

这种用夸张、漫画的艺术手段营构画面，使作品中的人物或事物带有明显的变形特征，从而表现出夸饰效果的作品，在幼儿图画书中比比皆是。挪威埃格纳的《豆蔻镇的居民和强盗》、美国昂格雷尔的《黑色的大礼帽》等莫不如是。这些作品对人物的表现都带有漫画的色彩，作品幽默的画面效果也正是透过这种变形而显现出来。

应该强调的是，对实现幼儿图画书画面形象的"可爱"而言，幼儿化形象表现和夸饰手法是相通的，二者在艺术表现的意义上有着必然的因果联系：幼儿化表现使画面具有了夸饰性，夸饰手法的运用又增强了画面的幼儿性。当然，幼儿图画书的夸饰并非夸而无节，必须与幼儿的心理特征相适应，是一种朝着健康和美的方向发展的变形。在幼儿图画书那些变形了的画面中，可爱的小动物、人格化的花草、卡通世界的童话环境，都是充满孩子气的。作品中的人物，不论是动物、孩子还是大人，都是放大了的孩子自己。幼儿图画书凭借着幼儿式的画面造型，创造出特有的风趣、幽默和新鲜，这是幼儿图画书能恒久地吸引小读者的重要原因所在。

（三）连续性画面叙事

幼儿图画书的内容是故事，形式是绘画，故事是动态、完整、有相对长度的，绘画则是静态、凝固、表现瞬间的。绘本以凝固的画面讲述故事，在客观上存在着外在的静态特征与内在的动态需求的矛盾。如何解决这一矛盾呢？这就要求幼儿图画书作家通过画面与画面的衔接组合来营构故事的情节，并最终形成内容连贯、情节完整的故事，这使幼儿图画书在意义表达方面具有了连续性画面叙事的特征。

从文学叙事的角度看，幼儿图画书虽以连续的画面叙述故事，但因其画面的凝固性而在客观上不可能具有语言文字环环相扣、流而不断的叙述特点。这正如图画书理论领军人培利·诺德曼所说：幼儿图画书"涵盖的是空间而非时间，因此要表现语言文法轻而易举就做到的因与果、强势与附庸，以及可能性与实际性等短暂关系就很不容易。"尽管幼儿图画书作家在以图叙事的过程中，努力创意画面形象，精心构筑完整且富于动感的故事，但每一个画面仍然保持着凝固静止的绘画特征，这使连续性画面组合的文学叙事必然出现跳跃性。犹如电影蒙太奇一样，它是连续、动感的，然而又是跳跃的。这种跳跃给幼儿图画书带来以下几种可能的效应：其一是在跳跃的画面衔接中完成绘本的意义表达，实现幼儿图画书故事情节的完整性和作品结构的整体性。其二是在连续性画面叙事中凸显出故事的韵律节奏。当幼儿图画书作者用连续性的画面讲述故事时，通过画面与画面的衔接营构出故事的不同层次，从而使作品呈现出鲜明的节奏感和韵律感。其三是带来幼儿图画书的语言空白。这种空白来自幼儿图画书的文字和绘画两方面，这一点对于幼儿的再创造尤为重要。因为幼儿在阅读图画书故事时，需要调动自己的想象和语言积累对故事情节进行补充和完善。当他们用语言将故事完整地讲述出来，弄懂了作品所讲述的故事时，这在事实上已经弥补了幼儿图画书文字或视觉形象所造成的叙述断裂，使他们在阅读欣赏图画书故事的过程中获得一种创造的满足。

幼儿图画书就是这样在连续的画面叙事中完成着故事的叙述，也以其画面的跳跃性激发着小读者的创造性。可见，连续的画面叙事对幼儿图画书整体功能的实现具有重要意义。

（四）新奇的画面创意

追求新奇也是幼儿在文学接受中的一个显著特征。幼儿图画书的表现内容是非常广泛的，民间传说、社会生活、家庭生活、幼儿园生活、自然世界、成长、战争、死亡等无不涉及。要用视觉形象表现如此丰富的内容，让孩子乐于走进图画书的世界去认识它们，这就要求作者用心于幼儿图画书的创意，用富有新奇感的画面讲述具有新意的故事。新奇的画面创意便成为幼儿图画书的又一美学特征。如果幼儿图画书富有连续性的每一幅画面都能给人以新鲜感和惊奇感，那么，由这些画面所讲述的故事也必然是新颖的。从这个意义上看，幼儿图画书新奇的画面创意这一特征实际上包含着对其画面和故事两方面的创意，直接再现着幼儿图画书作家非凡的想象力和创造性。就幼儿读者而言，新鲜、奇特，能出人意料，能提供丰富信息的画面及其所创造出的充满惊奇感、幽默感、荒诞感、温情感的故事，能使他们获得意外的惊喜和快乐，从而产生百读不厌、百翻不厌的阅读心理。幼儿图画书所蕴含的意义，也是在这种反复的阅读中得以体现的。

幼儿图画书能对幼儿产生强烈的吸引力，其原因是多方面的，但画面创意的新奇是幼儿图画书能拥有众多读者的一个重要原因。没有哪一个孩子翻开《疯狂星期二》（美国，

第七章 幼儿图画书

大卫·威斯纳)、《当天使飞过人间》(日本,田中伸介)而不惊奇捧腹,也没有哪一个孩子会厌弃《鳄鱼怕怕牙医怕怕》(日本,五味太郎)、《小蓝和小黄》(美国,李欧·李奥尼)、《鼠小弟的小背心》(日本,中江嘉男、上野纪子)、《爷爷一定有办法》(加拿大,菲比·吉尔曼)和"大象艾玛系列"(英国,大卫·麦基)等富有新颖创意的图画书。因为这些图画书或以画面视觉的冲击力,或以故事的惊奇性,或以作品的幽默感,或以画面空间的丰富性而在众多的孩子中获得了认同,它们能给孩子们以意外的惊喜,自然能唤起他们的阅读兴趣。这些阅读效果的取得,全在于图画书作者新颖的构思和独到的创意。

(五)简洁的画面语言

在幼儿图画书的图与文的关系中,图画并不仅是对文字的直观呈现,还以有限的画面拓展无限的叙事空间;文字也不是对图画的解释、说明或补充,而是借话语的简要叙事寄寓丰富的哲理内蕴。幼儿图画书画面讲述的故事是明了而新奇的,幼儿图画书文字叙述的故事更是概括简要的,因而两者的合力所形成的图画书就显得十分简洁。这一特点包括了画面语言的简洁和文字叙事的简洁。

先看画面语言的简洁。作为视觉艺术,幼儿图画书没有语言艺术的长篇铺叙,却有相对的长度的限制。一本幼儿图画书的页码有限,要完整地叙述出故事,就要求画面展示的内容能传达出直接的意义,使小读者能观其图便知其义。因此,幼儿图画书以画面内容和结构的明朗单纯表现简洁的主题,以画面语言的明了给小读者以直观的意义解读。

再看文字叙事的简洁。在图文结合的幼儿图画书中,绘画是作品的主体,文字是故事的叙事手段,它引导着幼儿图画书故事的展开,也对故事的主体情节作概括简要的交代。对于幼儿图画书的文字叙述,培利·诺德曼认为,在幼儿图画书中"好的故事的文字是扣人心弦的,那些文字迫使我们问道:'然后发生了什么事?'"。可见,文字之于幼儿图画书的意义是不可忽视的。从以绘图为表意主体这一本质特征来看幼儿图画书的语言运用,则不难发现它简洁明了的叙事特点。幼儿图画书拒绝冗赘的语言描述。

优秀的幼儿图画书总是体现为以简洁之语与画面相应和,凭借着简洁明了的语言,读者能感受到幼儿图画书故事所包蕴的深层内涵,能体味到作者沉浸到画面之中的智慧。作品的温馨感、幽默感,乃至节奏、韵律等也就在这样的语言中表现出来。

二、幼儿图画书的基本形式

(一)图文结合

这类图画书一般采用"一文一图"或"一文数图"的表现方式讲述故事。图文结合的幼儿图画书,图与文的关系不是说明和被说明、解释和被解释的关系,而是相互配合、相互依存、互动协调又彼此独立的关系,图与文彼此呼应着,以二者的合力共同完成对故事的叙述,同时以彼此的依存拓展着更为丰富的叙事空间。所以,这是一个由图画与文字构成的复合文本,在这样的文本中,可能会呈现三个层面的故事,即"文字讲的故事、图画暗示的故事,以及两者结合后所产生的故事"。文字讲述了故事的轮廓,图画丰富了故事的内容,二者的合力所产生的故事,远胜于文字和画面的单独叙述。有学者界定:图文结合的图画书,图与文非简单的相加，而是相乘。当我们翻开任何一本幼儿图画书，我们的注意力一定是被画面所吸引，画面在传递着直观的故事信息，在牵引读者的想象和思考，使读者在头脑中再创幼儿图画书的故事。此时，读图并对之解读带着很明显的主观色彩，每一个读者有自己的解读。当我们将注意力转向文字，文字传达的信息与画面呈现了不同方式的配合，这时，文字讲述的故事便对读者头脑中再创的故事作出各式各样的印证。当我们将文字与画面结合起来认识故事、解读故事时，我们对幼儿图画书的故事便会有更丰富的认识。

图文结合的幼儿图画书讲述的故事类型也是多样的，对此，彭懿将它们归为三类，即图画与文字的相互补充，如陈致远的《小鱼散步》等；图画与文字分别讲述，如约翰·伯宁罕的《莎莉，离水远一点》等；图画与文字的滑稽比照，如佩特·哈群斯的《母鸡萝丝去散步》等。

应该强调的是，在图文结合的幼儿图画书中，文字的多寡在不同的作品中是有差异的。即使是同一作品中，每页的文字也不等量。但不论文字多少，其图与文是珠联璧合的，它们共同形成的故事整体内容丰富，且有一定的情节长度和较强的故事性。《彼得兔的故事》《花婆婆》《森林大熊》《爷爷有没有穿西装》《活了100万次的猫》均属此类。

（二）无字书

故事完全由有着内在联系的画面组接完成，没有文字出现的图画书叫无字书。无字书全部使用画面语言，通过画面的连续变化完成对故事的讲述。用培利·诺德曼的话来说，无字书的作者"只提供一连串互有关联的图画来暗示故事"。在形式上，无字书用类似电影蒙太奇的手法，它的一幅幅画面如同一个个镜头，画面的排列组合演绎出精彩的故事。如大卫·威斯纳的《疯狂星期二》就是用电影语言，通过镜头的不断变化，在拉远、拉近、俯视、仰视的艺术表现中，带着读者经历了一次奇幻的旅行。此外，《红色的书》《窗》《挖土机年年作响》《流浪狗之歌》等都属于无字书。

无字书这种"以纯粹的图画语言演绎一个完整故事"的特点，使它拥有了鲜明的画面解说功能和很强的想象拓展功能，为读者提供了丰富的再创造空间。

第三节 幼儿图画书的鉴赏

对图画书的鉴赏，除开本、封面、封底、环衬、扉页等书的装帧设计方面需要分析鉴赏外，图画书内页的鉴赏主要集中在画面上。图画表情达意的要素主要为色彩、线条、细节等，因此，鉴赏图画书关键在于阅读表现画面的元素。只有找到图画元素所渗透的意义与图画书整体所要表达的思想的连接点，才能更好地理解图画书作品。幼儿图画书可以从细节、色彩、线条和框线四个方面来鉴赏。

一、细节方面

幼儿阅读图画故事，很大的乐趣就在于寻找细节，透过细节来感受文本传达的含义，而图画故事的作者也有意识地设置一些细节留待发现。《逃家小兔》是比较典型的例子。第二页的文字部分是"小兔子：我要逃跑啦，我要变成一条小鱼游得远远的。妈妈说：你要是变成小鱼我就变成渔夫，抛下鱼饵等着你！"接下来是两幅无文字的画面：一幅是黑白图，妈妈准备去拿钓鱼的器具，一幅是彩图，妈妈煞有介事地穿着捕鱼的衣服来到河边，然后抛下诱饵（注意：诱饵是胡萝卜），河里远远的地方就是可爱的兔头鱼尾的小家伙。显然，小兔子变成鱼的形象、诱饵的选择、兔妈妈充满信心的表情等都是文本的细节。透过这些小小的点，幼儿可以了解小兔子是个多么可爱而淘气的小家伙，而兔妈妈又是个多么聪明细心而且了解自己孩子的妈妈。

图画书的细节很重要，很多细节都诠释主题或渗透某种情感，如《我爸爸》，在开头一页，"我的爸爸是最棒的"文字的图中画着爸爸穿着睡衣，睡衣上面有个小小的太阳，而仔细观察，门上也有半个太阳，作品处处渗透着"我的爸爸像太阳一样棒"的想法。

细节是图画书不可或缺的部分，读者可以通过细节猜测人物心理、性格，感受所要表达的情感，预测情节的后续发展，等等。细节的设置符合幼儿观察世界的方式——细节的而非概括的。

二、色彩方面

幼儿图画书经常用大块颜色表现空间，如在"米菲系列"中，天空是蓝色的，草地是绿色的，海滩是黄色的，每一种空间都有明确的颜色指向，而且选择的都是单一的纯色，没有任何深浅和层次变化。以《米菲的梦》为例，整书的封面和内页的叙事空间都充满了蓝色，蓝色所填充的空间里有云，有星星，这一空间暗示了天空，同时也象征性地暗示出梦境的颜色。

颜色总能引起某些联想或具有某种象征意义，因此，对幼儿图画故事的鉴赏，色彩很重要。幼儿喜欢鲜艳的色彩，色彩是界定物体外部轮廓的一种形式。可以用夸张手法处理色彩，如大楼的色彩不一定与现实的色彩一样。图画书常用的六种主色调是：红、黄、蓝、黑、绿、棕。如迪克·布鲁纳的《米菲兔》，只采用几种固定的色彩，且每种色彩采用的情境都不同，红黄色一般是室内色，代表温馨安全；绿色一般是户外的颜色；出现蓝色一般代表角色的内心不安等。迪克·布鲁纳认为，"颜色之所以重要，是因为每一种颜色都会产生唯有那种颜色才会有的特别的力量"。（赵琼:《图画书叙事空间研究》，上海师范大学硕士学位论文，2011年，第45页）

三、线条方面

线条作为绘画的语言，也具有叙事和表情达意的功能。以线条来叙事的图画书，数量较少，比较有代表性的作品是《流浪狗之歌》。该作品是一本完全用线条来讲故事的无字书，"每幅图画就像一幅幅速写，不去描写环境，而是以寥寥数笔勾勒出故事的主要人物——被抛弃的小狗，描述出它的动态，看似潦草而凌乱的线条体现出狗儿被舍弃之后的心情，既悲伤可怜又有些狂躁不安。绘者在画面表现上做了很多取舍，不求细致，力求单纯和传神，从而使图画具有了朴素简洁、概括明确的特点。通过线条之间虚实、疏密关系的对比，营造音乐的节奏和旋律，仿佛再现出真实的场景和氛围，打动人心。"（赵琼：《图画书叙事空间研究》，上海师范大学硕士学位论文，2011年，第49页）

线条分直线、曲线，一般图画用很多有棱角的线条，显得有点生硬或让人产生恐惧感，而曲线则给人带来柔和的感觉。如《野兽国》中虽然画了很多野兽，还龇牙咧嘴、张牙舞爪，却不让人觉得害怕，就是因为绘者采用了较圆润的线条，让野兽显得可爱。

四、框线方面

有些作品会用框线把画面框起来，如《野兽国》。在《野兽国》中，框线是变化的，最开始框线很小，随着主人公情绪的变化，框线越来越大，直至撑开整个页面，从而很好地表现了主人公受压抑的情绪以及情绪得以释放的过程。作品高潮部分之后的框线又越来越小，表现主人公情绪渐渐稳定，从兽性回归人性。

第四节　佳作赏析与阅读延展

一、佳作赏析

1. 鼠小弟的小背心

鼠小弟的小背心
［日］中江嘉男　上野纪子

第七章 幼儿图画书

作品赏析

《鼠小弟的小背心》是中江嘉男和上野纪子"鼠小弟系列"的开篇之作。用上野纪子的原话来说,这是一本起承转合非常清楚的图画书,它的乐趣就在于读者可以一边读,一边猜测结尾是怎样一个结局,如果被读者猜着了,那就是作者失败了。该书在版式、构图上也有大胆的突破——封面有一个绿色的边框,空白的上部写着红色的书名,下部中央是一只穿着红色小背心的淡墨色的小老鼠。进入正文,则分成了左右对称的文字页与图画页,文字页是绿底白字,而图画页依然保持了那个绿色的边框。它就好比一个舞台,铅笔画的鼠小弟、鸭子、猴子……一个个鱼贯登台亮相,为我们上演了一幕可笑而又温情的话剧。

尽管这个舞台一直保持到了最后,但我们并不觉得单调,这是因为登台亮相的演员们在一个接一个地不断发生着变化。你看,当鼠小弟站在舞台中央的时候,是那么小,不过是画面十分之一多一点的高度,而到了大象出场的时候,把整个画面都填满了,头都冲到了绿色的边框外头,让人不禁失笑。

最后一页的那幅小图,更是这本《鼠小弟的小背心》(也是整个"鼠小弟系列")中最令人拍案叫绝的一个亮点。本来故事到这里已经结束了,不是吗?舞台绿色的大幕已经拉上了,可好像突然打开了一扇小窗户似的,鼠小弟和大象出来谢幕了,只见他挂在大象的鼻子上荡起了秋千,而那秋千,正是被拉长了的红色的小背心!这可能是最完美的一次谢幕了。

当然,不能不说的还有上野纪子笔下那些人物的表情。当被人问到画图画书中的角色有什么特别留心的地方时,她回答得十分干脆:表情。就说鼠小弟吧,你看他穿着小小的红背心站在那里问你"挺好看的吧"时,多么神气啊。可当他拖着被动物们拉长了的背心,泪流满面地伤心远去时,又是多么沮丧啊。

日本儿童文学者协会编的《日本图画书100选》,把《鼠小弟的小背心》选为"日本一百本经典图画书"之一,还给了它一个恰如其分的评价:根据起承转合的法则,把鼠小弟高兴、惊讶、悲伤、放心的表情,巧妙地穿插到了绿、红、黑的单纯的色彩与构图以及登场的动物们的表情与小背心的变化之中。此外,意外的结尾中所流露出来的幽默与悲伤，让大人也爱不释手，作为图画书它取得了成功。

2. 野兽出没的地方

野兽出没的地方
〔美国〕莫里斯·桑达克

作品赏析

1963年，《野兽出没的地方》刚一出版时遭受过人们的猛烈抨击。大人们不安，是因为他们怕书里那些青面獠牙的野兽吓到孩子，会让孩子们做噩梦。然而，五十多年过去了，这本图画书不但没有吓坏孩子，反而畅销不衰，而且大人们也慢慢地喜欢起了它。

今天，可以这样说，《野兽出没的地方》已经成了被人们分析、解读得最多的一本图画书，莫里斯·桑达克已经成了被人们研究最多的创作者。作品中麦克斯因为遭到妈妈的惩罚，开始用自己狂野的幻想来进行反抗、发泄。在野兽出没的地方，他不再是一个弱者，而是成了一个发号施令的野兽之王，成了一个征服者、支配者。他命令野兽对月狂舞，还以牙还牙，让野兽们不吃晚饭就去睡觉。正是通过这种幻想中的权力，麦克斯的负面情绪得到了安抚。

通过幻想，麦克斯消解了对妈妈的愤怒，然后困倦、饥饿、心平气和地返回到真实的世界里……正是通过幻想，孩子们完成了宣泄。这是他们驯服"野兽"的最好方法。

《野兽出没的地方》被人们讨论得最多的可能就是它画面大小的变化了。第一个画面只有一张明信片大小，四周是一圈宽阔的留白，这暗示麦克斯受到了压抑。本来就压抑，再被妈妈一骂，麦克斯的情绪坏到了极点。

到了第四个画面，麦克斯开始用幻想发泄自己的愤怒，让卧室里长出了一片森林。这时，画面要比前面大出了许多。后面随着他想象力的膨胀，画面急剧地扩张。

第六个画面，就是麦克斯背对着我们的那个画面，画面占据了一整页。

第七个画面，麦克斯坐船出海，画面超出了一页。

第九个画面，当他抵达了那个群魔乱舞的幻想之国时，画面已经占据了整整两个页面。这还不够，还不是高潮，真正的高潮是第十二、十三、十四三个跨页画面，上面没有文字，幻想彻底凌驾于现实之上，麦克斯成了"众兽之王"。等狂野骚动结束之后，故事又倒了回去，于是画面开始慢慢缩小。

被人们讨论得较多的还有月亮。第三个画面，就是麦克斯受到妈妈惩罚、被关进卧室的那一个画面，窗外的月亮是一牙残月；而当他和野兽们冲着月亮膜拜、吼叫的时候，月亮已经变成了满月。如果说这个月圆之夜是麦克斯的幻想，那么又如何解释倒数第三页的那一轮满月呢？这时，麦克斯已经回到了自己的卧室，也就是现实世界。人们不禁要问了，如果这趟野兽国之旅从头至尾是麦克斯幻想出来的，那怎么会发生时间的变化呢？这不过是在一个晚上发生的事情。

《野兽出没的地方》深受孩子们的喜爱，还有一个原因就是作者故意把这群张牙舞爪的怪兽画得圆滚滚、胖嘟嘟的，它们不但不吓人，反而还可爱、讨人喜欢。难怪有一个小读者会写信给莫里斯·桑达克，问他："到底要花多少钱才能到达野兽国？如果价格不太贵的话，我和妹妹都想去那里度假。"

3. 阿罗有支彩色笔

阿罗有支彩色笔

[美国] 克罗格特·约翰逊

The short cut led right to where Harold thought a forest ought to be.

He didn't want to get lost in the woods. So he made a very small forest, with just one tree in it.

作品赏析

中国有篇童话叫《神笔马良》，讲述的是一个男孩与一支笔的故事。一个叫马良的孩子挥舞着神仙老爷爷送的笔，画了很多房子送给贫穷的人们，波涛汹涌的大海淹死了狠心的地主。这个故事曾经在我们的童年阅读中给我们留下了深刻的印象，让我们觉得那支笔真的很神奇。

"阿罗系列"也是关于一个男孩和一支笔的故事，但它的想象走得很远很远，且根本不用借助任何一个白胡子的神仙老爷爷。那个穿着连衣裤的小小的阿罗，拿着一支彩笔不停地画呀画，他是一个大大世界的主人。

"阿罗系列"中的每一个故事都是随心所欲的，这似乎跟我们习惯的思维相违背。我们总觉得一本书或一个故事应该讲一个道理或一种知识才不失为一本好书或好故事。可是，我们是否想过，正是这种过于强烈的实用理性妨碍了我们的精神走向一个高远而开阔的世界，也无情地剥夺了我们享受阅读的乐趣。

在想象力面前，这个世界的任何知识都将黯然无色。所以，请把一支笔放在孩子的手中，让他快乐地涂鸦、自由地涂鸦，让他享受创造的幸福，让他的想象蓬勃而旺盛地生长。

1. 颜色

颜色
[瑞士] 莫尼克·弗利克斯

 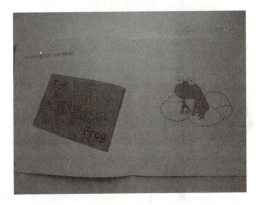

作者简介

莫尼克·弗利克斯，1950年出生于瑞士，至今已创作了40多本书。她的代表作包括"老鼠无字书系列""情人节兔"等。她以大胆、独特的风格征服了无数的读者，包括孩子和大人。莫尼克·弗利克斯的无字书共8册，包括《字母》《小船》《颜色》《房子》《数字》《反正》《飞机》《大风》。

《颜色》是一本真正有魅力的图画书，在莫尼克·弗利克斯大师的手下，这本没有一个文字的无字书散发出无穷的魅力，深深地吸引着幼儿的注意力。

当我们欣赏《颜色》这本图画书时，我们感到任何语言的魅力都无法胜过这种单纯用色彩、线条来表现故事内容的独特魅力。作者纤细与敏感的笔触流露出无限的爱意、简洁的构图和明快的色彩表现出深刻智慧，这是文字所难以表达的。相信孩子在专注地看着这本绘本时，肯定会有许多想象的空间和阅读的趣味。

《颜色》这本图画书的内容生动有趣而且具有启发性，画面布局也很简单，很适合中班幼儿尤其是刚刚接触图画书的孩子。图画书中唯一的主人公小老鼠的形象活泼可爱，它的调皮仿佛让孩子看到了自己，能使孩子产生共鸣。内容是小老鼠玩颜色的过程，简单清晰且能启发孩子大胆猜测，从小老鼠一次次的玩颜色中幼儿能够逐渐发现颜色混合后产生的变化。

这本图画书也有个意味深长的结尾。《颜色》中的小老鼠在主人家的水彩颜料盒上作了一番探索，结果把自己搞得花花绿绿，离开之前跳进水杯清洗，却忘了它那条长长尾巴末端的颜料！当画面出现小老鼠高竖着五彩的尾巴"谢幕"时，你一定会捧腹大笑的！

2. 好饿的毛毛虫

好饿的毛毛虫

［美国］艾瑞克·卡尔

作者简介

艾瑞克·卡尔，1929年6月25日出生于美国纽约州的锡拉丘兹。39岁那年，独立创作了第一本图画书《1，2，3，去动物园》，这本书获得了"博洛尼亚国际童书插画展奖"。40岁那年，创作了令他家喻户晓的《好饿的毛毛虫》。2002年12月，他的个人美术馆——艾瑞克·卡尔图画书美术馆在马萨诸塞州开馆，这也是美国的第一个图画书美术馆。

在皎洁的月光下，一个卵静静地躺在树枝上。一个星期日的早晨，太阳暖暖地照着。啪！卵破了，从里面爬出一个小小的毛毛虫来。星期一，他啃穿了一个苹果，可他还是觉得饿。星期二，他啃穿了两个梨子，可他还是觉得饿。星期三，他啃穿了三个梨子，可他还是好饿呀。星期四，他啃穿了四个草莓，可他还是饿得要命。星期五，他啃穿了两个苹果和三个梨子，可他还是很饿呀。星期六，他吃了好多，有巧克力蛋糕，有冰激凌，有夹心筒，有甜西瓜。这次他不饿了，他不再是一个小毛毛虫了，他成了一个胖嘟嘟的大毛毛虫。他围着自己造了一个叫作"茧"的小房子。他躺在里面，睡起觉来。第二天，又是一个星期日的早晨，暖暖的阳光下，茧破裂了，从里面飞出一只美丽的蝴蝶来。

3. 小蓝和小黄

小蓝和小黄

［美国］李欧·李奥尼

 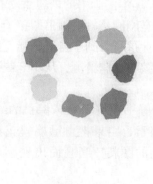

他们最喜欢玩捉猫猫，　　　　　　和转呀转呀转圆圈儿！

作者简介

李欧·李奥尼，1910年出生于荷兰阿姆斯特丹一个比利时犹太商人的家庭。尽管他开始创作图画书时已经49岁了，但他开辟出了一个图画书的新时代。《纽约时报》曾不惜溢美之词给予了他这样的评价："如果图画书是我们这个时代一种新的视觉艺术，李欧·李奥尼就是这种风格的大家。"

他的图画书获奖无数，其中，《一步一步》《小黑鱼》《田鼠阿佛》《亚历山大和发条鼠》荣获"凯迪克银奖"。此外，他还先后获得过"德国儿童文学图画书奖""德国政府最佳图画书奖"、捷克"布拉迪斯国际插画双年展金苹果奖"。

《小蓝和小黄》是一部世人公认的抽象派作品。在这本图画书里，作者完全摒弃了我们常见的具象，用一蓝一黄两个近乎圆形的抽象的色块象征两个孩子，讲述了一个关于爱与融合的故事。

4. 爱心树

爱心树

［美国］谢尔·希尔弗斯坦

作者简介

谢尔·希尔弗斯坦（1932—1999），享誉世界的艺术天才，集诗人、插画家、剧作家、作曲家、乡村歌手于一身。在他的一些儿童文学作品中，他自称为谢比叔叔，同时，他在部分卡通作品中的签名用的是S.S.。作为20世纪最伟大的图画书作家之一，他的图画书作品被翻译成30多种语言，仅美国本土的销量就超过1 800万册，全球销量超过1.8亿册。

谢尔出生于美国芝加哥，五岁开始学习绘画。1974年，《爱心树》的出版轰动文坛，一举奠定了谢尔在当代美国文学界的地位。此后几十年，该书魅力惊人，畅销不衰，累计销量超过600万册。《阁楼上的光》更是创纪录地连续182周位居《纽约时报》图书排行榜。他的图画书作品幽默温馨，简单朴实的插画、浅显的文字、淡淡的人生讽刺与生活哲学不只吸引儿童，更虏获了大人们的心。

《爱心树》是世界图画书的经典作品之一，一直是图画书世界的著名典范。这是一个由一棵有求必应的苹果树和一个贪求无厌的孩子共同组成的温馨又略带哀伤的动人故事。《爱心树》的英文"The Giving Tree"，顾名思义便是牺牲奉献的意思，但它亦是一本述说友谊的书。树并未因为男孩的予取予求而感到难过，即使后来他只剩下残干是那么凄凉孤寂，但当男孩回到他身边只求一个安静的歇脚处时，树竟是满欣欢喜地将自己奉献给他，这样的喜悦比起男孩小时在树上刻的"M.E. + T."那些甜蜜文字，更令他感到真切舒心。天才的图画书艺术家希尔弗斯坦以简单利落的线条和充满诗意又带有嘲讽幽默的文字，为各个年龄的读者创造了一则令人心醒动容的寓言——在施与受之间，也在爱与被爱之间。

5. 胖胖画画

胖胖画画

洪汛涛　文　詹同　周松生　绘

作者简介

洪汛涛（1928—2001），浙江浦江人。曾用笔名田野、田多野、了的、吕榆等。著名儿童文学作家、理论家、"神笔马良之父"。是与叶圣陶等齐名的中国"童话十佳"之一，毕生致力于儿童文学的创作研究，为儿童文学的创作与研究和为儿童文学事业的繁荣与发展作出了杰出贡献。中国作家协会会员、中国电影家协会会员、中国民间文艺研究会会员、上海作家协会理事、中国儿童文学研究会常务理事。

6. 雪狮子

雪狮子

鲁兵　文　胡永凯　绘

  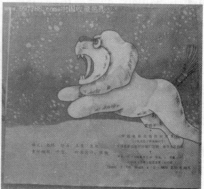

第七章 幼儿图画书

作者简介

鲁兵，原名严光化，浙江金华人。首届"韬奋奖"获得者。1946年开始发表作品。既是编辑又是儿童文学作家。曾任少年儿童出版社编审，编辑过《中国儿童时报》《童话连篇》《小朋友》《365夜故事》《365夜儿歌》《365夜谜语》等儿童读物。他还写了不少优秀作品，如《唱的是山歌》《老虎外婆》《小猪奴尼》。他还节编了古典文学作品《水浒》《西游记》《说岳全传》，改写了《小西游记》《包公赶驴》等。

7. 噼里啪啦——我要拉臭臭

噼里啪啦——我要拉臭臭

[日本] 佐佐木洋子 编绘

作者简介

佐佐木洋子，日本著名画家。1939年出生于日本青森县。美术大学毕业后，曾在设计室担任插图画家，后成为自由职业者。除《小妖怪系列童话》外，她还从事杂志插图和广告宣传等工作。

"噼里啪啦"系列丛书包括《我要拉臭臭》《我去刷牙》《我要洗澡》《你好》《草莓点心》《车来了》《我喜欢游泳》共7册，是佐佐木洋子编绘的，分别描绘孩子在刷牙、洗澡、游玩、吃点心等各种时候所碰到的问题，以风趣的方式教会他们人生的最初的知识。书中的图形不仅夸张诱人，而且采用了一些局部折叠的方式，在书页中可以不时翻开一些折叠面，看到图画内部的东西，这是很符合低幼儿童的阅读心理的。

8. 用纸杯做玩具

用纸杯做玩具
[日本] 吉田公磨

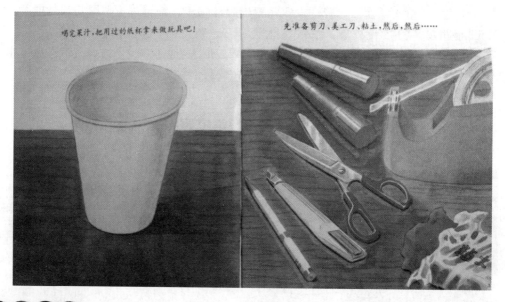

作者简介

吉田公磨是日本的一位绘本作家。其生平事迹不详。《用纸杯做玩具》既可以看作一本绘制精美的图画故事书,也可以看作一本教幼儿动手制作玩具的手工书,非常适合于幼儿教师或家长与孩子一起一边阅读一边利用废旧的纸杯制作各种玩具,能够很好地锻炼幼儿的思维能力和动手能力。

9. 食物的神奇旅行

食物的神奇旅行
[日本] 加古里子

第七章 幼儿图画书

加古里子，本名中岛哲，日本绘本作家，儿童文学作家，工学博士，毕业于东京大学工学部。1959年为福音馆写稿，从此踏上了绘本创作之路。1973年退休后，投入科学技术及教育文化方面的研究、出版和推荐工作。主要作品有"加古里子的身体科学绘本"系列（全10册）、"小达摩"系列和《乌鸦面包店》等。《你的家我的家》获日本"产经儿童出版文化奖"的奖励奖，《游玩四季》获"久留岛武彦文化奖"，《金字塔的历史与科学》获"吉村证子日本科学读物奖"。他的作品以简单亲切而具有想象力的画风著称，充满科学性的独特风格备受孩子们的喜爱。

如何对孩子进行健康教育是一个很棘手的问题。幼儿教育受制于幼儿生理、心理的发展，太过专业的健康教育图书对幼儿来说太难，很难引起他们的兴趣，而太过简单的绘本又很难做到讲解明晰、面面俱到。《食物的神奇旅行》讲的是食物如何被消化排泄的过程。如果只是一般叙述，可能会比较枯燥。作者在图画和文字上都下了一番功夫，比如用风趣幽默的语言形容肠胃是"胃袋公园"和"大肠街道"。绘图上则形象生动，拎着手提箱的各种食物、打着雨伞的面包等，让人真的觉得这是食物的一次"旅行"。

思考与实践

1. 从你熟悉的作品中，任意选择一本幼儿图画书和一幅插图作为样本，谈谈幼儿图画书与插图的根本区别。

2. 任意选择一本幼儿图画书，写出该作品的赏析。

3. 选择一篇幼儿故事，将其改编成幼儿图画书。

第八章 幼儿戏剧与幼儿影视文学

第一节 幼儿戏剧

一、幼儿戏剧的概念、特征与分类

（一）幼儿戏剧的概念

戏剧是一门综合性的艺术，以舞台表演为中心，融汇了文学、音乐、美术、舞蹈等多种艺术形式。从接受与观看戏剧的观众年龄上看，戏剧大致可分为成人戏剧和儿童戏剧。幼儿戏剧是儿童戏剧的一个组成部分，是以幼儿为对象，适合幼儿接受能力和欣赏趣味的戏剧。戏剧排演用的剧本又叫脚本，是戏剧中的文学成分，即戏剧文学。戏剧文学是戏剧的基本组成部分，为舞台提供脚本，同时也是一种可供阅读的文学体裁。

（二）幼儿戏剧的特征

幼儿阶段是人一生中可塑性最大、学习能力最强的时期。因此，对于每一项属于幼儿的活动，都要强调它的多元价值。幼儿文学的教育不是直截了当的说教，而是寓于作品形式之中，对幼儿产生潜移默化的影响。幼儿戏剧也不例外。幼儿参与戏剧性的活动或者观赏戏剧表演，可以从中学习到增进沟通与表达的技能，促进逻辑概念的养成，进而培养想象与创造能力，建立自我概念及舒缓情绪等，而这一切跟幼儿戏剧的特征息息相关。

1. 浓厚的游戏性和趣味性

幼儿非常喜欢游戏，正如高尔基所说，"游戏是儿童认识世界的方法，也是他们认识世界的工具"。幼儿戏剧不仅在内容上大多反映、表现了幼儿的游戏活动，而且在艺术上也具备了幼儿游戏的特点。幼儿戏剧之所以受到幼儿的欢迎和喜爱，正是由于它所具有的极强的游戏性，符合孩子们模仿、参与和表演的特点。幼儿戏剧的题材或取自于现实生活，或取自于幼儿的幻想世界，但无论是现实题材还是非现实题材，幼儿戏剧的体裁都要考虑到幼儿是否喜欢。幼儿戏剧的演出，实际上就是一种经过组织的、具有戏剧艺术特点的高级游戏活动。

由此可见，游戏性、趣味性是幼儿戏剧独有的艺术特征。整个戏剧表演就像一场预设的庄重的游戏活动，也是幼儿对社会生活的模仿秀。游戏中的模拟动作和驰骋想象能给幼儿带来极大的满足和快乐。因此，幼儿戏剧如果能接近于幼儿的游戏，那么，幼儿会更感兴趣，热情会更高涨。幼儿喜欢当积极的参与者而非消极的旁观者，如果剧中的游戏能让小观众一起参加，那台上、台下、演员、观众就会打成一片。幼儿既是在看戏，也是在游戏，演出气氛极好。

2. 单纯而有趣的戏剧冲突

戏剧文学以社会生活的矛盾冲突作为基本情节，戏剧冲突是戏剧反映、表现生活的基本手段，是戏剧的轴心，"没有冲突就没有戏剧"。幼儿戏剧自然也不能违背、脱离这一艺术规律。但是，幼儿戏剧中出现的戏剧冲突必须符合幼儿的年龄和心理特征，符合他们的接受能力和审美趣味。幼儿戏剧的矛盾冲突往往比较单纯，且充满儿童情趣。其表现出的特点，一是戏剧冲突由舞台形象生活经验和认识水平不足引发，如《"妙乎"回春》中的兔子眼睛红了，小猫妙乎说他得了出血病，还说小牛反刍是因为得了胃癌等；二是戏剧冲突由对立的角色引起，表现为幼儿能够理解的真假、善恶、美丑之间的矛盾冲突。幼儿戏剧一般只有一条主线，且十分鲜明。还有，因为幼儿的注意力容易分散，幼儿戏剧往往设置悬念（但不宜过多），创造出热烈紧张的氛围，这样就能自始至终地吸引幼儿。

3. 形象化、动作化的语言

戏剧主要通过台词——角色的对白和独白来塑造人物形象、推动情节发展和表达主题思想。戏剧语言要求简练、明确、口语化、性格化和富于动作化。幼儿戏剧也不例外，但它必须与幼儿的年龄特征和审美趣味相适应。幼儿戏剧不可能有大段的对话和独白，因此它的语言要求特别形象化和动作化，甚至常常用大幅度的、夸张的动作来表现人物的思想情绪和性格，让幼小观众一听就明白，留下鲜明而深刻的印象。在幼儿戏剧中，供幼儿表演和排练的戏剧要求语言自然、朴实、浅显，符合幼儿口吻，同时要生动有趣，动作感强，适合幼儿表演。人物语言可以韵文化，好记好唱，载歌载舞，充分表达孩子们快乐有趣的游戏精神。

（三）幼儿戏剧的分类

我国戏剧种类繁多，可以从不同角度加以分类。幼儿戏剧的分类与一般成人戏剧的分类大体上是一致的，但幼儿戏剧的种类比成人戏剧要多，如童话剧、木偶戏、皮影戏等，主要是给幼儿看的。幼儿戏剧的分类常见的有以下几种：

1. 从作品内容、性质和美学意义分

（1）幼儿悲剧。

幼儿悲剧主要表现主人公与现实之间不可调和的冲突及其悲惨结局。如独幕话剧《妈妈在你身边》，写台湾一个擦皮鞋的男孩被警察追赶，一个贫苦的女孩把他藏到大被单后面，避开了警察的追捕，最后，正当那男孩和女孩玩得高兴的时候，警察突然闯入，带走了男孩。

（2）幼儿喜剧。

幼儿喜剧以夸张手法讽刺丑恶和落后现象，突出这种现象本身的矛盾和它与健康、先进的事物的冲突，往往引人发笑，结局大多是圆满的。如《小孩闯大"祸"》，描写一个市长的孙子在"假如我是市长"的活动中，给市长爷爷写了一封很有建设性的信，由此引起一系列误会。胆小怕事的爸爸以为儿子闯了大祸，在真不知该怎样惩罚他才好时，护孙子的奶奶看不惯儿子的窝囊相，抄起勺子要打儿子。在三个人像卡通人物一般快速相互追打时，传来了小汽车的停车声——市长派人送来了"小市民想大事情"的锦旗。

（3）幼儿正剧。

幼儿正剧以表现严肃的冲突为主要内容，兼有幼儿悲剧与幼儿喜剧的因素，剧中矛盾较复杂，便于多方面反映社会生活。如六幕儿童剧《报童》，写周总理领导下的报童在国民党统治下的重庆勇敢机智地与敌人作斗争的故事，从一个侧面反映了当时革命地下工作者的艰辛。

2. 从容量的大小分

（1）独幕剧。

独幕剧是不分幕的小型幼儿戏剧，一般情节比较简单紧凑，人物较少，演出时间较短，故事在一个场景里演完，如《蓉生在家里》《小兔乖乖》《小熊拔牙》等。独幕剧在幼儿园里运用得比较普遍。

（2）多幕剧。

多幕剧是两幕或两幕以上的幼儿戏剧，一般人物较多，场景有变化，情节复杂，演出时间较长，如《小熊请客》《马兰花》等。由于幼儿年龄小，注意力集中的时间比较短，所以幼儿戏剧最多只能有三幕。

3. 从题材范围分

（1）幼儿历史剧。

幼儿历史剧是以历史生活为题材的幼儿戏剧。根据历史事件发生的时间，又可分为古代历史剧和现代历史剧。有代表性的古代历史剧有《花木兰替父从军》《甘罗十二为使臣》等，现代历史剧有《报童》《小小聂耳》等。历史剧以表演的方式再现历史，有利于帮助孩子了解历史，接受优良传统美德。

（2）幼儿现代剧。

幼儿现代剧是以现实生活为题材的幼儿戏剧，通常反映当代幼儿的学习和生活，因其贴近幼儿、富有时代气息而易于被孩子接受，如《"小祖宗"与"小宝贝"》《红蜻蜓》《小燕齐飞》等。

（3）童话剧。

童话剧是以幼儿想象、幻想的世界为题材，并用拟人化的形式加以反映的幼儿戏剧，如《小熊拔牙》《长腿的鸡蛋》《五彩小小鸡》《小熊请客》《"妙乎"回春》等都属于童话剧。它富于幻想，形象生动有趣，故事性强，反映现实生活，是幼儿成长必要的精神粮食。

（4）神话剧。

神话剧是以神话为题材的幼儿戏剧，如《真假美猴王》。

第八章 幼儿戏剧与幼儿影视文学

（5）科普剧。

科普剧是以幼儿未知的科学知识或科学幻想为题材，展现自然界和人类社会生活的画面，引导幼儿了解世界，培养幼儿探求未知领域兴趣的戏剧，如《南极精灵》。它是孩子认识科学世界的窗口，能引起幼儿的兴趣。

4. 从表现形式分

（1）幼儿话剧。

幼儿话剧是一种以人物的对话、表情和动作等为主要表现手段的幼儿戏剧形式，多以拟人的动物形象为角色，对话要求简明、浅显、生动、口语化，具有幼儿语言特色。如中国木偶剧团的《三只小老虎》，三只小老虎皮皮虎、迷迷虎、娇娇虎就像邻家孩子，看上去丝毫没有距离感，从剧中传递给人们温暖、真诚与感动，在人们感受欢乐、诙谐的同时，那些浅显易懂的道理也深入孩子们内心。剧中大量的互动环节，更是使小观众完全融入剧情之中，一起跟着喊、跟着叫，一起经历担心和焦虑，一起感受温暖和喜悦。

（2）幼儿音乐剧。

音乐剧，又称歌舞剧，是音乐、歌曲、舞蹈、戏剧、魔术、杂耍、特技和综艺结合的一种音乐表演。它以幽默、讽刺、伤感、愤怒等情感引发剧情，再通过演员的语言、音乐、动作以及固定的演绎传达给观众，于20世纪末成为世界最重要的表演艺术形式之一。音乐剧的特色除了在演出中有歌舞穿插的效果之外，其歌曲的旋律和舞蹈的节奏也能深化幼儿对剧中人物的印象。音乐剧中的歌词通常以韵文形式编写且浅显易懂，朗朗上口，易于幼儿接受并受到其欢迎。如台湾苹果儿童剧团的《狗狗 Lucky 历险记》，华丽的舞蹈、炫目的舞台灯光突破旧有的限制，创造了新的里程碑；加上演员现场演唱，临场感十足，更具震撼力！以歌舞剧为基质的台湾苹果儿童剧团，在每一部作品中都以和谐的方式加入各种特效、声光、影音及多媒体，使得观众在心灵与视觉、听觉上都得到同等丰富的收获。该剧团的《动物森林狂想曲》讲述的是一只森林狮子宝宝小狮王为了拯救部落、搭救爸爸大狮王，改变自己调皮捣蛋的性子，用勇敢和聪明赶走魔龙湖的可怕毒龙，获得了大家的承认。该剧的特点在于音乐和歌舞，以及一支有特色的打击小乐队，活泼的形式、绚丽的舞台吸引了孩子们的眼球。

（3）默剧。

默剧是介于舞蹈与戏剧之间的一种表演艺术。演出者基本不用语言，只以自己的形体动作，表现出不同的情绪、情节与故事，是难度较高的表演方式。20世纪70年代开始，后现代默剧在表演时大多加入说唱、道具、电脑投影等。默剧因其夸张的肢体动作和丰富的面部表情而很受孩子的喜爱，但目前以纯默剧呈现的很少见，一般是作为片段穿插在戏剧中。

（4）幼儿木偶剧。

幼儿木偶剧是用无生命的木偶来表现有生命的人和物的一种戏剧艺术。表演时，演员在幕后一边操纵木偶，一边演唱，并配以音乐。木偶戏的木偶可分为提线木偶（傀儡戏）、指头木偶（布袋戏）、杖头木偶等。幼儿园演出的木偶戏多数是指头木偶。这种木偶容易制作，而且幼儿自己也能学会使用。木偶戏可广泛利用各种剧本，只要适合木偶演出。有时木偶还可以和人同台演戏，如《一只小黑猫》中的老爷爷可以由人扮演，而小黑猫和老鼠可以使用木偶。在演出中，木偶可以表演人在舞台上所做不到的或难以做到的动作，如飞跑、钻地、腾越等。

近年来，木偶戏有所创新，如台湾偶偶偶剧团的《布！可思意的世界》，首创用"布"进行演出，演员凭借精湛的操作技巧，瞬间幻化出各种形象的角色，随着"布"一起上山下海、穿越时空，探索"布"的异想世界，将"布"的特性发挥到极致，带给观众耳目一新的感受。再如该剧团的《纸要和你在一起》，所有的"偶"都是用日常生活中的纸做成的，透过巧妙的双手和丰富的声音表情，原先简单雪白的纸片变得生动活泼。

（5）幼儿皮影戏。

幼儿皮影戏是我国别具一格的一种戏剧形式，它用羊皮、牛皮、驴皮等材料，经过绘画和雕刻，制作成生、旦、净、末、丑等皮影人物，用来表演各种戏剧故事。它的动作与唱腔配合，构成一种独特的戏剧艺术，如《大战红孩儿》等幼儿皮影戏。

（6）传统戏剧。

传统戏剧指针对幼儿设计剧本，以传统戏剧（京剧、豫剧等）表演形式为主进行的演出。如济南儿童艺术剧院的《三个和尚》，以民间皮影的典型动作、夸张搞笑的肢体语言，融入了舞蹈、戏曲武打和时尚元素，运用了民乐、名曲和京剧打击乐等，表演和造型也借鉴了武丑的形式，活泼可爱，令人耳目一新！台湾豫剧团的《钱要搬家啦》采用舞台动画剧和人物表演的形式，将豫剧和儿童动画结合，引起了小朋友对豫剧的兴趣。

二、幼儿戏剧的排演

幼儿戏剧活动是由成人引导、让幼儿亲身参与过程的戏剧行为游戏或者是直接由成人表演的戏剧行为。遗憾的是，幼儿园的幼儿戏剧排练更多的是"六一模式"，是一种典型的"时间短，见效快，有秩序"的戏剧活动。因为这类活动的目标就是在短时间里拿出一台像样的戏，所以老师（老师的价值取向对演出的结果很重要）不可能给孩子很多时间来充分发表、交流自己的意见，也不能给他们很多机会来尝试自己的想法，在这种情况下，演出活动更多的是对老师的意见无条件地贯彻，这是一种被动的促成，甚至都不是一个学习的过程。

这里主要介绍幼儿亲身参与的戏剧行为游戏，因为它是一种幼儿参与的"游戏"，所以重点在于参与的过程，而非以表演呈现为其终极目的。幼儿戏剧活动的主要精神在于游戏的过程中玩得投入、玩得愉快，让幼儿通过自身肢体及思考（身与心）的参与，从过程中得到收获与满足，在潜移默化中培养他们的人生观和价值观。

（一）选择恰当的剧本

选择剧本的主动权应该交给孩子，孩子们选择的剧本可以是成人为他们编写的，也可以是他们集体参与编写的，还可以是他们自己编写的。只有幼儿真正参与选择、改编和创作的故事，才能真实地反映他们对生活的体验和理解。在选择剧本的时候，孩子们会出现

第八章 幼儿戏剧与幼儿影视文学

激烈的争论，这时教师就需要给孩子们一定的指导建议。在给孩子们提指导建议时，需要注意几个问题：一是搭建起完美的框架，二是提供扣人心弦的戏剧线索，三是编织完整的故事情节，四是制造激烈的戏剧冲突。这样的作品才能真正引起孩子们的共鸣，得到孩子们的喜爱。

（二）分配角色

排练开始了，孩子们罗列出剧中的演员表。在分配角色时，老师鼓励每个幼儿先尝试表演某个自己感兴趣的角色，并提示他们按照自己对角色的理解来表演，强调创意，鼓励他们大胆创编台词、动作等。最初很多幼儿缺乏信心不敢演，有的甚至临场放弃。教师应不断鼓励，孩子们经过反复的尝试，会渐渐喜欢上这种能展示自己的方式。在排练过程中也有幼儿会提出一些新的角色并愿意自己承担，教师应和幼儿商量并共同完成角色分配工作。

（三）排练语言和动作

孩子们演戏和大人不同。如果把台词反反复复地告诉孩子们，让他们背诵下来，只会使台词失去活性。指导者应该重视孩子们的创作能力，让他们成为戏剧的中心。戏剧表演中的语言表达对幼儿来说是很有难度的，他们在"说"剧本的时候语言很流畅，到了表演的时候就会暂时性忽视语言，把注意焦点放在动作的表达上。开始排演时，小演员们往往感到紧张，或说话声音太低，或说话时背对观众。这些表演中的语言技巧不要强求幼儿掌握。在排练时，可以进一步让孩子们对作品进行感受、模仿、体验，在模仿中把握角色的情感、动作、语言。在这一过程中，孩子们会互相帮助设计语言和动作，甚至还会有争议，这时指导者要做好引导。

（四）布景和道具

一个好的节目离不开布景和道具等大量的幕后工作，孩子们在舞台上赢得的鲜花和掌声，自然离不开老师们台下的精心设计、制作道具和布景，而这些都与手工有关。在进行布景和道具制作时，一定要把握几个原则。一是创设要适应幼儿的特点，富有想象，形式活泼、夸张。二是整体设计要与表现主题一致。三是设计中的各个元素（立体物、平面图、装饰品、幻灯投影等）搭配要和谐统一。可以说，这是一项统一而烦琐的工作，老师们要有很清晰的设计思路和精巧的制作表现。四是设计要有时代性和区域性特点。为了保障演出顺利进行并取得良好的演出效果，要预先做一个比较详细的整体设计方案，列出本次演出的主题、布景所采用的形式、道具制作、平面效果图或者幻灯绘制等，这样有助于老师们把烦琐的工作做得井然有序，同时能较好地表现主题和区域性特点。要发挥孩子们的主体性，让他们大胆想象，自由表达。孩子们能做的就一定要他们来做，孩子们不能做的要听他们的建议并一起商量，这样的布景和道具一定会深受孩子们喜爱。

总之，在进行戏剧排练的过程中，孩子们应该是整个排练演出过程中的主角，让他们在合作中自由地、创造性地表达自己的思想、感受和愿望，这才是戏剧真正的魅力。作为教师，要善于为幼儿搭建实践、表达的舞台，提供探究、反思的机会。

第二节 幼儿影视文学

随着影视的普及与发展,影视媒介对孩子的影响越来越大,这种影响不仅停留在提高视觉艺术感知能力、丰富业余文化生活的层面上,还影响着幼儿的知识结构、行为方式、价值观念、人格修养、审美情趣乃至世界观、人生观的形成。

一、幼儿影视文学的概念与特点

(一)幼儿影视文学的概念

影视文学是指拍摄电影和电视剧所创作的剧本,也称为脚本。幼儿影视文学是指为拍摄幼儿影视片所创作的剧本,是幼儿影视创作的文学基础,是导演再创造的依据。幼儿影视要把剧本提供的文学语言转化为银幕、屏幕语言,把剧本提供的间接形象转化为视觉形象。

幼儿影视文学既要求依据电影、电视艺术的思维特点进行创作,又要符合电影、电视艺术创作规律与表现形式,还要在题材处理和形象塑造等方面考虑到幼儿的年龄特征、心理需求和审美趣味。

综上所述,我们可以给幼儿影视文学一个明晰的定义:幼儿影视文学,主要指幼儿影视剧本,是从幼儿视角出发,以幼儿为主要表现对象和接受主体,并为拍摄幼儿电影、电视服务的一种充满童真、童趣的具有独特审美价值的文学体裁。

(二)幼儿影视文学的特点

幼儿影视文学的特点主要表现在以下几点:

1. 蒙太奇性

蒙太奇是法语音译词,建筑学上的术语,意思是"装配、组接",借用在影视艺术中指影视作品由一个个镜头、场面、片段组接而成。蒙太奇性是影视剧作统摄性的特性,影视作品的这一特性要求作者在写作文学剧本时要有这种蒙太奇思维,以可以组接到一起的一系列镜头、场景、段落等构造作品。具体地说,电影剧本通常是按场景写作的,要把连贯的故事分解为一场场的人物行动和环境呈现,同时,这一场场的动作组接起来要能传达完整连贯的信息。而在每场内部,通常是一个镜头一个镜头地描写(不同于包括景别、角度、镜头运动在内的分镜头剧本),按镜头的改变分段。

2. 视觉性

影视艺术是视觉艺术。所谓"视觉性",是指剧本用文学语言所描写的形象能够体现、转化为鲜明的视觉形象,具有具体实在的形象性。苏联著名电影导演普多夫金说过:"编剧必须记住这一事实,即他所写的每一句话要以某种可见的视觉造型的形式出现在银幕上,因此,重要的不是所写的字句本身,而是他写的这些字句能在外形上表现出来,成为造型的对象。"因此,作为拍摄依据的幼儿影视文学剧本必须描写出鲜明生动、符合拍摄要求的视觉形象来。这样,幼儿影视文学在塑造艺术形象、描写环境场面时,就必须避免抽象的叙述，也不能给读者和观众留有太多的发挥想象的空间，同时还要充分照顾到幼儿的特点，尽可能塑造出鲜明可爱、富有儿童情趣的、可转化为视觉画面的艺术形象。幼儿影视文学只有具备视觉性，才能真正"影视化"，而非戏剧化、小说化。

3. 趣味性

趣味性是幼儿影视文学不容忽视的特性，是幼儿影视美学的集中体现。在大多数情况下，幼儿影视文学的趣味性体现为作品的喜剧性。在文学表现上，多采用幽默、夸张、揶揄、倒错、误会等手段。如《天书奇谭》中的县太爷一抹小花脸，小眼睛，八字胡，身形瘦小、干枯，却穿着肥大的官袍，未曾演出就已经笑料百出。《怪兽公司》中的怪兽们竟然在动画大师餐馆就餐：紫色胶冻怪急着和苏利文及搭档单眼儿麦克打招呼，一不留神踏上路旁下水道的盖儿，哧溜一下下去了；清洁工是鼻涕虫怪，他卖力地拖着地板，屁股后面一路留下了明晃晃的黏膜。《猫和老鼠》采用了猫与鼠的原型，汤姆和杰瑞之间的关系常在瞬间发生变化——化敌为友或势不两立：为敌时绞尽脑汁，互不相让；为友时，亲如兄弟，谁也不记仇。它们总是处在激烈运动之中，动作感强烈而夸张，幽默而有趣，哪怕被撞成一块饼，被冻成一块冰，被锯成两半……

4. 形象性

优秀的幼儿影视文学作品离不开成功的形象，而成功的形象必然具有鲜明的个性。正是因为幼儿影视文学作品中有了富有独特性格的人物形象，才有了我们童年记忆中那些烙着深深印记的典型人物。如《魔法阿妈》中那些千奇百怪的、富有想象力的人物形象，有行走在陆地上的巨大的鲸鱼，有被汽车压扁后还能走路的蛇，还有爸爸退休后接替他们上班的小牛头、小马面，都新颖别致，可爱有趣。特别是主要人物阿妈，她热心、活泼、乐观、古怪、拥有魔法又精力旺盛，是一位唠唠叨叨又不失童真的老太太。她在一开始与外孙的相处中，手忙脚乱，乱作一团。随着一次次事件的展开，阿妈的温情展露无遗。从陌生到慢慢地相互依赖，阿妈冷酷面具下的善良、温暖一览无余。

《天书奇谭》中的反面人物很有代表性：老奸巨猾的老狐狸婆，妖艳妩媚的女狐狸精，又笨又可爱的跟班小狐狸，对上司巴结奉承、曲意逢迎的小吏，作威作福、贪得无厌的官僚，年幼无知、任性贪玩的小皇帝……如同玩具一样的人物设定，让人忍俊不禁。里面所塑造的这些人物，大多是坏人，世态百相，讽喻现实，其阅世的深度和嘲弄的水准却非同一般，绝非停留在俗套层面上。比较典型的是县官很贪，却是孝子，这是有很深刻的现实意义的，他的结局是得到了无数个爸爸，可谓辛辣至极。片中即便是寥寥数笔，只有几个镜头的小人物，也个个跃然纸上，栩栩如生。

二、幼儿影视文学的分类

常见的幼儿影视文学样式有幼儿电影文学、幼儿电视剧文学、幼儿科教片、幼儿纪录片等。下面以幼儿电影文学中的故事片和美术片为例进行介绍。

（一）幼儿故事片

幼儿故事片是指通过演员的表演表现叙事性幼儿文学作品的影片。这类影片具有完整的故事情节，由演员饰演故事中的人物，银幕形象真实可信，适合幼儿的年龄特点、心理特征、艺术情趣和接受能力，有利于幼儿健康成长。一部优秀的幼儿故事片，通常具有鲜明的时代特点和民族特色，具有生动的人物形象、引人入胜的故事情节和完整的形式，充满了童真童趣，因而十分受小朋友欢迎。

幼儿故事片按内容可分为生活片、童话片、科幻片。生活片取材于现实，以表现幼儿生活为主，如《小鬼当家》。童话片是根据童话改编的影片，是借助于幻想的力量创造情境和形象来反映生活的影片，如《精灵鼠小弟》。幼儿科幻片大都由科幻小说改编而成，一般从今天已知的科学原理和科学成就出发，对未来世界的情境做幻想式展示，如《外星人ET》《霹雳贝贝》等。

（二）幼儿美术片

美术片是一种特殊形式的电影。美术片是中国的名词，在世界上统称animation，即动画片、木偶片、剪纸片的总称。美术片主要运用绘画或其他造型艺术的形象（人、动物或其他物体）来表现艺术家的创作意图，是一门综合艺术。美术片有短片、长片和系列片多种，题材和形式广泛多样，在世界影坛上占有重要地位，在电视领域中更受重视，为少年儿童和成年观众所喜闻乐见。美术片主要分为以下几类：

1. 动画片

动画片在英语中称为卡通（cartoon），是以绘画表现人物形象、剧情的影片，是美术片中最基础、最多的一种。动画片经过约一个世纪的发展，如今已成为一个成熟丰富的产业，世界上有很多杰出的动画家和动画导演，制作出了很多优秀的动画片。如迪士尼动画系列的《米老鼠》《爱丽丝梦游仙境》《小飞侠》《小熊维尼》等，宫崎骏动画系列的《魔女宅急便》《龙猫》《千与千寻》等，皮克斯系列的《玩具总动员》《怪兽电力公司》《海底总动员》等，还有《神奇宝贝》《海绵宝宝》《企鹅家族》《我们这一家人》《樱桃小丸子》《哈姆太郎》等。

值得一提的是，20世纪60年代中国研制成功的水墨动画片是动画片的一个发展，它吸取了中国传统画的技法，画面形象无明确的轮廓线，在宣纸上自然渲染，浑然天成，把水墨画的韵味和技法与动画电影巧妙地融为一体，一个个场景就是一幅幅淋漓的水墨画。角色的动作和表情很灵动，泼墨山水的背景豪放壮丽，柔和的笔调充满诗意。水墨动画打破了动画单一平涂的制作规范，那种虚虚实实的意境和轻灵优雅的画面，使动画片的艺术格调有了重大突破，在世界动画领域堪称一绝。如水墨动画《牧笛》色彩鲜艳，具有轻松活泼的基调。影片中牧童和水牛的形象吸取了画家李可染的绘画特点，简练而富有墨趣。影片始终传递着细腻、含蓄的情感，片中没有一句对白，完全用牧童、水牛的形象和动作来表达两者之间深厚的情感。又如水墨动画《山水情》充分发挥了中国水墨动画的特色，用高超的动画技巧将写意山水与古琴曲这两种中国古典艺术最高水平的代表完美地结合起来，把中国画的形、神、意、韵通过动画的形式表现出来，古意悠悠，意境深远，表达了人在自然中获得灵感、自然在人的艺术中升华的道理，体现了人、自然、艺术三位一体及天人合一的思想，深刻表现了人与自然融合的喜悦。

第八章 幼儿戏剧与幼儿影视文学

2. 木偶片

木偶片是以木偶表现人物形象、剧情的影片。木偶片是在借鉴木偶戏的基础上发展起来的，富有立体感。动画片中木偶一般采用木料、石膏、橡胶、塑料、海绵、钢丝和银丝关节器制成，以脚钉定位。随着科技的发展，目前也有用瓷质、金属材料制成的木偶。制作木偶使用的材料，与影片的艺术风格关系密切。1982年，中国试用陶瓷制木偶（瓷雕），创造了木偶片的新形式。拍摄时将一个动作一次分解成若干环节，用逐格拍摄的方法拍摄下来，通过连续放映而还原为活动的形象。如影片《崂山道士》中运用了木偶的制作手段。虽说木偶片在表情上有一定的局限性，但影片中导演还是很好地把握了人物肢体动作，通过戏曲动作表演、对白唱段来塑造人物，肢体动作顺畅自然，夸张到位，人物活灵活现。既具有立体电影令人身临其境的特色，又具有木偶片幽默、轻松的风格，给人以美的艺术享受。木偶片《神笔》的故事始终围绕着马良和神笔的不平凡命运而展开。影片具有强烈的传奇色彩，用浪漫主义手法塑造了天真、可爱的马良这个艺术形象。

3. 剪纸片

剪纸片是在南宋流传至今的皮影戏和民间剪纸等传统文化的基础上发展起来的一个美术电影片种。它以平面雕镂艺术作为人物造型的主要表现手段，制成平面关节纸偶。环境空间由绘制的纸和天片贴在前、后玻璃板上构成。拍摄时，将纸偶放在玻璃上，用逐格拍摄的方法把分解的动作拍摄下来，通过连续放映而形成活动影像。如剪纸片《渔童》取材于张士杰搜集的关于义和团的民间故事，表现了中国人民反抗帝国主义侵略的斗争精神，歌颂了劳动人民的勇敢和智慧。它内容健康，人物性格鲜明，充满浓厚的民族色彩和中国风格。剪纸片《金色的海螺》根据阮章竞的同名抒情长诗改编，描述了打鱼青年经过种种考验，终于与珊瑚岛上的海螺姑娘共同生活的故事。影片人物造型生动，栩栩如生，背景设计色彩优美，镂刻精细，海底珊瑚仙岛的景色尤为迷人，成功地体现了剪纸片的艺术特点和民族风格。

4. 折纸片

折纸片是美术电影的一个片种。它用硬纸片折叠、粘贴，制成各种立体人物和立体背景，采用逐格拍摄的方法逐一拍摄下来，通过连续放映而形成活动的影像。制作时，将纸片刷染成各种色调，折叠成所需的形象，串上细银丝或细铅丝作为活动的关节，再粘贴合缝，装上脚钉。动作操纵与木偶类似。折纸片不同于剪纸片，因为它的人物和背景都是立体的；折纸片也不同于木偶片，因为它的人物和背景都是用纸折叠而成的，具有轻巧、灵活、充满稚气的独特艺术特点，适合表现简短的童话故事。如《聪明的鸭子》这部童话题材的影片，讲述的是黑头、绿头、红头三只小鸭机智、巧妙地战胜小黑猫的故事。在影片中，导演虞哲光针对幼儿的心理特点，确定小鸭的造型既要稚气、可爱，又要体现出唯恐不假、唯恐不怪的不似而似的艺术特色。他从自己折叠的二百多只小鸭中，选了三只头大大的，颜色分别为黑、绿、红的小鸭作为影片的主要形象。影片中三只小鸭的动作稚气中流露出勇敢，单纯而笨拙中表现出活泼天真，十分可笑而又可爱，深受少年儿童特别是幼儿的喜欢。虞哲光的另一部折纸片《一棵大白菜》描述的是这样一个故事：小花猫在菜园里追扑蚱蜢时，不小心掘起了一棵大白菜，山羊公公错怪了小白兔偷菜，小花猫主动承认了错误，受到了山羊公公的称赞。该片采用了平面中展示立体、仿浮雕的造型风格。

第三节 佳作赏析与阅读延展

1. "妙乎"回春（童话剧）

"妙乎"回春

方园

人物 猫大夫（著名的动物医生）

小猫"妙乎"（猫大夫的儿子）

小兔 小牛 小鹅

时间 早晨

场景 "动物医疗站"。一间芭蕉叶盖的房子。墙上挂着写有"妙手回春"的横幅，猫医生的椅子像只倒放的灯笼辣椒，病员坐的是扁豆荚形的长凳。床、桌等各有特色。

〔幕启时，只见小屋外戴眼镜的猫大夫在打太极拳。远处公鸡叫，一会儿，他侧耳听听屋里，见没有动静，摇摇头，向树林跑去。不一会儿，躺着的小猫"妙乎"翻过身蒙头大睡。猫大夫回来，敲窗。〕

猫 妙乎，该起来了！唉！还想当名医呢！

妙 （又翻了一个身）呜……呜……

猫 （进门）妙乎，妙乎，这么不响啊？

妙 妙——呜！妙——呜！爸爸，您不知道我在背书吗？

猫 背书？我看你连书都不翻，还背什么书？

妙 您在家，我跟您学！您不在家，我才念书！

猫 好了，我没空和你斗嘴。我要出诊了，有谁来了你就记下来。有急事，你打电话来，号码369。

（拿起电话拨号，听筒和话筒是苹果形，柄是香蕉形）

喂，喂！嗯，没人接电话，一定病得很重，我得赶快去了。

妙 （起床坐到桌边）爸爸，您去好了。有谁来看病，我给看。

猫 你还没学会，好好看书，将来我教你。（匆匆忙忙下）

妙 （边吃东西边翻书）ABC，CBA，看书真想打瞌睡，当个医生谁不会？胡说八道信口开河！哎哟，好累呀！（伏在书上睡着）

（小兔挎着草莓篮上。）

兔 猫大夫！猫大夫！

妙 （抬起头）妙呜妙呜！（开门）喂，你是谁？

兔 我是小兔。猫大夫在吗？我请他看病。

妙 不在家。

兔　您是他的儿子吗？

妙　我不回答你。不过我告诉你，我是大名鼎鼎的妙乎医生。

兔　真的吗？我怎么没听说过？

妙　我才当医生，你当然不知道。不过，有句话你该知道。

兔　什么？

妙　人家赞扬我医术高明，是"妙乎回春"！

兔　好像只有妙手回春……

妙　不对，你记错了，我这儿有书为证。（翻书）翻不着，反正是你错了。

兔　我不跟您争了。妙乎医生，今天猫大夫不在家，请您给我看看好吗？

妙　行，小事一桩，坐下吧。（给小兔按脉，看面色）哎哟不好！你生大病啦！

兔　（吓一跳）什么什么？

妙　你生一种出血病，出血病，危险透了！

兔　（吓坏了）啊！

妙　（拿起镜子）你看，你的眼睛都变红啦！

兔　（松了一口气）我们从小就是红眼睛，我爸爸妈妈，爷爷奶奶，哥哥姐姐，弟弟妹妹……生来就是红眼睛，不是出血。

妙　生来就这样？那就是遗传性的毛病，非看不可。

兔　（糊涂了）那，那猫大夫怎么从来没讲过？

妙　（一本正经）你到底听谁的？

兔　那请您给看看吧。

妙　这是红药水，一天吃三顿，还用它滴眼睛，也是一天三次。（拿一大瓶红药水给小兔）

兔　（不敢接）红药水能吃、能滴眼睛吗？

妙　你不照照你的眼睛，都红成什么样了！坐着马上吃，马上滴！

（小兔怀疑地接过，坐着犹豫不决。小牛上。）

妙　还磨蹭什么？谁不知道我"妙乎回春"！

牛　哞——，谁的喉咙这么大呀？

兔　（如获救）小牛快来，妙乎医生让我吃红药水，还要用红药水滴眼睛。我有点儿害怕。

牛　从没听说红药水能吃呀！

妙　妙鸣妙鸣，你是谁，来这儿大发议论？

牛　哞——，我是小牛，您是医生吗？

妙　我是得过"妙乎回春"锦旗的医生妙乎！

牛　什么！"妙乎回春"？

妙　对。

（小牛反刍，胃里的草回上来，用口嚼着，没有能接话。）

妙　你怎么啦？不做声光努嘴？

牛　（咽下草）哞——，不是，刚才我胃里的东西回上来，得嚼一嚼。

妙　（拍拍小牛背）得了，又是一个病号！

牛　怎么啦？

妙　你呀，生了大病啰！

牛　什么病？

妙　吃的东西要回上来，那是胃病；经常回上来，那就是胃癌。

牛　癌？

妙　对，这非我看不可！

牛　我们从小吃东西都要回上来嚼嚼，我爸爸妈妈，爷爷奶奶，哥哥姐姐……

妙　得了，跟小兔一样，遗传的病。你可得开刀才行！要不半路上倒下去，我可不会救啰！

牛　（害怕地）那我怎么办呢？

妙　躺在那床上去，我来磨刀，给你做手术。

（妙乎拿起一把大菜刀，在门坎上磨起来。小鹅上。）

牛　（慢腾腾躺上去）真害怕呀！怎么拿菜刀给我动手术……

兔　（坐立不安地）真害怕呀！红药水吃下去肚子不疼吗？

鹅　（鞠个躬）吭——，请问，谁在里面叫害怕？

妙　（抬起头）是小兔小牛，我给他们治病。喔，你也是来看病的？

鹅　我没生病。

妙　不，很明显，你生了大病。

鹅　（镇静地）什么大病？

妙　脑瘤。脑子里的瘤都长到外面来了！非开刀不可！

鹅　（笑）吭吭吭，我们生来就这样……

妙　那你和他俩一样，得了遗传病。

鹅　（继续笑）吭吭吭，你这样的医生我也会当。

妙　乱讲！我可是得了"妙乎回春"的锦旗的！

鹅　吭吭吭，只有妙手回春，没有"妙乎回春"！

妙　你们三个都一样地读白字！

鹅　（端详着他，灵机一动）好吧，就算你对。（看看发抖的小兔、小牛）不过，我也学过一点儿医，我看你也生了大病。

妙　（有点儿紧张）别骗人！我生了什么病？

鹅　吭——，你生了未老先衰病。

妙　（不明白）怎么讲？

鹅　你小小年纪就衰老得不行了，不医好马上得完蛋。

妙　（更紧张，凑近他）你，你有什么根据？

鹅　自然有。（拿起镜子给他）你自己瞧瞧，瞧你的胡须有多长！

妙　（照着）胡须？这胡须一生下来就……

牛　（疑问地）哞——，那也是遗传病？

妙　啊！我？

鹅　是吧？你爸爸妈妈，爷爷奶奶，姐姐哥哥，弟弟妹妹，生下来都有胡须……

妙　（害怕起来）难道我也是遗传病，那我当不了名医了！妙呜呜呜……（哭起来）

鹅　（推推小兔小牛）有一个办法可以治好。

（这时猫大夫回来了，在门外挂着手杖听）

妙　只要能救我，用什么办法都行。

鹅　我先问你：小兔和小牛到底得了什么病？

妙　天知道他们生什么病。

兔　你不是说我生了出血病，眼睛都变红了吗？

牛　哞——，不是说我得了胃癌，走不到家半路就会倒下去吗？

妙　我是随便说说。

牛　哞——，随便说说？我差点儿没让你用菜刀宰了！

兔　嘿，我差点儿没把红药水吃掉！

鹅　（笑）吭吭吭，他俩没病，你倒是真有病啊！

妙　（又紧张起来）怎么办？

鹅　小兔小牛帮个忙。（拿出一根细绳，在墙上一个铁环中穿过，一头交给小兔小牛，另一头拿着）来，"妙手回春"大夫，把胡须结在这一头，拉它七七四十九次，胡须掉下来就好啦！

妙　不疼吗？

鹅　有一点儿，可是要病好哪。（用绳子扎住他的胡须）

兔、牛　（开心地用力拉）嗨哟，哞——

妙　（怪叫）哎哟！妙——乎！妙——乎！妙——乎！……

鹅　（一本正经）一下、两下、三下、四下……

妙　哎哟，哎哟，哎哟哟！（全身跟着绳一上一下）

兔、牛　哈哈，哈哈！

妙　（忍不住）几下啦？

鹅　十三，十四，十五……妙乎大夫，还有二十几下就行啦！

妙　什么大夫不大夫，我连书都没好好看过一本。（把绳子从胡须上取下，抓起电话拨号）369，喂喂！

（猫大夫出现在门口。）

兔、牛　猫大夫好！

妙　爸爸！您可回来了……

猫　我早就在窗外边，瞧你吹得晕头转向的！（搂住小鹅肩）孩子，你今天帮助了妙乎，我谢谢你，也谢谢小兔、小牛！（小动物们摇头表示不必）

妙　爸爸，（摸摸胡须羞愧地）我今后一定老老实实学习，不吹牛了！

鹅　到时候啊，我送你一面锦旗，就写上"妙手回春"四个大字！

（众笑。幕落。）

作品赏析

《儿童时代》杂志为庆祝创刊三十周年举办了一次儿童独幕剧征文,编辑部曾收到来稿五千多篇,最后评出二十五篇得奖作品。方园的《"妙乎"回春》是三篇获一等奖的作品之一。

《"妙乎"回春》是幼儿十分喜爱的童话剧之一。该剧因寓思想于有趣的故事之中而大获成功。作者巧妙地利用小猫、小兔、小牛、小鹅等动物的特性与孩子们所掌握的常识的矛盾,进行合理的想象和精心的构思,使全剧充满喜剧色彩,波澜起伏,妙趣横生。剧本内容反映的是一个爱吹牛的小猫妙乎,自以为懂得医道,一连出了好几个洋相,最后,聪明的小鹅巧施妙计,才使小猫认识了自己的缺点并下决心改正。该剧剧本戏剧性较强,情节发展有起有伏、波澜叠起。起初,按照妙乎医生的诊断,小兔要喝红药水,小牛需上手术台开刀。正在这紧要关头,小鹅来了,虽然它也被错判为生了脑瘤,但小鹅机智地抓住妙乎把"妙手回春"当成"妙乎回春"的错误,化被动为主动,反给妙乎治起病来了。通过有趣的诊断和观察,终于查出了妙乎不老老实实学习的大毛病。

作者善于把人物置于戏剧冲突的中心,围绕人物个性特点展开剧情,是创作成功的根本原因。小猫妙乎信口开河地说小兔、小牛、小鹅这个病了,那个病了,它编造的那些病症与幼儿已知的动物生理特征形成矛盾,暴露出妙乎不懂装懂、自以为是的缺点。小鹅以子之矛攻子之盾,说妙乎得了未老先衰病,要拔掉胡须才能治好。这是用游戏方式来解决戏剧冲突,符合幼儿的审美趣味。

剧本中的台词极富个性化,特别是妙乎这日常生活中唤猫和猫叫的声音,且"乎"与"手"又字形相近,因此小猫把"妙手回春"当作"妙乎回春"既显得合理,又渲染了妙乎的不懂装懂和骄傲自大。

此外,作者在运用拟人化手法的同时,还注意到了不同动物的特性,如小兔的眼睛是红的,牛的反刍的习性,鹅的头上有肉瘤和小猫有胡须。这一切都使剧中人物显得更加真实,趣味十足。

2. 小熊请客(小歌剧)

小熊请客

包蕾

第一场 在树林中

〔太阳透过树丛,照射着绿油油的草地,草地上开着各种颜色的野花,树上的小鸟快活地叫着。一阵怪里怪气的音乐声中,狐狸顺着林中小路一颠一拐地走了过来。〕

狐狸 我的名字叫狐狸,

一肚子的坏主意,

人人见我都讨厌,

说我好吃懒做没出息。

(他抬头看了看太阳)

太阳升得高又高,

162

第八章 幼儿戏剧与幼儿影视文学

肚子里还没吃东西。

（白）唉！真倒霉！到现在连一点吃的还没弄到手，饿得我两条腿一点劲都没有了，我还是先在大树背后歇一会吧！

（狐狸靠着大树懒懒地眯上了眼睛）

〔一阵轻快的音乐由远而近，小猫提着一包点心，连唱带跳地跑了过来。〕

小猫 （唱第一曲"到小熊家里去"）

喵喵喵，

真呀真快活，

今天过节，小熊请客。

我们到他家里去，

又吃又玩又唱歌。

喵喵喵，喵喵喵，

真呀真快活！

〔狐狸听见小猫的歌声，就从树后跳了出来。〕

狐狸 喂！小猫咪！你到小熊家去吗？带我一块去吧！

小猫 你？

（唱第二曲"我才不带你！"）

狐狸，狐狸！

你没出息，

你自己不做工，

还想白白吃东西。

我呀，哼！

我才不带你！

（小猫头也不回，连蹦带跳地渐渐走远了。狐狸看着小猫的背影气呼呼地骂了起来。）

狐狸 哼！真气死我啦！小猫咪真是个坏东西！（他伸了伸懒腰，打了个哈欠。）唉！我还是在这儿躺一会吧！

〔狐狸靠着大树，两眼刚刚眯起来，远远又传来一阵愉快的音乐。小花狗带着给小熊的礼物，蹦蹦跳跳地跑来了。〕

小花狗 （唱第一曲"到小熊家里去"）

汪汪汪，

真呀真快活，

今天过节，小熊请客。

我们到他家里去，

又吃又玩又唱歌。

汪汪汪，汪汪汪，

真呀真快活！

〔狐狸等小花狗走近了，又从树后跳了出来。〕

狐狸　小花狗！你今天打扮得真好看，上哪儿去呀？

小花狗　今天过节，我到小熊家去玩！

狐狸　小花狗，你带我一块去吧！

小花狗　你？

（唱第二曲"我才不带你！"）

狐狸，狐狸！

你没出息，

你自己不做工，

还想白白吃东西。

我呀，哼！

我才不带你！

（小花狗瞪了狐狸一眼，蹦蹦跳跳地走远了。）

狐狸　哼！小花狗也是个坏东西！我还是在这儿再歇一会吧！

〔狐狸又伸了个懒腰，垂头丧气地靠在树背后。这时远远传来了小鸡的歌声。〕

小鸡　（唱第一曲"到小熊家里去"）

叽叽叽，

真呀真快活，

今天过节，小熊请客。

我们到他家里去，

又吃又玩又唱歌。

叽叽叽，叽叽叽，

真呀真快活！

〔狐狸又从树后跳了出来，满脸含笑地迎着小鸡走过来。〕

狐狸　哎呀呀，亲爱的小鸡呀！我简直都不敢认你了！你今天打扮得多么漂亮，你这是上哪儿去呀？

小鸡　今天小熊请客，我到小熊家去玩！

狐狸　这可太好了！我们可以在一块儿好好地玩玩啦！我跳舞给你看，（狐狸把两眼眯成一条缝，声音特别柔和地）小鸡，你带我一块去吧？

小鸡　（上下看了狐狸一眼）你？

（唱第二曲"我才不带你！"）

狐狸，狐狸！

你没出息，

你自己不做工，

还想白白吃东西。

我呀，哼！

我才不带你！

（小鸡也是连头都没有回一下，就一跳一跳地走远了。狐狸可真气死了，他看着小鸡的背影，狠狠地骂起来。）

狐狸 哼!又是一个坏东西!(想了想)好哇,你们不带我去,我自己去。到了小熊家,我就把好东西一口气都吞进肚子里,你们等着吧!

(狐狸眨了眨眼睛,舔了舔舌头,一颠一拐地朝小熊家走去。)

［音乐也随着渐隐下去,幕落］

第二场 在小熊家里

［在一间用石头堆起来的屋子中间,放着一个木桌,四个小木凳,桌上摆着小熊给小朋友准备好的小鱼、肉骨头和小虫子。一盆开得非常好看的红花放在桌子中央。］

小熊 (唱第三曲"朋友来了多高兴")

把地扫干净,

桌子凳子擦干净,

朋友来了多高兴,多高兴,

啦啦啦,啦啦啦,

朋友来了多高兴呀多高兴!

［嘭嘭嘭,响起了敲门声。］

小熊 谁呀?

小猫、小花狗、小鸡 是我们!

［小熊高高兴兴地跑过去把门打开,亲切地把伙伴们让进来,又把门关好。］

小熊 (唱第四曲"欢迎曲")

欢迎你们,欢迎你们,好朋友,欢迎你们来做客!

这里有骨头、小虫和小鱼,随便吃点儿别客气!

［在欢乐的音乐声中,大家把给小熊带的东西放下,围在一起高兴地吃起来。忽然响起了几下重重的敲门声。］

小熊 谁呀?

狐狸 快开门,我是大狐狸!

小熊 (惊讶地)哎呀!原来这个坏东西来了!

［门敲得更厉害了。］

狐狸 快开门!把好吃的东西都拿出来!

［大伙很快地凑在一块儿,小鸡小猫不停地问:"怎么办?""怎么办呀?"］

小熊 (低声地)别急!我有办法啦!

小鸡 快说呀!

小花狗、小猫 什么办法?快说!

小熊 我盖房子的时候,还剩下好些石头,我把它分给你们。等一开门,咱们就一块拿石头扔他!

小花狗、小猫、小鸡 好,快点!

［小熊很快就把石头分完了。］

小熊 (轻声地)好了吗?……我去开门。

［门"吱呀"一声开了,狐狸一步就跨进了门。］

狐狸 快把好吃的东西拿来，别惹我生气！
小花狗、小猫、小鸡、小熊 好吧！给你！给你！给你！
［大伙儿一面喊着，一面把石头狠狠地朝狐狸扔过去。狐狸抱着头，狼狈地叫起来。］
狐狸 哎哟，哎哟……疼死我了！……快点逃走吧！……
（狐狸夹起尾巴，想夺门逃走。他猛一转头，一下子碰在石头墙上，疼得他倒退了两步，才看准门口，一溜烟跑了出去。）
［紧接着响起一阵快乐的笑声。］
小熊 现在咱们大家可以好好玩玩啦！
［大家一边唱歌一边跳舞。］
（唱第五曲"赶走大狐狸"）

啦啦啦啦啦啦啦！
啦啦啦啦啦啦！
赶走大狐狸！
心里多欢喜！
跳起舞来唱起歌，
高高兴兴来游戏！
啦啦啦啦啦啦啦！
啦啦啦啦啦啦！

［欢腾的尾声音乐清脆地响了起来……幕慢慢地落下来。］

作品赏析

这是一出脍炙人口、深受几代孩子青睐的童话剧。剧本的情节很单纯：爱劳动的小猫、小花狗、小鸡在去小熊家做客的路上，分别遇到懒而馋的狐狸，并先后拒绝他也要去做客的要求；当小动物们礼貌地来到小熊家，并受到主人殷勤招待时，狐狸蛮横霸道地闯进屋，要吃掉所有的好东西，最终被小动物们齐心协力地用石头轰跑。由于作品采用游戏性质的方式表现角色之间的矛盾冲突，整出戏便纯净明快、气氛热烈，充满浓郁的幼儿情趣。其中，情节的两处反复，小动物们和狐狸到小熊家的不同言语造成的对比，加上朗朗上口的台词，极富个性的音乐和对狐狸的脸谱化处理，使角色性格鲜明，能让幼儿加深印象、加强记忆，让他们在享受游戏快乐的同时受到思想教益。

本剧以广播剧形式问世，后以舞台形式直接面向小观众，同样具有极强的吸引力。

3. 回声（话剧）

回声
[日本] 坪内逍遥

［对面是高山，山旁一户农家，一个孩子和母亲到这里过暑假。］
大郎（五六岁。高高兴兴地跳出来） 真高兴！真高兴，妈妈叫干的活都干完啦，这回光剩下玩啦。（说着，高高兴兴地，这儿那儿地跑跳着）
大郎 万岁！万岁！
［山那边响起了回声。］

回声 万岁！万岁！

〔大郎吃了惊，奇怪地望着。〕

大郎（自语） 哎呀！这是谁呀！
（大声地） 谁在那儿？

〔山那边重复着。〕

回声 ……在那儿？

大郎（自语） 哎呀！山那边也问啦！（大声地）你是谁呀？

回声 你是谁呀？

大郎 我呀，是大郎！

回声 我呀，是大郎！

大郎 我才是大郎哪！

回声 我才是大郎哪！

大郎 不！你不是大郎！

回声 不！你不是大郎！

大郎 是大郎！

回声 是大郎！

大郎 哎呀！你真讨厌！

回声 ……呀！你真讨厌！

大郎 讨厌！

回声 讨厌！

大郎 去你的！

回声 去你的！

大郎 你！小狗。

回声 你！小狗。

〔妈妈从窗里探出头来。〕

妈妈 大郎！你跟谁那么粗声粗气的……

大郎（要哭的样子）妈妈！山那边有个坏孩子，净这个那个的学我。

妈妈 那，你跟他说什么啦？

大郎 我跟他说："讨厌！去你的！小狗！"

妈妈 你好好跟他说说试试，他也就跟你好好说啦。可别像刚才那样粗声粗气的啦！啊？

〔妈妈缩回头〕

大郎（向山那边） 噢依……！

回声 噢依……！

大郎 别生气啦！刚才我不对啦！

回声 别生气啦！刚才我不对啦！

大郎 咱俩做朋友吧。

回声 咱俩做朋友吧。

大郎 你来这儿玩吧。

回声 你来这儿玩吧。

大郎 到这儿来!

回声 到这儿来!

大郎 我过不去!

回声 我过不去!

大郎 那!咱们就这样说说吧。

回声 那!咱们就这样说说吧。

大郎 行吗?

回声 行吗?

大郎 好吧。

回声 好吧。

[妈妈又从窗口探出头来。]

妈妈 大郎,吃饭啦,快回来吧。

大郎 唉!(向山那边)我吃饭啦,不说啦!

回声 吃饭啦,不说啦。

大郎 再见。

回声 再见。

妈妈 大郎!快点呀,你还在那儿磨蹭什么哪!

大郎 妈妈,刚才我照你说的那样,和和气气地跟他说话,那孩子就跟我好啦。

妈妈 嗯,你看是不!你跟人家好好的,人家也跟你和和气气的吧?可得好好记住点。来吧,来吧,快回来吧。

作品赏析

《回声》是比较典型的幼儿话剧。剧本的构思十分奇特,台上的主要演员是一个五六岁的孩子和看不见的角色——回声,还有一个是只从窗户探了两次头的妈妈。它抓住幼儿不能理解山谷回音,却以为山那边也有人在说话的现象,巧妙地设置了大郎与山谷回音的戏剧冲突,使一种生活哲理和山谷回音的知识,尽在这情趣十足、耐人寻味且富于艺术感染力的作品中得到生动的显现。回声是一种普通的物理现象,大郎却把它当成了一位小朋友。他好奇地与之"对话",发现对方老是顶嘴,因而被激怒,这就产生了矛盾冲突。他说话越来越粗声粗气,冲突也不断升级。其实大郎与回声的冲突是由他要求别人说话和气有礼貌,而自己并未如此对待别人造成的。当他在妈妈的启发指点下,以友好的语气说出承认并克服自己缺点的话时,矛盾也就自然缓和、解决了。大郎才五六岁,不明白回声是怎么回事,于是对神秘的回声感到好奇,便产生了乐趣。正是因为这样,整出戏才充满幼儿情趣。

本剧的台词十分生活化、幼儿化,完全是幼儿稚气的口吻,且简练朴实,亲切直白,概括了待人接物的基本道理,很好地体现了幼儿话剧的语言特色。

4. 五彩小小鸡（木偶剧）

五彩小小鸡

孙毅

人物 母鸡

小鸡：红红、黄黄、白白、黑黑

灰鼠

棕鼠

老鹰

幕启 春天，草地一片新绿，鸟儿欢快鸣叫。布谷鸟叫着"布谷、布谷……"

［母鸡"咯……"着急地抱着一捧干草来到草地上。她来回看着，终于选到了一块合适的地方。她先用爪扒地，再将干草铺成一个草窝。她左看右看，十分满意地拍着翅膀奔下。］

［一会儿，母鸡抱来了一只粉红色的蛋放在草窝里，她又一次一次地抱来了浅黄、浅蓝、奶白色的蛋，依次放在草窝里，排成一行。而后，母鸡含着木炭在红蛋上画个"1"字，蛋里发出"哆哆"的音调；又在黄蛋上画个"2"字，蛋里发出"来来"的音调；又在蓝蛋上画个"3"字，蛋里发出"咪咪"的音调；又在白蛋上画个"4"字，蛋里发出"发发"的音调。母鸡将四只蛋摆成正方形，跳进草窝，蹲在蛋上孵着。她朝左右两边看了看，用嘴将露出身外的一只蛋向里面拨了拨，见四只蛋全在她的身底下了，才放心地闭起了眼睛。］

［母鸡突然"咯咯——大……"地叫了起来。当她从鸡蛋上跨出草窝时，兴奋地对着刚生下的比其他四只蛋更大的彩色蛋，"咯咯——大，咯咯咯——大……"大叫起来。］

［母鸡又含着木炭在彩色蛋上画了个"5"字，唤着"索索"，同时将这彩色蛋安排在四个蛋的中间。］

［母鸡又跨进草窝，像闭目养神似的孵着。］

［一只灰鼠贼头贼脑地探出头来，母鸡睁开眼，灰鼠就逃了。另一边，一只棕鼠伸出头来，母鸡一扭头，棕鼠也逃了。母鸡不安地动了动身子，刚坐稳，就"咯咯……"惊叫着跳出草窝。一声"少少……"音传出，只见那彩色蛋头上伸出两只鸡脚来，朝天乱蹬着。突然，那彩色蛋"骨碌"一声，头朝上，脚朝下地倒了过来，两只鸡脚一着地，就顶起彩色蛋壳跑了。母鸡要捉他，他在四只蛋当中逃来逃去，和母鸡捉起迷藏来了。最后还是让他逃脱，一溜烟不见了，母鸡急得"咯……"地追去。可刚追几步，又停下来，她衔来一根绳子将四只蛋围捆起来，这才放心地去追。一会儿又转回来走到台口。］

母鸡（对台下的观众）小朋友们，请你们帮帮忙，替我看好我的红红、黄黄、蓝蓝、白白四个小宝贝……好不好？

观众 好——

母鸡 要是有谁来偷蛋，请你喊"鸡妈妈……"我就来了，谢谢你们，再见了……（奔下）

［一会儿，草窝里突然钻出灰鼠，它嗅了嗅鸡蛋，又推了推，因为四只蛋捆在一起，它推不动。］

观众 （喊）鸡妈妈……

［灰鼠一听小观众的喊声，马上逃了。过了一会儿，灰鼠带着棕鼠又来了。］

观众 （又喊）鸡妈妈……

［灰鼠迅速站起身咬断了捆蛋的绳子。绳子一断，四只蛋散开了，灰鼠向红蛋一扑，抱住蛋，向后一仰，四脚朝天地抱住蛋，棕鼠拖着灰鼠尾巴就跑。］

观众 （更着急地喊）鸡妈妈……

［母鸡抱住彩色蛋跑来，那彩色蛋的两只小鸡脚还拼命蹬呢。母鸡听见小朋友急叫着也慌了。］

母鸡 （问小朋友）出了什么事啦？

观众 老鼠……偷蛋……

［母鸡见两只老鼠正拼命地在拖蛋，急忙放下彩色蛋"咯……"地去追老鼠，可是一回头彩色蛋又跑掉了，母鸡想去追彩色蛋又止步，还是去追老鼠，两只老鼠被母鸡啄得丢下蛋狼狈而逃。］

［母鸡将红蛋抱进草窝。点着红、黄、蓝、白四只蛋，同时发出"哆、来、咪、发"四个音。］

母鸡 （问小朋友）哎呀，我的第五个小宝贝往哪儿跑的呀？我忘啦！

观众 （指着彩色蛋跑的方向）那儿……

母鸡 哦，谢谢你们，谢谢……

［彩色蛋从另外一面跑上，灰鼠与棕鼠追来。彩色蛋跑到红、黄、蓝、白四只蛋前后左右躲着，两只鼠围着蛋追。灰鼠忽然不跟着棕鼠围着四只蛋追彩色蛋了，它掉转头与棕鼠包抄彩色蛋。彩色蛋正受着灰鼠与棕鼠的两面夹击，这时，红蛋与黄蛋突然分开，彩色蛋急忙挤到红黄蓝蛋的中间。五只蛋紧紧挨在一起，没有空隙。］

观众 （又不断喊）鸡妈妈……

母鸡 怎么啦？……

观众 老鼠……又来了……

［母鸡正要赶上去啄鼠，两只鼠早就溜掉了。］

母鸡 （伤心地哭了）我的第五个小宝贝不见了……

观众 来了……他来了……

母鸡 哦，哈哈！（看见彩色蛋回来了）别跑，别再跑了，老鼠会把你吃掉的。

［母鸡又跨进草窝，在蛋上孵了起来。］

［在"哆哆"音乐声中，红蛋从母鸡身底下滚出来，蛋壳破裂成两片。］

母鸡 红红，我的小红红。

红红 妈妈……

［在"来来"音乐声中，黄蛋从母鸡身底下滚出来，蛋壳头上破裂了，小黄鸡伸出头来。］

母鸡 黄黄，我的小黄黄。（用嘴将蛋壳啄成两半）

黄黄 （从蛋壳里跳出来）妈妈……

［在"咪咪"的音乐声中，蓝蛋从母鸡身底下滚出来，蛋壳头上破了个洞，小蓝鸡伸

出头来。蛋壳底下也破了个洞,小蓝鸡伸出脚来。红红拉蓝蓝的头,黄黄拉蓝蓝的脚,拉不出来。]

母鸡 哎!别拉,别拉!(将蛋壳啄破)

蓝蓝 (从蛋壳里出来了)妈妈……

母鸡 蓝蓝,我的小蓝蓝!

[在"发发"的音乐声中,白蛋从母鸡身底下出来了。白蛋头上破了个大洞,伸出了小白鸡的头,红红连忙去拉白白,黄黄拉红红,蓝蓝拉黄黄,拉呀拉呀,像拔萝卜似的将白白拉出了蛋壳。]

母鸡 ……白白,我的小白白!

白白 妈妈……

[红红、黄黄、蓝蓝、白白围着草窝里的母鸡,"叽叽叽叽……"一面叫着,一面转圈子欢舞着。]

母鸡 咯咯咯咯……(跳出草窝,左看右看,看不见彩色蛋,叫着)小五,小五呢?

[小鸡们带着母鸡将草窝拆散了,也找不到彩色蛋。]

母鸡 怎么不见了?

小鸡 (叽叽喳喳)怎么不见了……

[突然远处发出"索索"的声音。]

母鸡 (昂首眺望)在那儿,在那儿。(对小鸡们)孩子们,快来快来……

[母鸡冲下,小鸡们飞也似的跟着奔下。]

[彩色蛋靠着他两只小鸡脚顶着蛋壳逃上。灰鼠和棕鼠在后面追着,跑了个圆场;灰鼠、棕鼠两面夹攻,从左右两边抱住了彩色蛋。]

观众 鸡妈妈……

母鸡 (奔上)来了,来了!(对准灰鼠的左眼啄去,灰鼠痛得"吱吱"叫,捂着左眼逃下)

[几乎同时,小鸡们咬住了棕鼠的尾巴,棕鼠想逃也逃脱不了。母鸡奔来,"咯咯……"对准棕鼠的尾巴猛地一啄,啄断了棕鼠的尾巴,棕鼠没命地逃跑了。]

小鸡 (举起棕鼠尾巴,胜利地叫着)叽叽叽叽……

母鸡 (用脸去贴了贴彩色蛋)我的第五个小宝贝。啊呀,一点暖气都没有了,怎么出得来呢?

[小鸡们都围在彩色蛋的周围,用身体去温暖彩色蛋。]

[母鸡也去抱住彩色蛋温暖着他,蛋里发出"叮咚叮咚……"的响声,那蛋头上像橡皮球似的一动一动地鼓了起来,又瘪了下去。]

母鸡 他想出来了,他想出来了!(对彩色蛋)谁叫你老是跑呀跑的,把暖气都跑掉了,出不来了吧!

小鸡 妈妈……我们帮帮他,帮帮他……

母鸡 对,应该帮助他。

[小鸡们围着蛋壳啄着,一阵"叮叮,咚咚,叮叮,咚咚……"还是啄不开。]

小鸡 (求救似的)妈妈……

母鸡　好，我来，我来。（用嘴猛啄着蛋壳上端，只听"咚咚咚"三下，蛋壳破了个大洞）

　　［彩色蛋里冒出个小黑鸡的头，又连忙缩进去了。］

　　母鸡　（温和地）出来吧！别怕难为情了！

　　小鸡　出来吧，出来吧！别怕难为情了！

　　［在"索索"的音乐声中，小黑鸡害臊地捂着脸慢慢地从彩色蛋壳里伸出头来。母鸡和小鸡们帮着掰开蛋壳，原来是只又瘦又长的小黑鸡。］

　　母鸡　黑黑，我的不听话的小黑黑。

　　黑黑　妈妈……（难为情地捂着脸）

　　母鸡　下次可别一个人跑了。现在你长大了，老鼠不敢碰你了，你瞧你有尖尖的嘴巴，尖尖的脚爪，可是你碰到老鹰就……

　　［母鸡话没说完，一声唿哨，从空中扑下了一只老鹰。］

　　母鸡　老鹰来了，快躲到我身后。

　　［红红躲在母鸡身后，黄黄躲在红红身后，蓝蓝躲在黄黄身后，白白躲在蓝蓝的身后，黑黑躲在白白的身后。］

　　［母鸡"咯咯……"地扑开翅膀护着小鸡，和老鹰对峙着。］

　　［老鹰突然扑向母鸡，母鸡便张开翅膀一面后退，一面"咯咯……"地大叫着。］

　　［老鹰忽然也后退了，当母鸡朝前冲时，老鹰来了个急转身，向最后的黑黑扑了过去。母鸡急忙过去拦阻。老鹰还是紧追不放，母鸡和小鸡被逼得几乎跑成了个圆圈。］

　　［老鹰又突然转身，从另一边追最后的黑黑。母鸡领着小鸡几乎又跑成一个圆圈的时候，老鹰又突然转身追着黑黑。母鸡又反过去拦阻老鹰时，老鹰趁黑黑还没来得及跟着鸡队伍转过去，就突然闪电似的转身扑向黑黑。黑黑吓得离开了队伍跑到观众席里，躲在一个小朋友身后，老鹰向远处飞去。］

　　母鸡　黑黑……

　　小鸡　黑黑……

　　［观众席里突然有个小朋友，他胸挂冲锋枪，向小观众大声呼吁着。］

　　小朋友　小朋友们，我们帮助母鸡打老鹰好吗？

　　观众　好！

　　小朋友　老鹰来了我们就"哒……"（用手装着打枪的样子）

　　［一声唿哨，老鹰飞来了。］

　　母鸡　（提醒）老鹰又来了！（小鸡们钻进母鸡的双翅下躲着）

　　小朋友　（一声令下）打，打！

　　观众　（都用手装成枪，瞄准老鹰）哒……

　　［老鹰在空中受到小朋友的枪击，忽上忽下躲闪着。］

　　［老鹰飞到观众席里扑向黑黑。］

　　［观众群情激昂，举起手装成枪瞄准老鹰。］

　　［当老鹰又飞起的时候，观众席突然站起一个或两三个小朋友，举起会喷火的冲锋枪"哒……"地向老鹰打去。老鹰应声落地。］

〔台上台下一阵欢呼。〕

母鸡　谢谢小朋友……（突然大叫起来）啊呀，我的黑黑呢……

〔黑黑在一个小观众身后叫着："妈妈，我在这儿呢！"〕

母鸡　在哪儿呢？

小鸡　在这儿呢！（指着台下）

黑黑　（从观众席里难为情地出来，跑上舞台）我在这儿呢。

母鸡　对对，不能离开大家，快谢谢小朋友呀！

黑黑　谢谢小朋友。

观众　不谢！不谢！

〔幕在"谢谢小朋友"和"不谢，不谢"的欢快声中落下。〕

〔下面是开场语结尾贯穿用的歌词：

　　　　　红黄蓝白黑，
　　　　　五彩小小鸡，
　　　　　团结在一起，
　　　　　永远不分离！〕

作品赏析

本剧很有"戏味儿"，戏剧冲突既紧张又单纯，既激烈又有趣。全剧围绕五色蛋及小鸡们的命运设置悬念，编排情节，可谓一波三折。先是母鸡孵蛋护蛋。彩蛋最早破壳却最后钻出来。他不听鸡妈妈的话，跑了三次，差点儿被老鼠抱走。随后是母鸡护小鸡。老鹰三次俯冲，在关乎小鸡们的生死搏斗中，黑黑又首当其冲。直到老鹰被击落，小观众才松了一口气。剧中的矛盾并不复杂，造成冲突的老鼠偷蛋、老鹰抓小鸡不过是孩子们熟悉的游戏。让小朋友直接参加表演，台上台下融为一体，造成热烈欢快的气氛，产生鲜明而强烈的艺术效果，幼儿完全能够理解和接受。

值得一提的是，作品台词少，舞台提示语言占了相当大的篇幅。作为剧情的重要内容，这些提示语言一经舞台化，趣味性极浓，小观众一看就明白，并可从中获得极大的审美享受。此外，开场和结尾的歌词画龙点睛，突出了主题。

5. 小熊拔牙（诗剧）

小熊拔牙

柯岩

妈妈　我是狗熊妈妈。

小熊　我是狗熊娃娃。

妈妈　我长得又胖又大。

小熊　我就像我妈妈。

妈妈　妈妈要去上班。

小熊　小熊在家玩耍。

妈妈　不对，你要先洗洗脸……

小熊　嗯、嗯……好吧，洗一下。

妈妈 不对，你还要刷牙……

小熊 嗯、嗯……好吧，刷一下。

妈妈 不对，要好好地刷，还有……

小熊 还有，还有……什么也没有啦!

妈妈 不对，想想吧!……不自己拿饼干，……不自己拿……

小熊 好啦，好啦，都知道啦!不许拿饼干、不许吃甜瓜、不许抓糖果、还不许打架……

（小熊用脑袋把妈妈往门口顶，妈妈疼爱地戳一下他的额头，出去了。）

小熊 （唱）妈妈走了啦啦啦啦啦，现在我当家啦啦啦啦啦。先唱个小熊歌，Do Re Mi Fa 啦啦啦啦，再跳个小熊舞，So Fa Mi Re 蹦蹦跳跳。

小熊 哎呀，答应过妈妈洗脸呀，先洗洗小熊眼，再擦擦小熊嘴巴，熊鼻子抹一抹，熊耳朵拉两拉，熊头发梳三下，嗯，就不爱刷牙。

（唱）饼干拿几块，唉，答应过不吃它。糖球抓一把，唉，答应过不吃它。这罐糖蜂蜜，哈哈，没说过不吃它。这桶果子酱，哈哈，妈妈也忘了提它。

小熊 先吃一勺蜜，再吃一勺酱，真鲜!勺儿舀一点点，不如盛上一小盘，越吃越想吃，干脆添一碗。一勺，一盘，一大碗，吃完挨个舔三舔……

（唱）小熊吃得真高兴，小熊吃得肚子圆，啦啦啦甜到舌头底，啦啦啦甜到牙齿尖，哎呀呀唑唑唑，怎么甜变了酸?酸到舌头底、酸到牙齿尖，哎呀呀，唑唑唑，怎么变成了疼?疼得没法儿办。

小熊 哎哟，哎哟，疼得小熊直打转，哎哟，哎哟，疼得小熊直叫唤。

兔医生 （唱）身穿白衣裳，手提医药箱，每天给人去看病，小兔大夫直叫忙。

小熊 大夫，大夫，快来呀!牙齿疼得像针扎……

兔医生 你先别哎哟，别直着嗓子叫，嘴巴张开来，让我瞧一瞧。唉，你的牙齿真不好。唔，这一颗要补一补，唔，这一颗嘛，要拔掉。你坐好，哎，我够不着，你怎么长得这么高?搬个板凳当梯子，爬上去给你打麻药。哎，你坐好，别害怕，钳子夹牢才能拔……拔呀拔，拔不动它，你这颗牙齿怎么这么大?

小熊 哎哟哟，快拔掉，你怎么长得这样——小?

小兔唱 小狗小狗快快来。

狗唱 汪汪汪，我来了。

兔、狗唱 帮助快把牙拔掉，拔呀，拔呀，拔不动，你这颗牙齿怎么这么重?

小熊 哎哟哟，快拔掉，疼得小熊眼泪冒。

狗、兔唱 小猫小猫快快来。

小猫 妙妙妙，我来了。

众唱 帮助快把牙拔掉，拔呀，拔呀，拔不动。

兔唱 夹碎了，你这颗牙齿都烂了。

小熊唱 哎哟哟，快拔掉，疼得小熊双脚跳。

众唱 松鼠松鼠快快来。

松鼠唱 吱吱吱，我来了。

众唱	帮助快把牙拔掉，拔呀，拔呀，还是拔不动，你这颗牙齿可真要命。
小熊	哎哟哟，快拔掉，我实在疼得不得了。
众唱	小鸟小鸟快快来。
鸟唱	唧唧唧，我来了。
众唱	帮助快把牙拔掉，拔呀，拔呀，拔不动，一二一二一二哎哟哎哟哎哟总算拔掉了。
兔	现在还疼吗？
小熊	一点也不疼了。
兔	好，现在涂一点药，以后牙齿要保护好，要不一颗一颗都要烂，一颗一颗都要这样来拔掉。
小熊	嗯，嗯，我不来。嗯，嗯，我不干。为什么光叫我牙疼，你们牙齿都不烂？
兔	我们从来不挑食。
狗	汪汪汪，从来不多吃甜饼干。
猫	妙妙妙，也不偷把蜂蜜吃。
松鼠	吱吱吱，也从不偷把果酱舔。
鸟	也吃菜，也吃饭。
猫	也吃鱼。
狗	也吃肉。
松鼠	也吃胡萝卜。
鸟	也吃棒子面。
众	阿姨给什么，就吃什么，牙齿每天刷几遍。
小熊	那……以后，我也不挑食，每天也把牙齿刷几遍。
众唱	说到一定要做到，省得把牙齿全拔完。
小熊唱	说到一定要做到。
众唱	千万别把牙齿全拔完。

作品赏析

柯岩的幼儿戏剧作品，常常以诗剧的形式表现游戏性极强的内容。她把这些剧本称为"儿童游戏诗"，本剧就是其中的代表作。

作品前半部分如幼儿自娱自乐地表演独角戏。你看，妈妈上班以后，小熊一人在家玩。他先唱歌，再跳舞，想起妈妈的嘱咐，才马马虎虎地洗眼睛，擦嘴巴，抹鼻子，拉耳朵，梳头发，因为不爱刷牙就干脆不刷。想拿饼干和糖球，可答应过不吃它；看到妈妈没提到的蜜蜂和果子酱，就"一勺，一盘，一大碗"地吃。吃完还"挨个舔三舔"。这些情节既符合小熊的特点，又把他顽皮、有点儿任性、活泼可爱的形象活脱脱地表现出来，极富幼儿情趣。后半部分写小熊因吃甜食而牙痛牙烂，不得不请小白兔医生把牙拔掉的经过，完全是幼儿玩的"拔萝卜"游戏的翻版。作者运用童话的夸张手法，把这一过程表现得惟妙惟肖，真真切切，童趣四溢，让孩子们在幽默与游戏化表演中受到不挑食、注意口腔卫生的教育。

本剧没有舞台提示。全凭动作化、形象化、韵文化的台词使角色个性化,非常适于幼儿表演。

二、阅读延展

1. 调皮的小"3"(木偶剧)

调皮的小"3"
广东肇庆地区幼儿木偶训练班

人物　1字木偶　2字木偶　3字木偶　4字木偶　5字木偶　6字木偶　7字木偶　8字木偶　9字木偶　0字木偶　教师和小观众们

地点　教室里

〔教师先让小朋友的情绪安定下来(如唱一支歌),然后走到舞台前,拉开幕布。舞台上除了象征"学习"的装饰图案外,不设什么特殊布景。〕

〔9字木偶上。〕

9字木偶　小朋友,你们好!

教师　咦,你是谁呀?

9字木偶　你们猜?

教师　小朋友,你们谁认识他呀?(引导幼儿回答这是9)

9字木偶　对了,我是9。哎,你们看,那边是谁?

〔1、2、3、4、5、6、7、8、0字木偶上。〕

9字木偶　小朋友,它们是我的小弟弟小妹妹。这是1。

〔1字木偶一本正经地踏着正步出列,向观众敬礼。〕

教师　这是1。(引导幼儿复诵1)

9字木偶　这是2。(引导幼儿复诵2)

〔1、2木偶向观众敬礼。〕

9字木偶　这是……咦,小3跑到哪里去啦?

众木偶　(向内)小3!小3!

3字木偶　我……我……捉蝴蝶去了。(举起手中蝴蝶。一不小心,蝴蝶飞走了)

〔大家一起捉蝴蝶,引起一场混乱。9经过努力维持,才把队伍整顿好。〕

9字木偶　(向观众继续介绍)这是3,大家都叫它——

众木偶　调皮小3!

3字木偶　(翻跟斗,出洋相)敬礼!

教师　哎,你们都到这里干什么?

众木偶　我们来找9字姐姐玩游戏。

9字木偶　哦,那太好了,咱们来玩游戏。可是玩什么游戏好呢?

众木偶　咱们问问老师好吗?

9字木偶　好啊!

众木偶 （七嘴八舌）老师，我们玩什么游戏好呢？

教师 就玩找朋友的游戏吧。（向观众）小朋友们，你们说玩找朋友的游戏好不好？

［小观众说："好！"］

教师 我说出一个数字来。加起来等于这个数的两个小朋友就拉起手来交朋友，看看谁又快又准。

众木偶 好呀！好呀！

3字木偶 报告老师！报告老师！

教师 小3，什么事？

3字木偶 谁找错了，就要它唱一支歌！

众木偶 好呀！好呀！

教师 现在开始。预备——9！（敲鼓，最后三下，停）

［0和9，1和8，2和7，5和4拉起手。这时五个"+"号木偶在鼓声中跑上，插在两个数字木偶中间。但3字木偶又去抓蝴蝶去了，他在队伍中钻来钻去，等鼓声停了，才慌忙拉起8字木偶的手，要从1字木偶手里拉过来。6字木偶找不到伙伴，只好独自一人在旁边生气。］

教师 （逐对检查）哎，小6妹妹你为什么一个人生气？

6字木偶 都怪调皮的小3！都怪调皮的小3！他钻来钻去抓蝴蝶，不和我交朋友。

众木偶 小3，你错了！你错了！该小3表演节目了！

教师 （问小观众）小3是不是错了？

［小观众："小3错了！"］

9字木偶 错了就得表演节目。

3字木偶 演就演！——唔，我就唱一支歌吧！（唱）

　　　　　做游戏找朋友，
　　　　　小3我拉错了8哥哥的手，
　　　　　大家批评我，
　　　　　虚心来接受，
　　　　　不做小调皮，
　　　　　做个乖乖的小朋友。

众木偶 好啦，小3再也不调皮了，我们欢迎你！

教师 好！咱们继续来做游戏。预备——9！（敲鼓，停）

［9和0，8和1，7和2，6和3，5和4拉起手。］

教师 （引导幼儿复诵）9加0等于9，8加1等于9，7加2等于9，6加3等于9，5加4等于9。

［教师可在黑板上板书，出示图片，排列玩具、实物，巩固幼儿对9的分解和组成的理解。］

［教师表扬守纪律、表现好的小朋友。］

2. 母鸡、耗子和黑猫（快板剧）

母鸡、耗子和黑猫

张继楼

人物 母鸡 黑猫 老鼠甲、乙

时间 深夜

场景 农家厨房

〔幕启。舞台右角有个鸡窝。红脸小母鸡在睡觉。老鼠甲、乙从台左上。〕

乙 耗子生来会打洞，
　　破坏大王就是我。
　　两对门牙尖又长，
　　一天不磨不快活。
　　吃了东家吃西家，
　　无忧无愁好快乐。
　　这几天可倒了霉，
　　又是饥来又是渴。

甲 两天没吃一粒米，
　　三夜没啃一口馍。
　　只因来了猫大哥，
　　我俩差点被活捉。

乙 （白）嘻嘻，今晚黑猫不在！

甲 （白）还是小心些好。

乙 （白）怕什么！咱们快点找吃的。

〔乙爬上饭桌，见斗笠盖下一钵饭，轻轻推开盖子偷吃。〕

〔甲发现乙偷吃，也跑来争食，互相咬打。甲打不过乙，逃走。甲发现墙角有一壶油，把头伸进去试了几次，都没吃着，急得在壶周围打转。乙发现，悄悄靠近甲，暗笑。〕

乙 说你笨，你真笨，
　　围着油壶轱辘转。
　　不是老弟说大话，
　　包你吃得肚子胀。

〔乙跳上壶沿，把尾巴伸进壶内。甲疑惑地看着，忽然一滴油正好滴进他的嘴里，是乙的尾巴沾满了油，甲满意地舔着乙的尾巴。〕

乙 （白）味道怎么样？快点吃，吃饱了来换我。

〔甲满意地拍拍肚子，跳上油壶，学乙的办法，让乙舔吃。〕

甲 这个办法真是妙，
　　尾巴成了老油条。

乙 油条哪有尾巴香，
　　咬你一节来嚼嚼。

甲 （白）哎呀，咬得我好痛！

〔甲从油壶跳下，互相扭斗，把油壶撞翻，壶在地上滚着。乙跳上去用四脚滚动油壶。甲想跳上去，又不敢，一直跟着转。〕

乙　我骑油壶像骑马，嘚儿嘚儿跑得欢！

〔黑猫悄悄上，一下扑向乙。乙向后跳开，油壶向猫滚去，猫一躲闪，乙乘机向右方逃走。猫又向台左追甲，甲钻进左角鼠洞。〕

猫　两个坏蛋好狡猾，
转眼逃得看不见。
这回算你运气好，
逃了今天没明天。

〔猫守着鼠洞。乙从右方沿着墙根贼头贼脑地上，见鼠洞不能钻，正着急时发现右角的鸡窝。〕

乙　可怕可怕真可怕，
吓得我连滚又带爬。
走投无路不得了，
只好去求鸡大妈。
（白）鸡大妈，鸡大妈！

〔鸡不应，乙去拉鸡翅膀。〕

乙　大妈大妈帮个忙，
快快让我躲一下。

鸡　（惊醒）正在做好梦，急听有谁喊。
咦！像是小耗子，喊醒我干啥？

乙　只因肚子饿，出来买糕饼。
黑猫要抓我，把我紧紧跟。（假哭）呜……

鸡　黑猫这样凶，硬要为难你。
孩子别着急，快躲在这里。
（白）当心，别碰着我的蛋。

〔乙慌忙地躲进鸡窝，鸡把乙遮住。乙在翅膀下探出脑袋张望。〕

〔黑猫见鼠洞一直无动静，站起四处寻视，看见母鸡醒着，过去打招呼。〕

猫　叫声鸡大嫂，孵蛋真辛苦。
刚才有小偷，可惜没抓住。
您可曾看见，还请多帮忙。

鸡　（不耐烦地）
我有夜盲症，两眼黑糊糊。
就是有小偷，我也看不出。
（闭上眼睛自顾睡觉；不理猫）

〔在鸡、猫对话时，乙不时地从鸡翅膀下探头，被鸡按回。〕

猫　（白）大嫂别动气，没见过就算了，再见！

〔猫下，乙得意地钻出。〕

乙（白）谢谢救命恩人，愿你多子多孙。

鸡（白）不算啥，黑大个再来，我马上叫他滚！

［乙贼头贼脑望望鸡窝，又悄悄地走在一边。］

乙 看她孵蛋热腾腾，正好让我当点心。

［走进鸡窝，手伸进去，被发现，忙缩回。］

谢谢大恩人，我要转回程！

［乙下。鸡入睡。少顷，乙领甲上。］

甲 腿发软，手发抖，

刚才差点把命丢。

叫声老弟慢些走，

我怕黑猫在前头。

乙 你可真是胆小鬼，

黑猫刚才出了丑。

急急行，快快走，

包你鸡蛋吃个够。

［甲、乙悄悄靠近鸡窝。］

甲（轻喊）鸡大妈，鸡大妈！

［鸡不应。］

甲（白）睡得好香啊！

乙 呆大妈，大妈呆，

把蛋偷光也活该！

［乙扒开羽毛，滚出一个蛋。甲忙稳住，乙又扒出一个。两鼠各推一个蛋滚进洞。片刻又上，仍照前法。］

甲 大鸡蛋，像雪球，

一滚滚到洞里头。

咱们快快偷个够，

三天不用再发愁。

［两鼠滚得累了，乙为了自己省力，抱蛋躺下，示意甲拖着自己尾巴滑行。甲拖时不小心碰着东西，鸡惊醒，感觉蛋少了，急数蛋。］

鸡 一二三四五六七

七六五四三二一

哎呀呀呀不得了

还有五个在哪里？

（急得打转，忽然想到了）

定是耗子来偷去，

心里又恨又着急。

［黑猫上。］

猫 两个坏蛋没抓住，

叫我心里很不安。
让我四周再看看，
不让耗子把空钻。

［猫发现鸡惊慌不安，上前询问。］

猫（白）鸡大嫂，为何深更半夜不睡觉？

鸡（惭愧地）怪我刚才瞎了眼，
错把坏蛋来包庇。
黑猫大哥请原谅，
不该对你发脾气！

猫（白）大嫂，别伤心啦，让我们来想个法子。

［猫想了一下，和鸡耳语，鸡转悲为喜。猫躲进旁边的草垛，鸡装睡。］

［甲、乙悄悄上。甲咳嗽。］

乙 别咳嗽，别声张，
不要吵醒鸡大妈。
乘黑再去偷几个，
藏在洞里好度荒。

甲 小老弟，你别忙，
哥哥心里有点慌。
怕得今晚要出事，
蛋没偷着把命丧。

乙 胆小鬼，别害怕，
有你弟弟来保驾。

甲 莫逞能，别自夸，
哥也不是豆腐渣。

［两鼠走近鸡窝，刚把脑袋钻进鸡翅膀，被鸡爪按住，猫迅速扑去，一手按住一个。］

甲 猫大哥，鸡大妈，
偷骗抓拿都是他！

乙 他是哥，我是弟，
你们不要听他的。

鸡 哼！什么哥，什么弟，
两个都是坏东西！

猫 两兄弟，坏东西，
休想再把我们欺！

［两鼠求饶，挣扎，被猫一口一个咬死。］

鸡（高兴地）坏蛋偷我蛋，现在都完蛋！

猫 没有都完蛋，还得防坏蛋。

鸡 谢谢猫大哥，给我帮助多。

猫（幽默地）丢了五个蛋，还有十六个。

等到都出壳,要对小鸡说:

再有耗子来,赶快赶快捉。

(白)鸡大嫂,你继续孵蛋吧,再见!

鸡 再见!

3. 麻雀与小孩(歌舞剧)

麻雀与小孩
黎锦晖

第一场 教学

[开幕后,奏乐,老麻雀在前,小麻雀在后,一齐按大开门曲用轻快的跑跳步从台的右方上场。]

二雀合唱 飞飞飞飞飞飞飞,这个样子飞飞,飞飞飞飞,这个样子飞飞飞飞,慢慢飞。这边飞来,那边飞去,飞飞。

老雀唱 要上去就要把头抬,要转弯尾巴摆一摆,要下来斜着飞下来。照这样子飞到这里来!

小雀唱 来!

二雀合唱 飞飞飞飞飞飞飞,这个样子飞飞,飞飞飞飞,这个样子飞飞飞飞,慢慢飞。这边飞来,那边飞去,飞飞。

小雀唱 照这样抬头向上飞,照这样转弯摆摆尾,照这样斜着向下飞。这个样子飞得对不对?

老雀唱 对!

老雀唱 你不要慌,你不要忙,飞了上去,要提防,老鹰老鹞很可怕,坏心肠,那你要提防。也有那猫大王,还有那蛇大娘,他们都能够爬上墙,他们都能够爬进房。你要时时刻刻放在心头上,我的女儿呀!

老雀唱 我的妈妈呀!

二雀合唱 喳唧喳唧喳唧喳唧唧唧喳。

老雀唱 我且去,打食呀,即刻就回家,喳唧唧唧喳。

(老麻雀唱完下场。小麻雀立在场中观望。小孩轻步上场)

第二场 引诱

小孩唱 小麻雀呀!小麻雀呀!你的母亲,哪里去了?

小雀唱 我的母亲打食去了,还不回来,饿得真难受。

小孩唱 你是我的小朋友,我是你的好朋友,我家有许多小青豆,我家有许多小虫儿肉,你想吃东西和我一同走。我的小朋友。

小雀唱 我的好朋友。

小雀小孩合唱 走吧,走吧,走吧,走吧,走哇走哇走。我们是好朋友,大家牵着手,走哇走哇走!

[小孩牵小麻雀从左方下场。老麻雀从右方上场,正得意地理其食物,先含笑向四方寻找小麻雀。]

第三场　悲伤

〔老麻雀寻女不见，先惊疑，再着急，再恐慌，后悲伤。〕

老雀唱　哎呀，不好了！女儿不见了；娇娇女儿年纪小，飞飞不会高飞上树梢。渺渺茫茫路远山遥。往何处找？静悄悄剩着空巢。时光不早，好不心焦！

〔老雀唱到"往何处找"句，小孩偷偷地上场，躲在一旁观看，她唱到末句时，小孩轻轻地走近前来慰问。〕

第四场　慰问

小孩唱　老麻雀！请你告诉我，你为什么这样不快乐？你为什么不进你的窝？你为什么唧唧地叫着？

老雀唱　我的小女儿，今天不见了。不知道飞到什么地方去了？有谁人给她东西吃？到夜里，有谁人招呼她睡觉。今天不回来一定活不了！

第五场　忏悔

小孩唱　这事做错了，越想越不应当。可怜那麻雀独自哭哭啼啼的多么悲伤！将心来比心，大家是一样，假如我不见了，我的母亲怎么样？一定要发狂，整天啼哭不能起床。再想我自己，关在一间屋子里，到了那时，也是哭哭啼啼的不由你不着急！

现在两只麻雀，母女俩分离，叫不息，飞不息，两条性命都在我手里。再不放出来，我的良心也不依。

〔小孩唱完上曲，立即从左方下场。将小麻雀带出来，小麻雀在小孩身后，低头走着，小孩忙向老麻雀接唱下歌。〕

麻雀你快来！我真对不起你。你的姑娘就在这里，请你抱回去。

第六场　团圆

老雀唱　可怜呀我的小宝宝，你的身体好不好？把我急坏了！

小雀唱　我的妈妈我的身体好。这位小先生，和我很要好，小青豆，小虫儿，吃了一个饱。有吃有喝，可是关住了！玻璃窗，关得牢，谁都不能跑，我的妈妈呀！喏，幸亏这位先生开了房门带我出来！

二雀合唱　幸亏这位先生开了房门带你（我）出来了！

老雀唱　我的女儿关在你的家，谢谢先生搭救她，此恩要报答。

小孩唱　麻雀奶奶，你说哪里话！原来我不好，骗她到我家。害苦了你两位险些急煞。该打，该骂，请你原谅吧！

二雀合唱　仁爱心，诚实话，品格很可嘉，不要客气呀！
这时候，月明风清，草软花香，大家跳舞吧！

三人合唱　这时候，月明风清，草软花香，大家跳舞吧！

——闭幕

写于 1920 年

思考与实践

1. 如何理解幼儿戏剧的特点?
2. 举例说明幼儿喜欢的剧本题材有哪些?
3. 分析儿童戏剧《小熊拔牙》的戏剧结构及语言特点。
4. 欣赏一部儿童影视片,写一篇1 000字左右的影评。
5. 请写出你印象最深的一部动画片,说明令你难忘的原因。

第九章 幼儿文学的编创

在初步认识了幼儿文学的各种主要体裁之后，我们应该进一步思考，如此众多的幼儿文学作品是如何产生的？各种类型幼儿文学作品的创作有何共同的规律可以遵循，又有何不同特点？成人如何用文学去点亮幼儿心中的那盏文学之灯？要寻找这些问题的答案，还需要我们对幼儿文学的改编与创作进行一番深入的思考与探讨。

幼儿文学的编创包括幼儿文学作品的改编和创作两个方面的内容。就其性质而言，它们同属于文学创作的范畴，都是作家放飞想象的创造性精神劳动。作为特殊的文学品种，幼儿文学的创编必须遵循幼儿本位的原则，不论是内容的表达还是形式的选择，都必须与幼儿的审美心理、审美需求和幼儿的年龄特征相吻合。为幼儿提供他们乐意接受并且能够接受，适合他们"听赏"、表演的各类文学作品，是每一个编创者义不容辞的责任。因此，幼儿文学的创编，不论是对总体原则的把握，还是具体特点和规律的了解，都是每一个学习者和实践者应该重视的问题。

第一节 幼儿文学的改编

幼儿文学的改编具体指改编者从文学需要出发，对原作所进行的体裁转换工作。这是一种文学的再创造，所涉及的内容十分宽泛。改编者可以将具有深厚社会生活内容的文学名著改编成适合幼儿或儿童聆听或阅读的简写本、文学名著故事等，如兰姆姐弟改编的《莎士比亚戏剧故事集》就是对莎士比亚戏剧中的 20 个最为人们熟知的剧本进行的改编；可以将语言艺术改编成视觉艺术或综合艺术，如将童话、小说、故事等改编成绘本、影视、剧本等，如陈美燕将任溶溶的儿童诗《我属猪》《爸爸的老师》改编为绘本，迪士尼等将科洛迪的童话《木偶奇遇记》改编为动画片，耿原秋将童话《小蝌蚪找妈妈》改编成童话剧等。这些改编都实现了语言艺术的视觉化审美转化。

幼儿文学的改编是幼儿文学创作的重要组成部分，在幼儿文学领域中占有很重要的地位。从人类文化传播的角度看，通过改编，将某一文学体裁进行多样的类型转化，可以把中外文学经典的精髓渗透到幼儿的文学感知中，使他们通过多种形式接受文学的启蒙和熏陶，从而获得人类文化的滋养。从幼儿精神需求的角度看，通过改编，可以有效地满足幼儿多方面的文学需求，提高文学普及率。从幼儿文学推广的角度看，通过改编，还可以使广大作者和文学爱好者以及文学推广者利用多种形式，从多方面向幼儿传播文学的种子，有利于繁荣幼儿文学的创作园地，丰富幼儿文学的表现形式。

一、改编的原则

（一）目的性原则

任何一个改编者的改编工作都不是一种随意性行为，都带有极强的目的性。改编既然是一种文学的再创造活动，就必然存在着现实目的和终极目的的双重内涵。现实目的是指改编者使现实作品变为预期作品的目的。终极目的则是指文学再创造活动对幼儿精神文化产品的丰富。现实目的是实现终极目的的条件，终极目的必须以现实目的的实现作为支撑。

幼儿文学改编目的的双重内涵，要求改编者的文学再创造活动统一在"所有的改编为幼儿、为所有的幼儿改编"的思想之下。强调"所有的改编为幼儿"，要求改编者的再创造活动，不论其现实目的是什么，所改编的作品都必须符合具体文学品种的基本特征且吻合幼儿的文学审美特点。强调"为所有的幼儿改编"，则要求通过文学再创造活动而产生的新的文学品种能够为广大幼儿所喜爱，被广大幼儿所接受且与他们的接受能力相一致。幼儿文学改编者只有坚持从文学传播的需要出发，准确定位文学改编的具体内容和形式，从而进行最优化的文学再创造，才能使新的作品最大限度地满足幼儿精神需求，对幼儿进行文学启蒙或陶冶。

（二）趣味性原则

幼儿文学的改编有着极强的文学导引作用。要达到这样的目的，所改编的作品对幼儿的吸引力就显得特别重要。那么，什么样的作品能引起幼儿的注意并把他们深深地引入其中呢？让孩子们感到有趣、有味，能给他们带来快乐的作品。趣味性是幼儿文学改编的又一原则。事实上，趣味性正是来自幼儿的自然天性和幼儿对趣事的天然追求。从这个意义上看，趣味性原则就是要求幼儿文学的改编要从幼儿自身天性和兴味出发，对改编作品的内容进行选择和文学处理。

对于作品内容的选择，要着眼于故事本身的出彩、有趣和对幼儿的吸引力。对原作的艺术处理，则要注重童趣的凸显，既要使改编后的作品保持原作对幼儿心理、思想、情感的文学性外化表现，又要从改编的目的出发使童心的张扬和童趣的表现适合于改编作品的体裁特点。例如，要将《伊索寓言》改写为故事，就要考虑应该选择什么样的作品作为改编对象，如何对众多最接近幼儿听读兴味和思维、心理的作品进行最富于幼儿性特点的文学拓展，使再创造的作品吻合幼儿的求趣心理。以《龟兔赛跑》的改编为例，在《伊索寓言》中，《龟兔赛跑》仅为不到100字的短故事，故事的寓意在于告诫人们，奋发图强往往胜过持才自满。这个寓言故事的趣味性就在于龟和兔这两种行进速度有着极大反差的动物，在赛跑中因为两种不同的态度而导致了与自身条件完全相反的结果。兔子认为自己跑得快，与行动迟缓的乌龟赛跑，自己占据着绝对的优势，因此骄傲轻敌；而乌龟知道自己

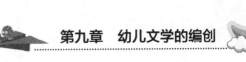

的弱点，因而毫不懈怠，争分夺秒地朝着目的地前行。这里，作品人物的行为心理与幼儿的行为心理在不同时空状态下取得了一致，这是这篇寓言能引起幼儿兴味的重要原因。抓住这一特点将其改写成供幼儿聆听欣赏的童话故事，就需要将这种"趣味"放在重要的位置来加以凸显，这样才可能使改编的故事对众多的小读者产生吸引力。

幼儿文学的改编还包括对优秀的成人文学经典名著的改编。那么，在对这类作品的改编中又如何落实趣味性原则呢？我们知道，文学名著以深广的社会生活为文学表现的范畴，必然少有童趣的描述。因此，改编作品的趣味性便是通过对原作精彩的故事、紧张的情节、鲜明的人物、引人关注的悬念、出人意料的结局等内容的保留、强化以及幼儿话语方式的运用等来实现。从这个意义上看，对成人文学经典的改写或改编，需从幼儿文学审美的求奇、求趣心理出发，在文学名著的浩瀚之海中进行内容的取舍，并抓住所选作品有戏、出彩之处进行内容的删削和改写，从而达到让幼儿借文学名著故事感知人类文化精华的目的。

总之，幼儿文学作品的改编既要从幼儿的审美心理和听读需求出发，又要从作品的具体实际出发，融趣味性于其中，使文学再创造的作品鲜活丰富，具有生命力和幼儿性。唯其如此，作品改编的终极目的才能真正达到并实现。

二、常见叙事类作品的改编要领

（一）文学名著的改编

文学名著是经过文学发展的历史淘洗仍以其艺术的光辉产生无穷魅力和影响的经典性作品。文学名著的改编方式一般有两种，即缩写和改写，且涉及两方面的内容，其一是将属于成人文学范畴的文学经典改编为适合于幼儿听读的文学名著缩写本或幼儿故事；其二是将儿童文学名著原作改写成适合幼儿听赏的故事。

进行文学名著的改编，改编者需深入研究改编对象，同时还需始终保持真诚的童心。只有这样，才能抓住作品的精髓，有效地达到名著改编的目的。在这个前提之下，还需要把握以下要领：

1. 领会主旨，浅化主题，凸显立言之本意

文学名著一般具有深刻的主题，不少作品还具有多重主题。幼儿的人生阅历极少，各方面的知识掌握十分有限，这就决定了他们不可能理解文学名著深刻而丰富的主题。因此，浅化主题便成为文学名著改编的一项重要工作。

如何实现文学名著深邃的思想浅显化、丰富的主题单纯化呢？这要求改编者首先要做到正确理解作品主题，明确作者的立言之本意，从而明确作者渗透于作品中的基本思想，并使之在改编作品中得到最好的凸显。只有这样，才能在改编作品时做到准确地抓住灵魂，精到地删繁就简，为孩子们提供不失原味的，又能为他们所接受的人类文化精品。

《丑小鸭》是人们所熟知的儿童文学名著。作品讲述了一只丑小鸭经过艰难的生活磨砺最终变成了美丽天鹅的故事。安徒生在这个故事中，投射了自己的生活理想和个人经历，并借丑小鸭炼狱般的经历和最终美好的结局，热情歌颂了敢于抗争命运、勇于面对严酷现实、顽强生活的精神。深入分析这篇作品的具体情节，我们还能从中看出作者对社会的讽刺、揭露和批判。可以说，这是一篇具有多重主题的经典童话作品，对于幼儿来说，还无法把握作品的深意。因此，从作品的基本主题和阅读对象的接收特点出发改写这篇作品，丑小鸭的奋斗精神理当成为改编时需要加以凸显的重点，至于作品其他深邃的内涵则可以淡化处理。

2. 理清主线，删削枝节，保留主体情节

为了全面、深刻反映社会生活，表达作者对生活的态度和评价，成人文学范畴中的文学名著大多数具有情节复杂，甚至多条线索发展的特点。幼儿由于故事思维的特点和文学接受心理的驱使，更易于为作品故事情节的紧张、奇幻和惊险所吸引。这样的文学接受特点决定了叙事性幼儿文学作品十分讲究情节的单线发展和故事情节的起伏跌宕。因此，努力使小读者从变幻的情节中获得欢愉，从故事的意外性发展或结局中获得快乐，几乎是每一个幼儿文学作家共同的艺术追求。

这种追求体现在对文学名著的改编中，便是对作品主要情节的提撷。无论是将成人文学名著改编成适合于幼儿接受的故事，还是将儿童文学名著改编成适合不同年龄段幼儿接受的故事，清晰地把握作品主线，准确地提撷并强化重要线索，最优化地突出故事性，力争以"故事"去深深地、久久地吸引幼儿眼球，乃是改编者最需要投入心力的工作。这一点，优秀的改编作品已为我们确立了很好的样本。兰姆姐弟对莎士比亚戏剧的改编，就充分注意从小读者的理解力和阅读特点出发进行改编。

3. 叙事为主，减少描写，强化故事性

文学名著中的人物生活在作家为其营构的典型环境之中，作家又无不将笔触探入他们的心灵世界，以此达到真实再现人物独特的经历、鲜明的个性、丰富的情感、隐秘的内心，揭示社会生活本质的目的。为达此目的，作家常常调动大量的描写技巧，创造人物赖以生存的典型环境，挖掘人物内心世界的隐秘。这就使作品中出现大段的环境描写、心理描写和与主体情节相关的必要的交代性段落。这种因人物形象塑造和主题表现需要而渗入的文学描写因素，客观上造成文学名著情节发展的慢速流动。这一点，即便是像《悲惨世界》《基督山伯爵》这样的情节性极强的作品也不例外。这就是为什么我们阅读文学名著需要静下心来品读的原因之一。

作为特殊的文学接受群体，追求故事性，注意人物、景物、事件的动态表现，急切进入情节的发展中，是幼儿共同的听赏心理。从幼儿心理发展的特点来看，处于成长期的幼儿，其注意的持久性、文学接受的兴奋期也是与其年龄特点相符合的。年龄越小的幼儿，其注意的持久性和文学接受的兴奋期就越短。反之，随着幼儿由小班向大班和学前班的迈进，他们注意的持久性和文学接受的兴奋期会逐渐延长和加强。幼儿心理发展的特殊性和文学审美的心理趋向，要求作者改编文学名著时，将提炼"故事"作为处理作品的重头工作。如何提炼故事呢？最常见也最有效的办法就是对非情节性因素淡化处理。具体说，要注意四个方面的淡化，即淡化非幼儿可以接受的细节、淡化大篇幅的环境描写、淡化人物的心理活动、淡化非主要人物活动。如将包蕾的《猪八戒吃西瓜》改编成适合幼儿听读的同名故事（见鲁兵主编的《365夜故事》），就淡化了原作中孙悟空、猪八戒的心理活动，强化了叙述语言的动作性。再比如江苏少年儿童出版社出版的"彩图中国古典名著"对《三国演义》《西游记》等作品的改编，也体现了抓住故事核心、突出故事情节、删去不影

响故事的心理活动描写和环境描写等特点。

（二）民间文学的改写

民间文学是在民间广泛流传，反映劳动人民社会生活和思想情趣的口头语言艺术。作为一种口传文化，民间文学由集体以口头语言进行创作，以集体流传的方式在世代承传中不断丰富变化，因而显示出集体性、口头性、变异性和传承性，它包括了神话、传说、民间故事、民间寓言、民间歌谣、史诗等多种体裁样式。幼儿文学与民间文学存在着天然的血缘关系，翻开幼儿文学历史不难看到，是丰富的民间文学孕育了幼儿文学。幼儿文学画廊中出现最早的作品都来自于民间，是地道的民间文学作品。但是这些作品都经过了改编者的改写或整理。那么，应该如何改写民间文学呢？归纳起来，应抓住以下要领：

1. 去粗取精，提炼精华

民间文学属于原生态文学，表现的生活面极为广阔，囊括了劳动人民的思想、观点、道德、习俗、宗教信仰和生产劳动等方面的内容。正如拉法格所说的那样，民间文学是人民灵魂的忠实的、率真和自发的表现形式；是人民的知己朋友，人民向他倾吐悲欢苦乐的情怀；也是人民的科学、宗教和天文知识的备忘录。也正是民间文学所具有的这种包容性，使它的内容往往良莠不齐，精华与糟粕并存。因此，改编民间文学，为孩子提供适合于他们听读和欣赏的民间文学故事，首先要从幼儿的培养教育和审美需求出发，在内容的选择上做出准确的判断。精选内容，剔除糟粕，提取精华，是民间文学改编必须要遵循的首要的也是重要的原则。

2. 增删情节，突出故事

作为口传文学，民间文学一方面只描述故事轮廓，尤其很多古代神话故事，更是仅有故事片段。另一方面，又由于其集体创作、世代承传的特点，很多作品在口头流传过程中，因增加了讲述者的创造而横添了枝叶，从而带来了民间文学情节的杂乱无序，有的甚至是故事杂糅。针对这种情况，改编时，要清理作品的主要情节，明确故事线索。对只有简单故事轮廓的民间文学作品，应从故事讲述的需要出发，按情节发展的规律展开合理想象，进行情节和细节的补充和丰富，从而变概括的故事梗概为具体而有变化的故事情节。对情节繁芜的作品，则应删繁就简，以故事的完整性、变化性和丰富性为核心，大胆剔除与故事无关或关系不大的旁枝末节，从而变芜杂为明晰，使情节具体生动。

3. 规范语言，讲述领先

民间文学以口头讲述为主要传播方式，由于在传播过程中受地域文化的影响，它的语言在口语化的表述中不自觉地注入了方言或习惯语，这一方面使民间文学的语言印上了明显的民族性、地域性色彩，另一方面也带来了它语言不规范的现象。如果从保护和抢救民族文化中原生态文学的角度来看待这一问题，无疑应力图去保持作品的原汁原味；但从幼儿听读赏析角度来看，则应充分考虑文学之于幼儿的语言开发的作用。对于幼儿来说，文学接受的过程，实际上也是一个语言学习的过程。因此，民间文学的改编，也包括对其语言的改编。改编时，一要尽力保留原作语言的鲜活性，二要根据幼儿的语言能力和语言学习的需要，进行语言的规范。在具体操作中，则要注意对话语方式的运用，要力争消除方言，以文学口语作为故事的叙事手段，对句式结构的安排，要多用短句、简单句，少用长句、复句或复杂句式，对词汇的使用要多用实词、浅显的词，少用虚词、深奥的词，不用生僻词。

（三）幼儿图画书的改编

绘本是用单纯的图画与文字相互配合的形式来讲述故事的特殊的文学读物。由于绘本为读者提供的是视觉形象，因此，改编绘本这一文学再创造实为一种双向活动，包括将属于综合艺术范畴的绘本改写成属于语言艺术范畴的故事，将语言艺术范畴的故事改为以视觉形象为主的绘本两种类型。

1. 将绘本改为故事

将绘本改写为故事主要是对无字书的改写。作为一种特殊的文学形式，绘本主要通过有着内在联系但又连续变化的画面的组接完成对故事的讲述。而无字书具有全书不出现文字的特点。将无字书改编成童趣盎然的幼儿故事，实际上是在做一种看图编故事的工作，它需要改编者较好地调动再造想象和语言艺术的功力，生动讲述蕴藏于画面之中的故事，连贯且传神地描述画面的每一个细节，从而活化画面情景，营构完整的故事文本。在具体的操作中要注意三点：

首先要观图叙事，留心细节，使故事完整周圆。无字绘本几乎没有文字或只有极少的文字导引，故事发生和发展的精彩之处，全靠画面来表现。因此，完成用文学口语来叙述故事，需要改写者对画面进行认真细致的观察并用心灵、情感、思想去感悟，从而实现对作品的文字复现。在这个过程中，细节是不可忽视的环节。因为从形式上看，绘本中的细节能够增加画面的趣味性和表现力。从内容上看，有趣的细节往往使故事的情节更丰富精彩，而且能补充和拓展故事的情节，揭示作品的主题。在将绘本改编成故事时，倘若作者能够很好地理解绘本细节的意义，并能将其作为故事情节中不可或缺的元素用文学口语加以表述，一定能够使故事增色不少。与此同时还应该看到，画面中的细节往往还构成了绘本的第二空间，创设出故事的复线结构，使绘本故事形成一明一暗两条线索，这也是在绘本改编中不可忽视的问题。

其次要展开想象，补充细节，使故事血肉丰满。将绘本改写成故事需要留心画面的细节，目的在于挖掘绘画潜在的艺术张力。但绘本因为绘画艺术的静态特点而不可能具备语言艺术细致展示人物心理，全面交代事件原因、背景等方面的优势。因此，要将直接提供视觉形象的静态绘本转化为需经读者头脑二度创造的语言艺术，改编者需要结合绘本呈现的故事内容和画面特点展开想象，补充必要的细节，丰富故事的情节，使隐含于画面之后的内容外化为推进故事情节发展、增加故事趣味性和生动性不可缺少的部分。如果我们要将大卫·威斯纳的《疯狂星期二》改写成故事，那么，青蛙飞上天空时对大地的俯瞰、电线上被吓坏的小鸟的恐惧、厨房里吃三明治的男人的惊奇、青蛙们飞进老奶奶家看电视的情景、大狗被飞翔的青蛙追逐的精彩以及第二天警察面对满地荷叶的疑惑、警犬的无所事事和知道真相而不能道出的大狗的心理，这一切，都需要改写者放飞想象的翅膀，进行再创造中的细节补充。如果没有改写者想象的参与，没有细节的拓展与补充，而只有对画面的客观描述，那么所改编的故事必然会因血肉的缺失而失去原作应有的冲击力和生命力。

最后要巧设关联，消除跳跃，使故事精当细密。绘本作家在运用多种手法或多种创意去构筑画面的时候，尽可能努力建构一个完整且富有动感的故事。但是在以图叙事的过程中，画面对作品意义的表达会由于其凝固静止的绘画特征而出现跳跃性。而语言艺术讲究的是故事情节发展各环节的自然天成，这就需要在改写时，不着痕迹地在故事叙述中融入必要的过渡性、衔接性环节，从而将静止的、跳跃的画面转化成动感的、连续的情节发展线索。

2. 将故事改为绘本

将故事改为绘本实际是一种语言艺术向视觉艺术的转换，它需要改编者充分调动故事思维进行画面的构思。在具体的改编中同样需要从三方面加以注意：

首先要精读作品，理解主题，掌握好形象特点。故事属于语言艺术，其形象的复现依赖于读者的二度创造。不同的读者，由于其生活、文化、审美的积淀不同，对作品的二度创造也是有所不同的，故而故事的形象具有语言艺术的形象可变性，它因读者的理解、再创造的不同而不同。而绘本属于视觉艺术，它为读者提供能为感官直接感知的形象，因此，绘本的形象特点具有凝固性。这一特点要求改编者在将故事改为绘本时，必须正确地理解作品，把握好作品的基本主题和形象特点，从而使所改编的绘本与作品原意相吻合。

其次要把握主线，切分好画面结构层次。绘本是有节奏的，这个节奏来源于作家对故事情节的设计和把握。因此，将故事改编成绘本时，改编者需梳理清楚故事的主要情节线索，并根据情节发展进行画面分割设计，使绘画所呈现的故事层次清楚、节奏鲜明。

最后要提炼语言，简洁叙述，处理好图文关系。改编后的绘本可以是无字形式，也可以是以文辅图形式。这就需要对原作进行语言的提炼，使绘本的语言简洁生动，通俗准确，口语化与幼儿化。与此同时，画面的创意要努力与文字形式呼应和交错，用画面拓展出比故事更为简洁、更为丰富的叙事空间。陈美燕就任溶溶的作品《爸爸的老师》《我属猪》改编的绘本就能够体现上述特点。

（四）幼儿戏剧的改编

幼儿戏剧的改编是一种将语言艺术转化为综合的舞台艺术的文学再创造活动。作为一种综合艺术，幼儿戏剧兼有时间艺术、空间艺术、表演艺术、语言艺术等的美学特征。因此，对幼儿戏剧的改编，要求改编者在进行文学形式转换的再创造活动中，充分考虑剧本构成的各种要素，充分彰显剧本作为演出脚本的语言特点，从而使再创造的作品能够直接指导表演者创造舞台形象。

幼儿戏剧的改编对象很广，童话、故事、小说，甚至幼儿诗，只要原创作品具有转化为表演艺术的因子，都可以进行改编。戏剧创作的经验显示，改编幼儿戏剧需要注意以下要领：

1. 选择作品要准确恰当

并非所有的语言艺术都能够进行戏剧艺术的转化。改编时要注意改编对象的适合性，要分析原创作品是否有"戏"，这个"戏"体现为原作故事的趣味性、情节的冲突性和内容的新奇性。阿·托尔斯泰为孩子们写的故事《拔萝卜》没有冲突，但围绕着拔萝卜，人物逐个出场，老头儿、老婆婆、小孙女、小狗、小猫、小耗子一个拉着一个拔萝卜，最后终于把大萝卜拔出来了。作品以反复出现的人物动作和语言，以每一层次插入的歌谣，以不断加长的拔萝卜队伍，以氤氲于故事全过程中的热烈气氛，创造了富有游戏性和趣味性的戏剧场面。这样的作品就因其有戏而能进行幼儿戏剧的改编。

当然,"趣"作为幼儿文学的美学特质,可以说融贯于所有优秀的幼儿文学作品中。那么,是不是凡是富有趣味性、能构成戏剧冲突、内容新奇的作品都能进行戏剧的改编呢?回答是否定的。因为很多作品虽然有戏,但是由于其表现内容的限制,不一定适合进行舞台呈现。因为戏剧艺术具有时空的限制性,必须将故事框定于一定的时空中完成表演。舞台艺术能够展示的道具也受现实条件的限制,因此,一些时空跳跃过大、人物多、情节复杂的作品,尽管有戏,但不适合舞台演出,如《木偶奇遇记》《随风而来的玛丽·波平斯阿姨》等。从这个意义上看,幼儿戏剧的改编在选择原作时还需考虑原作是否有利于舞台演出这一重要的因素。

2. 变文学叙事为舞台语言

舞台语言分为提示语和台词两类,前者简洁概括地对特定时间、地点、场面、布景、人物的主要动作和表情作交代,具有很强的说明性;后者通过独白、对话展开戏剧情节和冲突,表现人物的性格,具有动作性和个性。叙事性作品主要以叙述、描写、说明、抒情和议论为基本叙事话语,这与戏剧语言是根本不同的。因此,对幼儿戏剧的改编还涉及语言的转换,即将文学叙事语言转换为戏剧语言。具体方法便是按照戏剧表现的主题需求和戏剧冲突的需要,将文学叙事语言分解、转化为人物对话(台词)和戏剧提示语。一般而言,改编者需将原作对事件的发生、发展、结局的叙述,甚至人物的心理描写转化为富有动作性的台词,将故事发生的时间、地点、背景、人物身份的介绍、人物在情节发展中的出现与消隐以及人物的动作、神态转换成舞台提示语,从而达到语言艺术向综合艺术脚本转化的目的。

3. 设计好集中紧凑的戏剧冲突

戏剧由于受制于舞台呈现的时空条件而具有长度的限制。与成人戏剧相比,幼儿戏剧因其观众接受心理和接受能力的独特性而要求简短集中。因此,改编幼儿戏剧就要求十分注重浓缩和提炼故事情节。这就需要改编者尽可能在集中简要的故事情节中即速激活戏剧冲突,从而快速形成戏剧高潮,以紧紧抓住观众的注意力。

除了上述要领外,改编幼儿戏剧还需要充分考虑综合艺术的特点,在剧情发展和人物的活动中适时地调动舞蹈表演、背景音乐、合唱背景、灯光变化等辅助手段,而这些手段的文字显现都应归在舞台提示语中。

在改编的时候,了解剧本语言的构成,掌握其书写的要求,写出的剧本才会得体、规范。剧本语言分舞台提示和台词两部分。舞台提示一般包括人物提示、场景提示和角色提示。人物提示简要介绍角色姓名、性别、年龄、身份、个性特点等,放在标题下面。场景提示是时间、地点、布景、角色上下场的说明,它们是剧本情节的有机组成部分,常用"〔 〕"标示。角色提示是对人物对话、演唱、道白时的表情动作、内心状态的具体提示,常用"( )"标示,放在对话、唱词、道白前面,也可放在中间和后面,它与人物台词密切配合,是刻画人物的必要手段。舞台提示语言要求准确、简洁、清楚,用极少语言表达丰富内容,能给演员揣摩、想象的余地。台词包括对白、独白、旁白,歌舞剧中还包括对唱、独唱、旁唱。除对白以外,独白、旁白前用"(独)"或"(旁)"提示。此外,角色称呼与台词之间不用加冒号,用空格标示即可;台词也不用加引号。

第二节 幼儿文学的创作

幼儿文学的创作是幼儿文学作家心灵搏动的创造性劳动。学习创作幼儿文学作品，需要我们探究适合于不同年龄阶段幼儿听赏的各类文学作品的基本写作要领。

一、儿歌的创作

儿歌的阅读对象是低龄幼儿，这种从古老的童谣中发展而来的特殊文学体裁具有内容浅显有趣、富有幽默感和游戏性、形式篇幅短小、富有节律感和音乐性等特点。由于儿歌的接受对象主要是低龄幼儿，因而儿歌的创作要充分考虑低龄幼儿的接受兴趣和接收方式，使作品能凸显歌戏互补的特点，能自然地融入幼儿的游戏活动和日常生活。在具体的写作中要注意以下要领：

（一）精于构思，突出一个"趣"字

儿歌的篇幅最短，接受对象的年龄较小。要使儿歌获得幼儿的喜爱，并能被他们所接受，作者需要在构思上下大功夫。具体来说，要善于抓住幼儿具体形象思维的特点和求趣心理进行富有新意的想象，同时要注意捕捉幼儿生活中最有童稚之气的细节，观察幼儿最感兴趣的事物的特征，努力使儿歌的内容新鲜有趣，在节律上朗朗上口。如刘喜成的《扣子和豆子》："小猴子，缝裤子，／买了十个小扣子。／走到路边歇一歇，／捡了十颗小豆子。／带回家，生起火，／急着想吃煮豆子。／煮了半天看一看，／锅里全是小扣子。"这首儿歌生动地表现了小猴煮豆子出洋相的情态，写出了小猴子的性急、慌乱和粗心。作者构思之"巧"，就巧在以孩童的荒唐行为来创造富有喜剧性的情节，而其"趣"也正依凭着小猴心急火燎、急中出乱的稚拙行为而得到表现。

（二）工于结构，突出一个"巧"字

儿歌在内容的表述上具有一定的跳跃性，就其作用而言，又具有明显的目的性和娱乐性。因此，作者在创作儿歌时，要从儿歌内容的跳跃性出发，巧下功夫安排结构。作者要考虑怎样通过活泼跳跃的文意达到作品预想的目的。精心营构紧凑的结构，恰当地使用相应的修辞方法，使儿歌既在结构上严密有序，具有艺术的内存逻辑，又在形式上活泼欢愉，具有鲜活的形象性和无穷的趣味性，应成为儿歌作者的艺术自觉。传统儿歌中的连锁调用顶针和拈连的方式中途换韵，串起不同的内容；数数歌以节奏来划分儿歌的层次，用多种形式传达出数的形、量、意及组合等；各种儿歌灵活进行句式的组合，巧妙采用"三三七"句式和杂言句式以及二言重叠，表达儿歌无限的童趣，这些都体现着作者对儿歌结构的巧妙安排。以李家诚的《湿了小鸡花衫衫》为例，该作品就以杂言中的"三三七"句式呈现童趣，传达意义："小露珠，／光闪闪，／小鸡啄它当早餐。／啄一颗，／掉一串，／湿了小鸡花衫衫。"作品中，由于长短句呈规律性的交叉组合，形成作品视觉上的参差美和唱诵中的节奏感，不仅读之上口，而且观之好看。

（三）善于用字，突出一个"平"字

儿歌主要以低龄幼儿为接受对象。低龄幼儿正处于语言的发展期，且对外在事物的接受还处于感官性接受阶段。越平实的语言，越直观的形象，越能为幼儿所接受和喜爱。这对儿歌的语言运用提出了严格的要求，它需要作者用最平实的语言实现对事物最形象的描绘。儿歌的语言天然地拒绝生涩和深刻。你瞧这只熊宝宝多么可爱："熊猫宝宝，走路摇摇，翻个筋斗，让你瞧瞧"（蓝星《熊猫宝宝》）。再看这豆角架上的小刀多么形象："豆角秧，／爬得高，／豆角架上挂小刀。／小绿刀，／真不少，／摘到筐里是豆角。"（薛卫民《豆角架上挂小刀》）。这两首儿歌句式简单，用字十分浅显，前者形象地描绘了熊猫宝宝走路的憨态和笨拙，后者用形象的比喻创造富有直感的物象，给幼儿以直观感。这样的描写并非作者信手拈来，而是经过认真打磨后形成的。

当然，儿歌在以平实的文字进行形象化描绘的时候，还需要处理好儿歌节奏与语言的关系。一般而言，停顿、声调的变化、音节的和谐构成儿歌鲜明的节奏，儿歌的音乐性也就是在这些因素的和谐统一中得到了体现。因此，儿歌作者对词汇的选择和使用，必然要考虑其音节、声调等因素的变化和谐，从而使作品因鲜明的音乐性而易诵易唱，因浅显的语言而易懂易记。上面提到的几首儿歌，就注意了语言的幼儿化、口语化和直观化，唱诵效果的节奏感和音乐性，以及诗意表达的平实性和形象感。

二、童话的创作

童话是作者以奇异的想象和极度的夸张创作出的带有浓厚幻想色彩的虚构故事。童话的独特之处在于它的幻想性。因此，童话创作的根本就是要善于运用艺术假定，放飞想象的翅膀，进入童话的时空之中，营造虚拟的童话环境，塑造虚构的童话人物形象，创造虚幻神奇的童话故事。在创作中，要抓住以下要领：

（一）运用艺术假定，大胆放飞想象

童话是作者想象的艺术结晶，在幼儿文学范畴之中，它不同于其他体裁的根本之处就在于它向读者展示的是一个与现实世界完全不同的幻想世界。童话作者是现实中的作者，而他所创造的世界却是一个非现实的世界。生活在现实中的作者要创造出神奇无比的非现实童话世界，就需要充分展开想象的翅膀，运用艺术假定，对构成幻想性叙事作品的人物、事件、环境等要素进行假想性设计，从而塑造出奇特的童话人物，创设出奇妙的童话环境，营构出奇险的故事情节。从这个意义上看，作者充分、丰富的想象是实现童话幻想性的基本途径。因此，展开想象的翅膀，进行大胆的艺术假定是童话创作的基本要求。那么，如何以艺术的假定来呈现作者自由的想象呢？前人的创作经验显示，调动拟人、夸张、比喻、象征、颠倒等表现手法外化想象世界中的人物、事件、情景是可行的办法。童话的真实、美丽、出奇和荒诞也可凭借这些手法的调动得以实现。

优秀的童话作者总是借助相应的表现手法使童话幻想、荒诞的美学品格得到最佳的表现，以无穷的趣味深深地吸引读者，令人捧腹不已。例如，美国童话《牛蛙牛蛙快快笑》就用夸张的手法讲述一只牛蛙口渴了，一口气喝干了河里和湖里的水，以致走起路来震动大地

的故事。"杜里特医生系列故事"则调动了拟人、颠倒等手法,让人能知晓鸟言兽语,为孩子们创造了一个人与自然相知相融的童话世界。法国民间童话《列那狐的故事》运用象征的手法,通过列那狐及其与周围环境的关系,形象地概括了特定时代的社会关系,作品中的狼、驴、骆驼、熊,乃至鸡、兔、鸭等动物,每一个角色都具有社会角色的象征意义。这些作品的情节和人物可谓离奇荒诞,完全是作者想象力的艺术结晶。它们所体现出来的奇幻之美、荒诞之美源于作者的艺术假定,因此,作品在小读者乃至大读者中赢得长久的掌声。

(二)营构童话情节,重在创新出奇

构思新奇有趣的情节,创设奇幻多彩的童话环境,是实现童话荒诞美和奇异美的重要手段。因此,精心地构思奇、趣、新、妙的情节,对于童话在读者中有可能产生的吸附力至关重要。例如,特拉弗斯的《随风而来的玛丽·波平斯阿姨》写一个平凡保姆的不平凡。生活中有谁能骑在楼梯栏杆上往上滑到儿童室,能让孩子们在充满笑气的状态中一笑就像气球似的飞升到半空中,能将点心上的星星取下来一颗颗贴到夜空中,能从小小的手袋中取出用之不绝的生活用品?玛丽·波平斯阿姨能做到。这就是作者独特的创意。同样,《馅饼里包了一块天》让老婆婆在和面时和进了一块天,于是当馅饼烤熟后,受热膨胀的馅饼将老奶奶、老爷爷、小猫、小鸭、大象等带到天上。也正是这种奇趣,强化着作品自身的奇幻之美,它们以新颖的创意为后人的创作提供了借鉴的样本。

(三)注重话语美质,实现形象表达

童话的语言是美的。童话作家常常将童话人物放在虚拟的背景之中,为读者展示充满奇丽色彩的童话环境,使读者在充满魅力的话语氛围中走进具有丰富的色彩又流漾着诗情的童话世界。同时,童话的语言是富于动感的。因为童话作品中的大多数形象实际上是现实中儿童形象的变形化再现,童话中的人物也无一不是现实生活人物的变形。童话以幻想折射生活,就需要传神地活化童话人物的神色、行为和心理,诗意地描述童话故事的意境。因此,作者在童话创作中,还要考虑如何尽可能用富于美感、动感、色彩感和幽默感的语言进行艺术的传达,以创造童话的奇丽美和荒诞美。于是,提炼语言也自然成为童话创作不可忽视的一个环节。事实上,优秀的童话作品总能体现出良好的话语美质,以灵动的话语达到对童话世界的形象化展示。在这方面,童话大师安徒生的创作便是最好的典范。在《海的女儿》中,作者用优美的话语再现夜晚海底宫殿舞会壮观的场面,在语言运用上突出了丰富的色彩感,尽显了蓝色大海中潜藏的美丽,使读者产生如临其境的审美感受。在《丑小鸭》中,作者准确地调动了动词的表意张力来呈现富有戏剧性的场景。丑小鸭的仓皇无助,女主人的气急败坏,孩子们的好奇围观,这样一个集动作、声音、神态为一体的场面借着作者快速流动的叙述,形象而逼真地活现在读者面前。在《皇帝的新装》中,作者富有幽默感的话语描述,极到位地再现了皇帝可笑、愚蠢且荒唐的行径,使作品具有了鲜明的讽刺意味。童话的创作就当推崇这样的语言。

三、幼儿故事的创作

幼儿故事是以叙述生动引人的事件为主,适合幼儿听读的短小简明的叙事性文学体

裁。以单纯的情节表现单纯的主题,用口语化的叙事完成故事的讲述是这一文体的基本特征。从故事的特征出发进行幼儿故事的创作,在创作中要注意以下要领和方法:

(一) 提炼单纯主题,表现童心童趣

主题是文学作品的灵魂。就读者而言,幼儿故事比较适合于低龄幼儿,这一年龄段幼儿的理解能力和文学能力还十分有限,他们不可能对具有深刻主题和丰富内涵的文学作品做出理性的把握。因此,在写作幼儿故事的时候,要注意在有限的篇幅内体现单纯明了的主题,使幼儿能够一听就懂。如安伟邦的《圈儿,圈儿,圈儿》,仅以300多字写出小主人公大成写错别字出大洋相的故事,使小读者在捧腹之余明白识字不仅要会读还要会写的道理。作品的主题集中明了,而且针对性极强。

单纯的主题是保证幼儿读者正确理解作品的前提,但是文学作品的主题毕竟是借作品的全部内容来体现作者的思想观点,它是属于观念形态的东西。在文学接受中要把握好作品的主题,首先需要了解作品的内容。从这个意义上看,内容是否能引起读者的阅读兴趣,是否具有激发读者阅读欲望的吸附力等便成为作者创作时需要思考的问题。成人文学创作如此,幼儿文学创作同样如此。那么,以幼儿为主要接受对象的幼儿故事应当如何达到这个要求?恢复童心,将正确的引导和单纯、正确的主题融贯于童心和童趣的表现中,应当是最现实的答案,而要做到这一点,材料的选择就显得尤为重要。有经验的幼儿文学作家总是幼儿生活的有心人和观察者,所以他们能发现幼儿生活中的种种趣事、笑事、闹事,并将它们打磨成既有明朗而单纯的主题,又能张扬幼儿天性的幼儿故事。例如,用自己的方式解决难题,向往大人们灶台操厨的技艺,稚拙地掩饰错误反而自我暴露,对成人世界中人人知晓的问题充满好奇……这些都是幼儿生活中的常见之事,但是一旦进入幼儿文学作家的创作视野,就能演化出诸如《云端掉下只烤鸡来》(法国,艾斯库叶)、《煎饼帽子》(英国,凯瑟琳)、《李子核》(俄国,列夫·托尔斯泰)、《拉拉和我》(保加利亚,迪米特)等充分表现童心童趣的幼儿故事。这些故事能让孩子们愉快地接受,使他们爱读、爱听,并蕴涵着浅显明白的教育意味,但感觉不到成人的训导。造成这种美学效果的根本原因,就在于作者用童心写出童趣,思想在故事中不露痕迹却能让人分明地感受到。

(二) 安排紧凑情节,注意动态推进

幼儿故事的总体框架靠紧凑有序又富于动感的情节来构成。一般来说,幼儿故事较多地采用顺叙展开故事情节,首尾贯通。作者往往在情节的设计上用尽心思,做到有层次、有起伏、有悬念、有转折,从而使故事体现出一条线索、多重起伏、动态推进的特点。如《六个娃娃七个坑》,在情节的安排上巧妙地"设悬"和"释悬",情节的推进富有动感,紧凑有序。又如列夫·托尔斯泰为孩子们写的《小姑娘和蘑菇》,在不到500字的短小篇幅中,为孩子们讲述了一个机智、紧张的故事:两姐妹到林子里采蘑菇回来,她们回家必须跨过一条铁路。正当她们要穿过铁路时,火车飞奔而来。姐姐转身往后跑,可已经走过铁路的妹妹也跟着姐姐往后跑。妹妹在铁路上绊倒了,火车逼近,司机刹不住车了,火车飞快地朝小姑娘冲去……列车开过,小姑娘伏在轨道当中一动不动。列车开走了,小姑娘抬起头来,跪着把撒落的蘑菇捡起来。这个故事的内容很简单,但作者对"跨轨—后撤—绊倒—被压—脱险"等场面轻重有别的描绘,构成作品紧张、急险、动态推进、快速发展

的情节，而在这样的情节中又不乏细节、波澜、悬念、意外、空白，这便在有限的时空中讲述了一个能给读者无限想象的故事。这些作品之所以能吸引小读者和大读者，能够经受时间的考验而常读不败，很大程度上取决于"故事"本身的精彩有趣和作者营构情节的技巧，无疑为我们学习写作幼儿故事提供了很好的样本。

（三）巧用叙述口语，体现质朴文风

幼儿故事讲述性和情节动态性的特点，为这一文学门类提出了语言运用方面的要求，即讲求语言的平实流畅，以质朴的文风去再现故事的发生和发展。要达到这样的目的，创作者在语言运用上应当使用叙事口语，具体而言，要做到三点：一是要简单化，用简单的句式结构、明快的叙述语言对生活片段的来龙去脉、前因后果进行明了的交代，不提倡过多地采用长句、复句、描写和复杂的修辞手法。二是要注意口语化，要从幼儿故事的趣味性出发，认真选择、提炼幼儿语言，使之成为艺术化的口头语。三要注意伸缩性，要努力使叙述语言体现出充分的伸展性，以便于读者或讲述者能在阅读和讲述中自然地融入儿话韵和象声词，以增强故事的亲切感和形象性，从而创造出浅近活泼的故事语境，增强故事的吸引力。

（四）创作幼儿生活故事的几种方法

1. 以幼儿家庭或幼儿园生活为创作底本，加工故事

很大一部分的幼儿故事，实际上是幼儿在家庭或幼儿园生活的真实写照。只要细心观察，就会发现在多姿多彩的幼儿世界里，有一些日常小事本身就具有很强的故事性。如孩子之间的聊天、游戏、孩子的心理活动等。这些小故事基本成型，稍加提炼就是一篇生活故事。当然，如果全部照搬生活，故事就失去了作为文学作品的特性。因此，要按照幼儿生活故事在题材、主题、情节、结构、语言方面的要求进行加工，创作出适合幼儿听赏的故事。例如俄罗斯故事《梯级》，孩子每天都会和楼梯接触，孩子数台阶也是生活中最常见的现象，甚至有些家长让孩子接触数字，就是从数台阶开始的。抓住这样的生活中常见的片段，就能形成一个个喜闻乐见的故事。

2. 抓住生活细节，引起想象、联想，演绎故事

细节是故事的重要组成部分，尤其是情节较简单、篇幅较短的幼儿故事，更要善于捕捉细节。生活是由一个个细节、片段构成的。所谓的生活细节，可以是孩子的一个细小变化，也可以是一个特殊的举动。这样的"一点"在生活中比比皆是，稍加留意，就能捕捉到，通过联想和想象，或许就能构思出一则动人的生活故事。如《孵小鸡》中敲碎鸡蛋找小鸡的细节，冰箱里取鸡蛋孵小鸡的细节，找小胖抱花母鸡孵小鸡，人工孵小鸡，女孩才能孵小鸡等细节，都妙不可言、趣味横生，既刻画了人物，又强化了阅读兴趣。

3. 积累素材，观察幼儿，创作故事

文学创作需要长时间的积累，毕竟生活中现成的东西不是很多。第一手材料是极可贵的写作素材，积累得越多，创作的底蕴越厚，成功的可能性就越大。尤其成年人在创作幼儿作品时，由于自身存在着年龄和心理的差距，所以要想创作出好的幼儿故事，就必须"俯下身子"，和幼儿进行平等的对话和交流，用幼儿的眼睛来看，用幼儿的耳朵来听，用幼儿的心灵来感应，同时搜寻记忆的仓库，调动各种积累，将各种材料巧妙结合，创作出符合幼儿听赏的故事。

幼儿故事的创作，既靠对生活的观察、积累以及感受、省悟，也得益于一些灵感。所以一旦有好的构思和灵感，就一定要把握住，及时成文，即使不太成熟也无妨。好的作品并不是一次就能成型的，需要经过一次又一次的修改和加工，尤其是幼儿作品，常常需要从成人和幼儿两个角度来审视和修改，反复打磨。文章不厌百回改，只有千锤百炼，才能锤炼出好的作品。

思考与实践

  1. 试分别创作数数歌、连锁调、问答歌各一首。
  2. 观察幼儿生活、行为，以幼儿生活为题材，试创作一首幼儿诗。要求突出童趣，体现稚拙美和音乐性。
  3. 童话创作训练。
  （1）从下面提供的素材中任选一个进行生发创作，写一篇童话。
  素材一：
  小黑熊是马戏团的演员。
  小黑熊演出迟到了。
  小黑熊在演出中出人意料地举起一张纸，上面写着……
  素材二：
  狐狸丢了大尾巴。
  素材三：
  兔妈妈洗好衣服，在森林边的两棵大树上拴好绳子，晒上了花花绿绿的衣裳。可是她把象腿当成大树了。
  素材四：
  大狼想把在草地上玩耍的小男孩洗干净后当点心吃掉，它最终把小男孩洗干净了，可是却没有吃到这块很不错的点心。
  （2）根据童话的写作要领，在超人体、拟人体、常人体童话形象中任选一种，自己命题，尝试创作一篇童话。
  4. 幼儿故事创作训练。
  （1）请你根据下面一段文字材料写出完整的故事情节，要求做到情节起伏、紧凑、有趣。
  一只小猫在捉苍蝇玩，他碰掉了一顶礼帽，这顶礼帽掉下时恰好扣住了小猫。此时屋子里有两个孩子在给图画着色，他们没有看到帽子扣住了小猫，于是……
  （2）认真阅读你感兴趣的一篇幼儿故事，从中任选一段，模仿作者的构思，仿写一篇幼儿故事。
  （3）认真观察、捕捉幼儿生活细节，创作一篇幼儿故事。要求有具体的事件、人物、细节、场景，突出童心与童趣。